Comment

애니메이션 각 에피소드의 방송 전 알림용 일러스트입니다. 일정이 무척 힘들었던 시기여서 여러 번 빠진 것이 아쉽습니다…….

TV 애니메이션 시즌 2 Twitter 공지 일러스트
2020년 7월~2021년 3월

Comment

애써서 등장 캐릭터를 모두 넣으려고 했는데, 시즌 1보다 캐릭터가 늘어나 공간이 빡빡한 관계로 마녀님들은 모두 SD 캐릭터로 했습니다.
시즌 2라서 모두가 손으로 V 사인을 만들었네요.

TV 애니메이션 시즌 2 결정 키비주얼
2019년 3월

Comment

애니메이션 각 에피소드의 방송 전 알림용 일러스트입니다. 일정이 무척 힘들었던 시기여서 여러 번 빠진 것이 아쉽습니다…….

TV 애니메이션 시즌 2 Twitter 공지 일러스트
2020년 7월~2021년 3월

Comment

애써서 등장 캐릭터를 모두 넣으려고 했는데, 시즌 1보다 캐릭터가 늘어나 공간이 빡빡한 관계로 마녀님들은 모두 SD 캐릭터로 했습니다.
시즌 2라서 모두가 손으로 V 사인을 만들었네요.

TV 애니메이션 시즌 2 결정 키비주얼
2019년 3월

Re: Life in a different world from zero Shinichirou Otsuka
Art Works 2nd

INTRODUCTION

『Re:제로부터 시작하는 이세계 생활』의 캐릭터, 세계관의 진수
오츠카 신이치로

Shinichirou Otsuka

Original illustration art book
since 2014

2016년 TV 애니메이션 시즌 1이 방송을 마친 이후, 2018년 10월 OVA(오리지널 비디오 애니메이션) 제1탄 『Memory Snow』, 2019년 11월에 OVA 제2탄 『빙결의 인연』이 극장에서 개봉했으며, 2020년 7월에는 대망의 TV 애니메이션 시즌 2가 방송된 『Re:제로부터 시작하는 이세계 생활』. 오츠카 신이치로의 첫 화집이 세상에 나오고 4년의 세월이 흘렀지만, 작품의 인기는 일본 국내에서 멈추지 않고 세계 각국에서 메이드 차림의 렘 코스튬 플레이가 다수 목격될 정도로 확산세를 보였으며, 현재도 확대되고 있다.

애니메이션 방송에 따른 확산은 물론이거니와, 영어, 한국어, 중국어(간자체, 번자체), 이탈리아어, 스페인어, 태국어, 베트남어, 폴란드어, 포르투갈어, 러시아어까지 도합 11개 언어로 번역되었으며, 전 세계 시리즈 누적 발행량은 1100만 부를 돌파했다. 지금은 세계 각국의 서점에 오츠카 신이치로의 그림이 실린 소설이 진열되고 있다. 작품에서 오츠카 신이치로가 맡은 역할은 크며, 비주얼 측면의 공헌으로 국경을 넘어 여러 나라에서 작품을 받아들이게 하는 결과를 불렀다고 할 수 있으리라.

오츠카 신이치로의 화집 제2탄 『Re:제로부터 시작하는 이세계 생활 오츠카 신이치로 Art Works Re:BOX 2nd』에서는 TV 애니메이션 시즌 2 방송 범위에 해당하는 서적 일러스트, 판촉 일러스트, 캐릭터 설정화와 함께 TV 애니메이션 시즌 1, OVA 1탄, 2탄에 딸린 일러스트도 수록했다. 애니메이션 패키지와 그 특전으로 사용된 귀중한 일러스트를 풍부하게 수록하고, 큰 사이즈로 실었다.

또한 첫 화집에서는 오츠카 신이치로가 『Re:제로부터 시작하는 이세계 생활』이라는 작품에서 맡은 역할을 언급했는데, 이번 화집 제2탄에서는 오츠카 신이치로를 인터뷰해 일러스트레이터 경력을 확립할 때까지의 과정만이 아닌, 그 뛰어난 캐릭터 디자인 발상의 원천을 쫓는다. 다채로운 캐릭터 디자인과 세밀한 세계관의 진수를 접하길 바란다.

그러면 작품을 사랑하면서 독자적인 발상과 해석으로 작품 세계를 넓히고 작품의 기준점을 높이 끌어올리는 오츠카 신이치로의 일러스트가 지닌 매력을 마음껏 즐겨 주시길.

Chapter4: death x5

Subaru was killed by
Elsa twice,
Great Rabbits twice,
and...to commit suicide.

Chapter 4

내 이름은 에키드나.
——『탐욕의 마녀』라고 소개하는 게 좋을까?

Echidna

A beautiful witch with long white hair,
pure white skin, dark black eyes in black clothing.
As the self-proclaimed incarnation of "thirst for knowledge",
she introduces herself as an eccentric person
who wants to know it all.

Characters

에키드나

하얀 머리, 하얀 피부, 검은 눈, 검은 옷. 두 가지 색으로 다 표현할 수 있는 아름다운 마녀.
『질투의 마녀』가 멸했다고 하는, 대죄의 이름을 지닌 여섯 마녀 중 한 사람으로, 이미 고인이다.
지식욕의 화신을 자칭하며, 스바루에게는 온갖 사물과 현상을 알고 싶어하는 별종이라고 소개한다.
〈성역〉에 있는 모처에서 다과회를 열고, 지식을 바라는 자에게 응한다고 한다.
단, 어중간한 마음으로 '마녀' 앞에서 서는 것은 어리석은 짓임을 알아라.

Otsuka Comment

에키드나가 처음으로 등장한 권입니다. 머리 장식 디자인은 초기안에서 날개가 한 쌍이었는데, 다른 작품의 모 캐릭터가 연상된다고 하는 이유로 한쪽 날개만 남기는 디자인으로 변경했습니다.
원래 배경은 푸른 하늘이지만, 에키드나의 마녀 특성을 강조하고자 어두운 밤하늘이 되었습니다.

10-01

Re:제로부터 시작하는 이세계 생활 10
커버 및 대문 일러스트
2016년 10월

10-02

Re:제로부터 시작하는 이세계 생활 10
권두 컬러 1
2016년 10월

Otsuka Comment

권두 컬러 1은 스바루 일가의 일상 속 한 장면입니다. 벽에 붙인 포스터는 전부 은발 소녀이며, 「앱솔류트 듀오」는 허가를 받고 썼습니다. 책장 위에는 추억의 게임기가 있는데, 이건 스바루가 켄이치에게 물려받았다는 설정이…… 있는 건 아니고, 단순히 제 추억의 물건입니다(웃음). 권두 컬러 2의 교복 에키드나는 서비스 씬이라서, 귀여운 척하는 느낌이 나도록 그렸습니다.

10-03

Re:제로부터 시작하는 이세계 생활 10
권두 컬러 2
2016년 10월

10-04

Re:제로부터 시작하는 이세계 생활 10
권두 컬러 · 캐릭터 소개
2016년 10월

에키드나

Echidna

탐욕의 마녀.
남자애처럼 말하는
성격 파탄 마녀.

류즈

Ryuzu

성역의 대표.
가필의 할머니 같은 존재..

가필

Garfiel

성역을 지키는 자.
프레데리카와는
아버지가 다른 남매 사이.

프레데리카

Frederica

로즈월 저택의 선배 메이드.
입에서 보이는 이가 매력 포인트.

Re:제로부터 시작하는 이세계 생활 10
흑백 삽화 1-2
2016년 10월

10-05

10-06

Otsuka Comment

일곱 번째 흑백 삽화에 있는 스바루와 나호코는 나츠키 일가의 에피소드를 무척 좋아해서 이 장면을 골랐습니다. 가족 드라마에 약해서, 원작과 애니메이션 모두에서 눈물샘이 마구 터졌습니다.

10-07

10-08

10-09

10-10

Re:제로부터 시작하는 이세계 생활 10
흑백 삽화 3-10
2016년 10월

10-11

10-12

10-13

10-14

——놀라서 소리를 내지 마시어요.

Frederica

Senior maid to Ram and Rem,
she appears to be a beautiful tall woman with limpid green eyes.
Only until you see her sharp fangs.
She enjoys taking care of the younger maids and
has recently become obsessed with educating Petra.

이상한 말 하지 마!
난 스바루에게 제대로 감사하고 있어.
늘 위험한 상황에 처했을 때
구하러 와 주는걸!

Petra

As the cutest girl in Arlam village,
her lovely face and clever mind get her hired
as the new maid at Roswaal's mansion.
Recently, she has been obsessed with a young man
with black-hair and scary eyes.

11-01

Re:제로부터 시작하는 이세계 생활 11
커버 및 대문 일러스트
2016년 12월

Characters

프레데리카
여성치고는 키가 크고, 맑은 비취색 눈을 한 미녀 —— 단, 이를 숨겼을 때의 이야기.
로즈월 저택에서 일하던 메이드이며, 이번에 그 업무로 복귀했다.
아인의 피를 잇는 여성으로, 뾰족한 이는 그 영향. 콤플렉스라서 웃을 때는 손으로 입을 가린다.
람과 렘의 선배 메이드이며, 로즈월을 향한 충성심과 능력은 보증 수표.
연하를 귀여워하는 것이 취미로, 요새는 신참 메이드인 페트라를 교육하느라 여념이 없다.

페트라
로즈월 저택 근처에 있는 아람 마을에서 살던 마을 제일의 미소녀.
사랑스러운 얼굴과 똑똑한 머리, 뭐든지 요령 좋게 잘하고, 학습도 빨라서 재능이 풍부한 여자애.
메이드 모집에 응해서 로즈월 저택의 신참 메이드로 고용되었다.
아이답지 않은 기질을 잘 써먹어서 선배 메이드에게 귀여움을 받고 있다.
요새는 눈매가 사나운 소년에게 푹 빠졌는데, 정작 그 소년에게는 여동생 취급을 받고 있다.

Otsuka Comment

베테랑 메이드와 신참 메이드의 참 훈훈한 장면입니다. 프레데리카의 등장과 페트라의 컬러판 등장은 애니메이션이 더 빨라서, 프레데리카의 디자인과 페트라의 색 지정은 애니메이션 캐릭터 디자인을 담당한 사카이 씨의 손을 거쳤습니다. 감사합니다!

11-02

Re:제로부터 시작하는 이세계 생활 11
권두 컬러 1
2016년 12월

Otsuka Comment

권두 컬러 1은 일을 배우는 페트라를 귀엽게 그렸습니다. 페트라의 리본 크기가 매번 안정되지 않아서 이 일러스트에선 유달리 크네요. 권두 컬러 2의 프레데리카는 꼬리를 강조하려고 처음에는 팬티를 다 드러낸 상태였는데 NG를 먹었습니다. 아슬아슬한 선에서 치마로 가렸는데, 오히려 야릇해진 것 같기도…….

11-03
Re:제로부터 시작하는 이세계 생활 11
권두 컬러 2
2016년 12월

11-04

Re:제로부터 시작하는 이세계 생활 11
권두 컬러 · 캐릭터 소개
2016년 12월

튀폰

Typhon

오만의 마녀.
선악의 개념이 엄격하고
악으로 판단한 것을 무자비하게
심판한다.

미네르바

Minerva

분노의 마녀.
모든 사람을 '때려서 치유하는' 마녀.

다프네

Daphne

폭식의 마녀.
마수를 낳는 능력이 있다.

Re:제로부터 시작하는 이세계 생활 11
흑백 삽화 1-2
2016년 12월

11-05

11-06

Otsuka Comment

일곱 번째 흑백 삽화에 나오는 스바루와 에키드나. 처음 등장한 마녀들도 버릴 수 없었지만, 에키드나&스바루 장면을 선택했습니다. 일부러 수줍어하는 에키드나. 여전히 귀여운 척하네요.

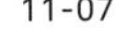

11-07

11-08

11-09

11-10

Re:제로부터 시작하는 이세계 생활 11
흑백 삽화 3-10
2016년 12월

11-11

11-12

11-13

11-14

숨이 붙어 있는 마지막 순간까지 발버둥 친다.
그렇지 않고서, 살아갈 의미가 어디 있는데.

Elsa

A beautiful woman with long black hair,
which is quite rare in Lugunica.
Despite her calm expression and gentle tone,
there is hidden darkness in her eyes.
As an assassin, all her actions so far have been
under the orders of Roswaal.

그날은, 같이 놀아 줘서 즐겁더라아.
오늘도 같이 놀자.

Meili

Disguised as a regular village girl in Arlam village,
her true identity is that of an innocent yet ruthless assassin.
She controls a large number of Demon Beasts that
offer her divine protection,
through her skill: "Beast Manipulation."

12-01

Re:제로부터 시작하는 이세계 생활 12
커버 및 대문 일러스트
2017년 3월

Characters

엘자
루그니카에서는 드물게도 검은 머리를 길게 기른, 요염한 분위기가 나는 미녀.
풍만한 몸을 대담한 의상으로 감싸고, 고혹스러운 자태를 사방에 아낌없이 드러낸다.
다만 무방비한 얼굴과 온화한 말투와는 정반대로 눈에는 일반인과 차원이 다른 어둠을 품고 있다.
로즈월의 의뢰로 살인 청부업자로서 활동했다.

메일리
아람 마을에서는 마을 소녀로 변장했지만, 그 정체는 순수하고 냉혹한 살인 청부업자. 다수의 마수를 자유롭게 거느리고, 표적을 숫자의 힘으로 무릎 꿇리는 것을 좋아한다. 엘자와는 동료보다는 자매에 가까운 관계로, 대놓고 친근함을 표현하지는 않지만, 사이가 좋다.
여러모로 잘 생각해서 함정을 파지만, 예정대로 일이 돌아가지 않으면 폭발해서 신경질을 부리는 나쁜 버릇도 있다.

Otsuka Comment

베테랑 암살자와 어린 암살자의 참 훈훈한(?) 장면입니다. 메일리도 컬러가 애니메이션에서 먼저 나와서 색 지정은 사카이 씨 손을 거쳤습니다. 두 사람은 밤 배경이 잘 어울리네요.

12-02
Re:제로부터 시작하는 이세계 생활 12
권두 컬러 1
2017년 3월

12-03

Re:제로부터 시작하는 이세계 생활 12
권두 컬러 2
2017년 3월

Otsuka Comment

권두 컬러 1은 존재하지 않는 장면입니다. 서적으로 나오면서 빠진 장면도 조금 그렸습니다. 권두 컬러 2에서 등장하는 사테라는 이 시점에서는 디자인을 확정하지 않아서 그림자로 표현했습니다. 실루엣은 에밀리아와 똑같습니다.

12-04

Re:제로부터 시작하는 이세계 생활 12
권두 컬러 · 캐릭터 소개
2017년 3월

메일리

Meili

엘자의 살인 청부업 파트너.
가호로 마수를 조종한다.

세크메트

Sekhmet

나태의 마녀.
뭐든지 귀찮아하며, 항상 나른하게 보이는 미인.

카밀라

Carmilla

색욕의 마녀.
본 사람이 가장 만나고 싶어하는 상대로
보이게 하는 권능이 있다.

Re:제로부터 시작하는 이세계 생활 12
흑백 삽화 1-2
2017년 3월

12-05

12-06

Otsuka Comment

여덟 번째 흑백 삽화는 렘과 카밀라. 이번에는 렘의 삽화가 적어서 이 일러스트를 선택했습니다. 렘에서 카밀라로 변화할 때 나타나는 노이즈 표현이 마음에 듭니다.

12-07

12-08

12-09

12-10

Re:제로부터 시작하는 이세계 생활 12
흑백 삽화 3-10
2017년 3월

12-11

12-12

12-13

12-14

그 녀석들이…… 떠올리게 해 줬기 때문이야.
——엄마가, 나를 사랑해 줬다는 것을.

Garfiel

A short-tempered young man with a savage personality, only reinforced by his ferocious eyes and sharp fangs. He is the guardian of "The Sanctuary of Cremaldi", a hidden village in the Mathers territory.

——친구 앞에서,
모양새 잡는 꼴 집어치워,
나츠키 스바루.

Otto

A young traveling peddler with a merchant talent, nimble wit, devine protection and a fatal bad luck. While traveling along the Refus Road, his ordeal begins.

Characters

가필
흉악한 눈빛과 날카로운 이. 그 겉모습처럼 성격이 급하고 야만적인 소년.
메이더스령에 있는 숨겨진 마을 '클레말디의 성역'에서 사는 대표 격 인물.
특징적인 말투와 다용하는 수수께끼의 관용구로 스바루를 종종 희롱한다.
로즈월 저택 사람들과는 교류가 오래되었으며, 특히 람에게 적극적으로 구애하고 있다.
그 성격에 맞는 실력을 지녔으며, 수백 킬로그램에 달하는 용차도 거뜬하게 날려 버린다.

오토
얼굴이 그럭저럭 반반하고, 잘 돌아가는 머리와 가호의 축복을 받았지만, 운이 저버린 청년.
떠돌이 행상인이며, 상인으로서 재능은 있지만 운이 치명적으로 따르지 않는다.
리파우스 가도에서 이동 중 문득 접한 돈벌이 소식에 달라붙으면서 수난이 시작되었다.
다만 그 수난이 정말로 단순한 불운으로 끝날지 역전의 신호가 될지는 본인에게 달렸다.
괴롭힘당하는 체질을 타고나, 오늘도 스바루에게 심한 대우를 받고 목청 높여 따진다.

13-01

Re:제로부터 시작하는 이세계 생활 13
커버 및 대문 일러스트
2017년 6월

Otsuka Comment

리제로에서 처음으로 남자들만 나오는 커버입니다.
남자 독자를 겨냥한 라이트노벨로서는 빌헬름을 메인으로 내세운 7권 커버 다음의 시도였습니다.
뭐, 오토는 실질적으로 히로인 같은 거니까 문제가 없을지도 모르지만요(웃음).

13-02

Re:제로부터 시작하는 이세계 생활 13
권두 컬러 1
2017년 6월

Otsuka Comment

권두 컬러1은 귀여운 3인조. 권두 컬러 2는 스바루&에밀리아의 조금 분위기 좋은 한 장면. 권두 컬러 3은 금발인 가프 엄마의 머리를 실수로 오렌지색으로 칠한 것이 후회됩니다…….

13-03

Re:제로부터 시작하는 이세계 생활 13
권두 컬러 2
2017년 6월

13-04
Re:제로부터 시작하는 이세계 생활 13
권두 컬러 3
2017년 6월

13-05

Re:제로부터 시작하는 이세계 생활 13
흑백 삽화 8, 1-4
2017년 6월

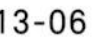

13-06

13-07

13-08

13-09

Otsuka Comment

여덟 번째 흑백 삽화는 스바루와 에밀리아의 키스 장면. 상황으로 봐서는 두 사람의 얼굴을 확대해서 보여주는 것보다 멀어지는 그림이 더 좋을 것 같아서 구도를 이렇게 잡았습니다.

13-10

13-11

13-12

13-13

Re:제로부터 시작하는 이세계 생활 13
흑백 삽화 5-7, 9-10
2017년 6월

13-14

그래, 진짜로. 어머니는 에밀리아를……
리아를, 이 세상 누구보다 엄—청 사랑해.

Fortuna

Fortuna is Emilia's aunt and her foster mother.
She nurtured Emilia's sense of
ethics and is the one who raised Emilia right.

그 두 사람은 못 쫓아.
이 앞으로는, 절대로 보내지 않을——겁니다!!

Geuse

Geuse is a devout member of the witch cult
who is soft-spoken and treats everyone with politeness.
As a spirit who has lived for more than 300 years,
his sensibilities are somewhat different from
those of other people.

Characters

포르투나
에밀리아를 키운 어머니. 착하게 굴면 칭찬하고, 나쁘게 굴면 혼내는, 예의와 중요한 것을 에밀리아에게 단단히 가르친 훌륭한 모친. 에밀리아의 윤리관은 대부분 포르투나에게 배워서 함양되었으므로, 에밀리아를 반듯하게 키운 공로가 있다. 쥬스와는 수백 년이나 알고 지낸 사이이며, 과거부터 그에게 호감이 있지만, 정작 쥬스는 벽창호라서 참 오랫동안 짝사랑을 앓고 있다.

쥬스
경건한 마녀교 신도이자 태도가 온화하고, 누구에게나 친절하게 존대한다. 300년 넘게 산 정령이라서 사람과는 감성이 조금 어긋난다.
포르투나는 여성보다는 은인으로 생각해서, 포르투나의 마음을 조금도 눈치채지 못했다.
그러나 싫지는 않다고 생각하므로, 맺어질 가능성이 아주 없지는 않았었다.

Otsuka Comment

세 사람의 결말은 참 잔인해서, 독자 여러분에게 그 격차를 느끼게 하려고 일부러 행복한 느낌이 넘치는 장면으로 커버를 그렸습니다. 피는 이어지지 않았지만, 진짜 부모와 자식 같네요.

14-01

Re:제로부터 시작하는 이세계 생활 14
커버 및 대문 일러스트
2017년 9월

14-02

Re:제로부터 시작하는 이세계 생활 14
권두 컬러 1
2017년 9월

Otsuka Comment

권두 컬러 1은 메일리&마수들. 길티라우 씨는 털이 복슬복슬합니다. 놓치기 쉽지만, 엘자도 있어요. 권두 컬러 2는 초대 로즈월과 에키드나 등등이 과거 행복했던 시절의 일상을 그렸습니다.

14-03

Re:제로부터 시작하는 이세계 생활 14
권두 컬러 2
2017년 9월

14-04

Re:제로부터 시작하는 이세계 생활 14
권두 컬러 · 캐릭터 소개
2017년 9월

쥬스

Geuse

정령.
로마네콩티 일족의 육체에
빙의했다.

판도라

Pandora

허영의 마녀.
일어난 사실을 부정하고,
없었던 것으로 만드는 능력이 있다.

에밀리아(어린 시절)

Emilia

어릴 적 에밀리아. 천진난만.

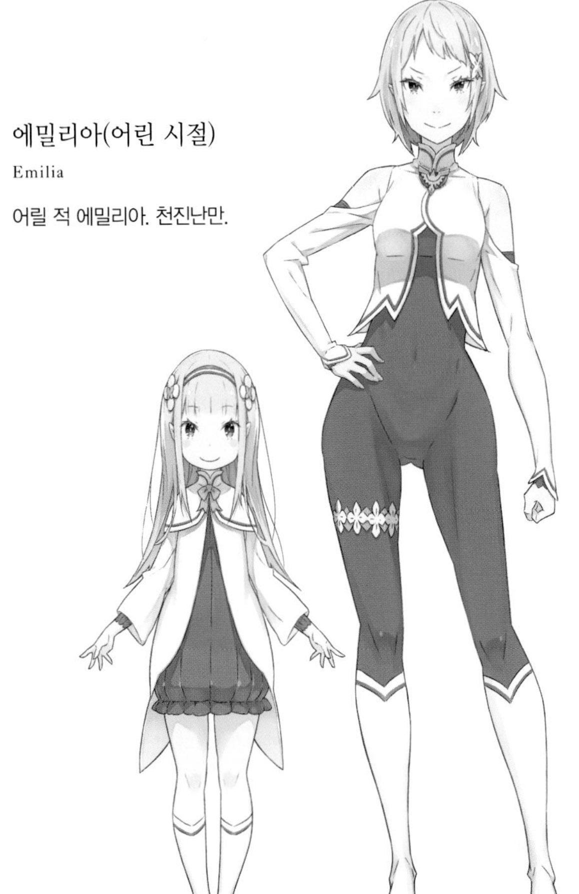

포르투나

Fortuna

순혈 엘프이며
에밀리아를 키운 어머니.

아치

Archi

에밀리아의 오빠 같은 존재.
우직하고 성실하다.

Re:제로부터 시작하는 이세계 생활 14
흑백 삽화 1-2
2017년 9월

14-05

14-06

Otsuka Comment

여덟 번째 흑백 삽화는 로리 에밀리아와 쥬스. 에밀리아와 포르투나의 작별 장면. 배경에는 타락한 쥬스. 애절하네요.

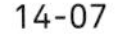
14-07

14-08

14-09

14-10

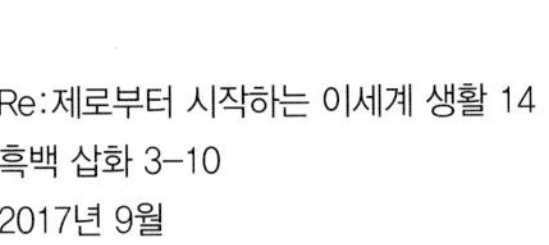
Re:제로부터 시작하는 이세계 생활 14
흑백 삽화 3-10
2017년 9월

14-11

14-12

14-13

14-14

스바루는 『그 사람』에 안 어울려.
하지만 그거면 돼.
베티는 스바루를 선택했어.
『그 사람』이 아닌 스바루를 선택한 것이야.

Beatrice

A little pretty girl wearing a gorgeous dress like a fairy.
She is a librarian of a room of forbidden books ,
hidden by a spell “Tobira-watari” in the mansion of Roswaal.
In fact, her identity is "Artificial Spirit" that lives for over 400 years,
created by Echidna.

Characters

베아트리스

로즈월 저택에서 '징검문'으로 감춰진 방, 금서고의 사서인 어린 소녀. 귀여운 용모와 호화로운 드레스 차림 때문에 보는 자에게 마치 요정과도 같은 인상을 준다. 하지만 기본적으로 통명하고 거만하며 인간을 멀리하는 성격. 정령인 팩을 '빠야'라고 부르며 따른다.
스바루와는 처음 대면했을 때부터 서로 인상이 최악인데도 죽이 잘 맞는 불행한 관계.
평소 금서고에 틀어박혀 방에서 홀로 누군가를 기다리듯 접사다리에 앉아 있었다.

Otsuka Comment

베아코가 처음으로 스바루의 이름을 불러 주는 15권. 특별한 느낌을 연출하고자 배경에 꽃을 깔았습니다.
수줍어하는 베아코 귀여워요. 하지만 새침한 베아코도 버리기 어렵죠. 귀여움은 정의.

15-01

Re:제로부터 시작하는 이세계 생활 15
커버 및 대문 일러스트
2017년 12월

15-02

Re:제로부터 시작하는 이세계 생활 15
권두 컬러 1
2017년 12월

Otsuka Comment

권두 컬러 1은 에밀리아판 '존재하지 않는 장면'. 아치의 알몸을 목격하는 장면은 서적판에서 잘렸을 테니까 자세한 내용은 인터넷 연재판에서 봅시다! 권두 컬러 2는 가프 VS 엘자. 가프의 무기는 중2병틱한 디자인으로 해 봤습니다. 권두 컬러 3은 대토와의 싸움에서 힘을 합치는 세 사람입니다. 베아코 귀여워.

15-03
Re:제로부터 시작하는 이세계 생활 15
권두 컬러 2
2017년 12월

064 Re: Life in a different world from zero Shinichirou Otsuka Art Works 2nd
065 Volume 15, Chapter 4

15-04

Re:제로부터 시작하는 이세계 생활 15
권두 컬러 3
2017년 12월

15-05

15-06

15-07

15-08

Re:제로부터 시작하는 이세계 생활 15
흑백 삽화 1-4, 7
2017년 12월

15-09

Otsuka Comment

일곱 번째 흑백 삽화는 베아코에게 '나를 선택해!' 장면. 4장 마무리 권이어서 인상적인 장면이 많았기 때문에 어떤 장면을 삽화로 그릴지 고민했는데, 역시 이거죠. 베아코오오오오오오!!

15-10

15-11

15-12

Re:제로부터 시작하는 이세계 생활 15
흑백 삽화 5-6, 8-9
2017년 12월

15-13

Short stories: death x0

Subaru didn't die.

Short stories

Volume Short stories 1

Volume Short stories 2

아, 그렇구나. 또 둘이서 외출하는 거니까 이것도 데트인 거네.

Emilia

A beautiful girl with silver hair and bluish-purple eyes. Subaru met her in the capital of the kingdom. She achieves a family-like relationship with Pack, a spirit of cat, and gives a soft look to only him.

Otsuka Comment

본편과는 다르게 비교적 훈훈한 전개가 많은 단편집이라서 에밀리아, 렘람, 베아코&팩을 귀엽게 그렸습니다.

SS1-01

Re:제로부터 시작하는 이세계 생활 단편집 1
커버 및 대문 일러스트
2014년 12월

SS1-02

Re:제로부터 시작하는 이세계 생활 단편집 1
권두 컬러 1
2014년 12월

Otsuka Comment

권두 컬러 1은 릴리아나가 노래하는 장면. 배경에 있는 빌헬름&테레시아는 당시 디자인을 확정하지 않아서 최종판과의 차이를 찾아보는 것도 재밌을지도 모릅니다. 권두 컬러 2는 렘의 복장이 조금 달라지거나, 빨래하는 베아코나, 천으로 머리를 감싼 에밀리아 등 희귀한 장면으로 가득합니다. 권두 컬러 3은 앨리스의 세계에 빠진 에밀리아땅. 평소보다 깜찍하게 바꾼 캐릭터와 배경은 그리면서 즐거웠습니다.

SS1-03

Re:제로부터 시작하는 이세계 생활 단편집 1
권두 컬러 2
2014년 12월

SS1-04
Re:제로부터 시작하는 이세계 생활 단편집 1
권두 컬러 3
2014년 12월
EMILIA IN

ONDERLAND

SS1-05

Re:제로부터 시작하는 이세계 생활 단편집 1
흑백 삽화 3, 1-2, 4-5
2014년 12월

SS1-06

SS1-07

SS1-08

SS1-09

Otsuka Comment

세 번째 흑백 삽화는 과자를 먹는 릴리아나. 멍청하고 귀여운 릴리아나. 이렇게 보여도 20세를 넘었다고 하니까 놀랍네요. 머리 모양도 멍청하게 보이도록 연구했습니다.

SS1-10

SS1-11

SS1-12

SS1-13

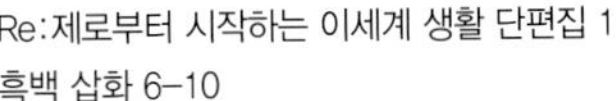

Re:제로부터 시작하는 이세계 생활 단편집 1
흑백 삽화 6-10
2014년 12월

SS1-14

우습게 보지 마세여, 스바루 군. 스바루 군. 스바루 군.

Rem

A younger twin sister, and a housemaid of the mansion where Subaru was carried due to injury of honor. Despite her malicious tongue and so politely insolent courtesy, she is necessary to maintain the function of the mansion.

람과 렘, 두 사람의 힘과 기술과 자매의 사랑을 결집한 자신작이야.

Ram

An older twin sister with an arrogant air and a malicious tongue as well as her younger sister. She is inferior to Rem in cooking, washing, cleaning, needlework, etc.

Otsuka Comment

이전 단편집은 에밀리아를 메인으로 삼아서 이번에는 렘람이 메인입니다. 이마가 빛나는 베아코 귀여워.

SS2-01

Re:제로부터 시작하는 이세계 생활 단편집 2
커버 및 대문 일러스트
2016년 6월

SS2-02

Re:제로부터 시작하는 이세계 생활 단편집 2
권두 컬러 1
2016년 6월

Otsuka Comment

권두 컬러 1, 2는 모두 『Memory Snow』에서 나온 장면인데, 단편집에서는 별개의 이야기였습니다. 권두 컬러 1은 에밀리아와 베아코 말고는 겨울옷을 입은 것이 신선하네요. 권두 컬러 2는 취한 에밀리아&렘. 에밀리아의 의상은 애니메이션 잠옷 디자인이 귀여워서 그대로 썼습니다.

SS2-03

Re:제로부터 시작하는 이세계 생활 단편집 2
권두 컬러 2
2016년 6월

Re:제로부터 시작하는 이세계 생활 단편집 2
삽화 1–2
2016년 6월

SS2-04

SS2-05

Otsuka Comment

여덟 번째 흑백 삽화인 에밀리아. 이번에도 뭘 삽화로 할지 고민했는데, 발마기인 팩을 감추는 에밀리아로 했습니다. 허둥대는 모습이 귀엽네요.

SS2-06

SS2-07

SS2-08

SS2-09

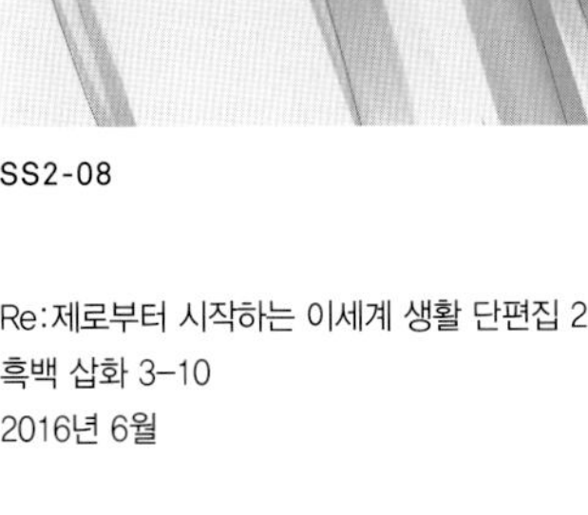

Re:제로부터 시작하는 이세계 생활 단편집 2
흑백 삽화 3–10
2016년 6월

SS2-10

SS2-11

SS2-12

SS2-13

Side stories

Volume Ex 1

Volume Ex 2

Volume Ex 3

네, 크루쉬 님. 데려가 주세요.
전하가 꾼, 꿈의 저편으로.

Ferris

Behaving sweetly in a frilled costume with cat ears.
The best cure magician in the capital.
A knight of Crusch, one of the candidates
of the successor of the kingdom.

전하가 사랑한 장소에서,
전하의 최후의 장소에서, 전하에게 맹세하겠다.
——너를 기사로 삼는다.

Crusch

A beauty dressed as a man,
the duchess of Lugunica Kingdom.
This talented lady was born with charisma,
and succeeded the title at a young age.

Characters

크루쉬
루그니카 왕국 칼스텐 공작가 당주인 남장 미인. 자신과 타인 모두에게 엄격한 자세와 올바름을 추구하는 인물.
사람들 위에 서는 타고난 카리스마가 있고, 젊은 나이에 당주 자리를 이은 재녀. 루그니카 차기 왕을 정하는 왕선 후보이며, 가장 유력한 후보.
기사는 페리스. 어린 시절부터 교류한 사이이며, 강한 신뢰 관계가 있다.

페리스
치렁치렁한 의상과 사랑스러운 몸짓, 그리고 머리에는 보들보들한 고양이 귀. 행동과 말 곳곳에 '노린' 느낌이 있지만, 그것이 유난히 잘 어울린다.
왕선 후보인 크루쉬의 기사이며, 왕도에서도 제일가는 치유술사. 오랜 인연인 크루쉬를 향한 충성심은 왕선 후보&기사 콤비 중에서도 특히나 강하다.
한편으로 순진한 구석이 있는 주군에게 거짓 정보를 알려줘서 장난치는 버릇이 있다. 역시나 페리스, 약았어.

Otsuka Comment

크루쉬 진영의 과거를 그린 Ex 1탄. 단편집과 다르게 내용이 무거운 편이어서 평소보다 표정이 더 딱딱해진 페리스를 메인으로 그렸습니다.

Ex1-01

Re:제로부터 시작하는 이세계 생활 Ex 1 사자왕이 꾼 꿈
커버 및 대문 일러스트
2015년 6월

Ex1-02

Re:제로부터 시작하는 이세계 생활 Ex 1 사자왕이 꾼 꿈
권두 컬러 1
2015년 6월

Otsuka Comment

권두 컬러 1은 어린 크루쉬와 어린 푸리에를 그렸습니다. 금발, 빨간 눈, 덧니…… 어라? 어디서 본 것 같은데……. 권두 컬러 2는 크루쉬 VS 좀비. 왼쪽 아래에 있는 수상한 사람(이렇게 보여도 32세)은 Ex 5탄에도 등장하니까 궁금하신 분은 이쪽도 꼭 읽어 주세요! 권두 컬러 3은…… 참으로 안타까운 그림이네요.

Ex1-03

Re:제로부터 시작하는 이세계 생활 Ex 1 사자왕이 꾼 꿈
권두 컬러 2
2015년 6월

Ex1-04

Re:제로부터 시작하는 이세계 생활 Ex 1 사자왕이 꾼 꿈
권두 컬러 3
2015년 6월

Ex1-05

Re:제로부터 시작하는 이세계 생활 Ex 1 사자왕이 꾼 꿈
흑백 삽화 6, 1-4
2015년 6월

Ex1-06

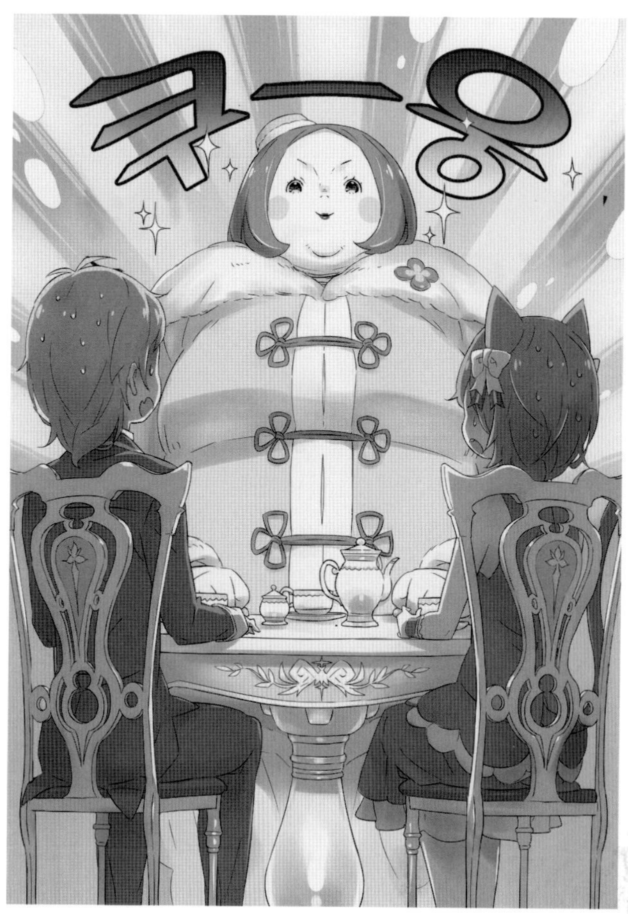

Ex1-07

Ex1-08

Ex1-09

Otsuka Comment

여섯 번째 흑백 삽화는 드물게도 여성스러운 의상을 입은 크루쉬. 5성 SSR 느낌이 나네요.

Ex1-10

Ex1-11

Ex1-12

Ex1-13

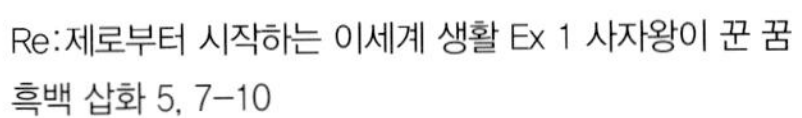

Re:제로부터 시작하는 이세계 생활 Ex 1 사자왕이 꾼 꿈
흑백 삽화 5, 7–10
2015년 6월

Ex1-14

네가 검을 휘두를 이유는 내가 계승한다.
너는 내가 검을 휘두를 이유가 되면 그만이야.

Wilhelm

A young man feared as "Sword ogre"
during the Demi-Human War.
He got married with Theresia,
and the history of their love has been handed down
as a famous love story.

나는, 검성이니까.
그 이유를 알지 못하고 있었지만,
겨우 알았으니까.

Theresia

A lovely girl with blazing red hair and blue eyes
like a clear sky. She routinely
goes to a field of flowers in a slum area of the capital
and spends hours alone.

Ex2-01

Re:제로부터 시작하는 이세계 생활 Ex 2 검귀연가
커버 및 대문 일러스트
2015년 12월

Characters

빌헬름
로즈월 저택으로 왕선을 알리는 사자를 데려온 차부 노인. 애처가이며, 그 사랑 이야기는 스바루도 멈칫할 정도로 직설적이다. 잘 단련한 육체와 몸에 두른 패기는 범상치 않다.
젊은 시절 빌헬름의 영웅담이 검귀연가로서 세상에 전해진다.

테레시아
타오르는 불꽃 같은 빨간 머리와 맑고 푸른 눈동자를 지닌 사랑스러운 소녀.
왕도 하층구에 있는 꽃밭을 찾아가 시간을 보내는 것을 일과로 삼고 있다. 친근하고 겁 없는 태도를 보이지만, 그 얼굴에선 왠지 쓸쓸한 느낌도 난다.
요새는 휴식처인 꽃밭 근처에 얼굴을 내비치는 무례한 인물에게 푹 빠졌다.
꽃밭을 볼 때, 그 사람과 이야기할 때, 가장 편안한 얼굴을 보인다.

Otsuka Comment

리제로 본편에서도 조금 언급된 빌헬름과 테레시아의 과거 이야기를 더욱 깊이 파고든 Ex 2탄. 두 사람의 디자인은 단편집 1의 권두 컬러 배경에 흐릿하게 그린 것을 바탕으로 삼았습니다.

Ex2-02

Re:제로부터 시작하는 이세계 생활 Ex 2 검귀연가
권두 컬러 1
2015년 12월

Otsuka Comment

Ex 2탄은 새 캐릭터가 대량으로 등장해서 스케쥴이 빡빡했습니다.
권두 컬러 1 오른쪽 구석에는 성별이 달라도 낯익은 캐릭터가…….
권두 컬러 2 왼쪽 페이지에는 낯익은 두 사람이…….
권두 컬러 3은 빌헬름과 테레시아의 만남 장면입니다.

Ex2-03

Re:제로부터 시작하는 이세계 생활 Ex 2 검귀연가
권두 컬러 2
2015년 12월

Ex2-04
Re:제로부터 시작하는 이세계 생활 Ex 2 검귀연가
권두 컬러 3
2015년 12월

Ex2-05

Re:제로부터 시작하는 이세계 생활 Ex 2 검귀연가
흑백 삽화 1-5
2015년 12월

Ex2-06

Ex2-07

Ex2-08

Ex2-09

Ex2-10

Ex2-11

Ex2-12

Ex2-13

Re:제로부터 시작하는 이세계 생활 Ex 2 검귀연가
흑백 삽화 7-10, 6
2015년 12월

Ex2-14

Otsuka Comment

여섯 번째 흑백 삽화는 그림 VS 스핑크스. 스핑크스는 류즈와 판박이처럼 생겼는데……. 만약 Ex 2탄을 안 보셨다면, 이 기회에 꼭 읽어 보세요!

이렇게, 네가 누구 것인지
과시해 두지 않으면 불안해서 말이야.

Wilhelm

A young man feared as "Sword ogre"
during the Demi-Human War.
He got married with Theresia,
and the history of their love has been handed down
as a famous love story.

빌헬름, 당신을 사랑해.

Theresia

A lovely girl with blazing red hair and
blue eyes like a clear sky.
She routinely goes to a field of flowers
in a slum area of the capital and spends hours alone.

Otsuka Comment

빌헬름과 테레시아의 과거 이야기 제2탄. Ex 2탄부터 계속 등장하는 캐릭터도 다수 있어서 커버에 그려 봤습니다. 테레시아가 입은 화사한 의상의 정체는…….

Ex3-01

Re:제로부터 시작하는 이세계 생활 Ex 3 검귀연담
커버 및 대문 일러스트
2018년 6월

Ex3-02

Re:제로부터 시작하는 이세계 생활 Ex 3 검귀연담
권두 컬러 1
2018년 6월

Otsuka Comment

권두 컬러 1은 연병장에서 활약하는 빌헬름. 여기에도 Ex 2탄에서 등장한 캐릭터가 많네요. 권두 컬러 2는 결혼식. 커버에 나온 테레시아의 의상에 대한 답은……. 이것으로 아시겠죠.

Re:제로부터 시작하는 이세계 생활 Ex 3 검귀연담
권두 컬러 2
2018년 6월

Ex3-04

Re:제로부터 시작하는 이세계 생활 Ex 3 검귀연담
권두 컬러 · 캐릭터 소개
2018년 6월

쿠르강
Kurgan

볼라키아 최강의 투신으로,
별명은 '여덟팔'.

스트라이드 볼라키아
Stride Volachia

쿠르강을 대동하고
픽타트 시내에 나타난 남자.

벨톨 아스트레아
Veltol Astrea

테레시아의 아버지.
딸을 너무 아끼는 감이 있다.

지오니스 루그니카
Gionis Lugunica

친룡왕국 루그니카의 국왕.

Ex3-05

Ex3-06

Ex3-07

Ex3-08

Re:제로부터 시작하는 이세계 생활 Ex 3 검귀연담
흑백 삽화 1-3, 5
2018년 6월

Ex3-09

Re:제로부터 시작하는 이세계 생활 Ex 3 검귀연담
흑백 삽화 4, 6-9
2018년 6월

Ex3-10

Ex3-11

Ex3-12

Ex3-13

Otsuka Comment

네 번째 흑백 삽화에서는 또 둘이서 애정 행각을 벌이네요. 아마도 두 사람의 러브러브 씬은 이 삽화가 마지막일 테니까, 참아 주세요!

Ex3-14

Re:제로부터 시작하는 이세계 생활 Ex 3 검귀연담
흑백 삽화 10
2018년 6월

Character sheets

가필
Garfiel
160
2m
獣人 ver.
수인 ver.
BACK
獣 ver.
짐승 ver.
류즈
Ryuzu
구멍에서 손
穴から手

cut
비스듬하게
ナナメ
Front
BACK
에키드나
Echidna
黒目ぼんやり
까만 눈 흐릿함
카밀라
Carmilla
손을 가리는 소매
萌袖
こんもりしていて
カワTT
도톰해서 귀여움
ずりずる
질질 질질

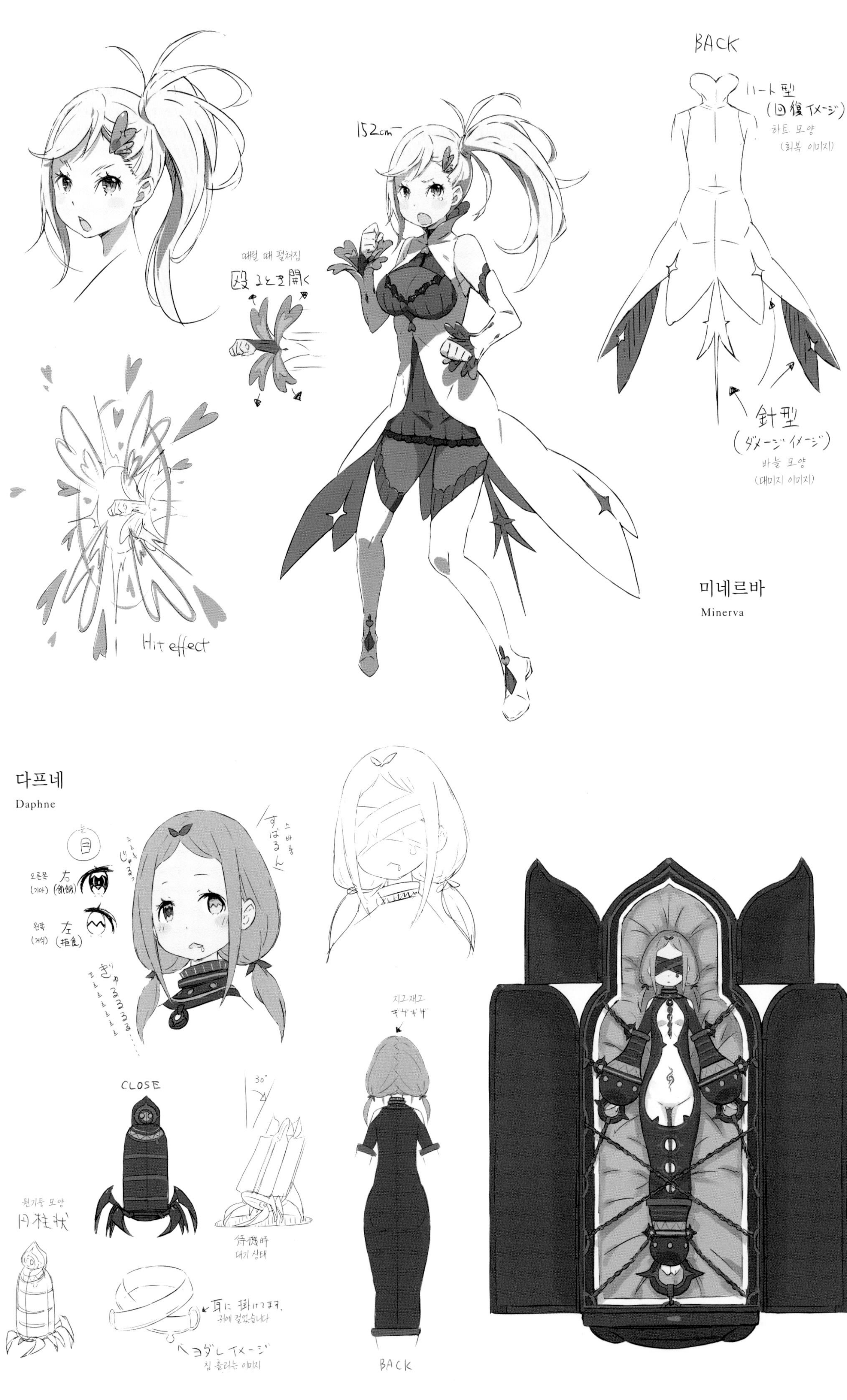
BACK
ハート型
(回復イメージ)
하트 모양
(회복 이미지)
152cm
때릴 때 펼쳐짐
殴るとき開く
Hit effect
針型
(ダメージイメージ)
바늘 모양
(대미지 이미지)
미네르바
Minerva
다프네
Daphne
すばるん
스바룽
CLOSE
30°
원기둥 모양
円柱状
待機時
대기 상태
耳に掛けてます。
귀에 걸었습니다
ベヨダレイメージ
침 흘리는 이미지
지그재그
ギザギザ
BACK

튀폰
Typhon
体のラインだけうっすら見えます。
몸의 라인만 희미하게 보입니다.
髪のウラ側が明るい
머리칼 안쪽이 밝다
비스듬하게
ナナメ
세크메트
Sekhmet
Sigh
망토
マント
옷
망토 표면에도 무늬있음
マントの表にも模様アリ
머리카락
ぬい目
꿰맨 자국
枝毛風
갈라진 머리끝 느낌

레굴루스
Regulus
BACK
スリット
트인 부분
라이 바텐카이토스
Rye Batenkaitos
톱날 같은 치열
ギザ歯
魔女教の短剣
마녀교의 단검
평소엔 의외로 귀여움
普段は意外とカワイイ
ハラヘッタ
배고파
マント留め具
망토 고정하는 부분
赤い部分は血痕
빨간 부분은 핏자국
猫背なので
髪は基本前に。
자세가 구부정해서
머리카락은 기본적으로 앞으로

메일리
Meili

마수 바위돼지
Damon Beast Rock Pig

마수 검은날개쥐
Black-winged mice
角跡
뿔 흔적
30 cm
마수 길티라우
Guiltylowe
하얀 뿔로 변경
연재판에선 부러져서
짧게 했습니다.
白ツノに変更
Web版では
折れてたので
短くしました。
발톱 추가했습니다.
ツメ追加
しました。
마수 쌍두사
Two-headed snake
뿔 흔적
ツノ跡
뿔
ツノ
2m
몸길이
全長3.5m
75cm
대토
Great Rabbits
하아악
ゴゴゴ…
白鯨の魔法陣と同じマーク
백경의 마법진과 똑같은 마크

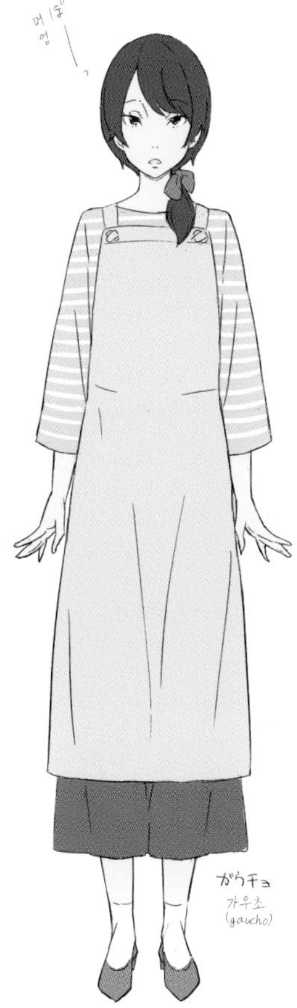

나츠키 켄이치&나호코

Natsuki Kenichi and Nahoko

초대 로즈월

Roswaal

에밀리아(어린 시절)

Emilia

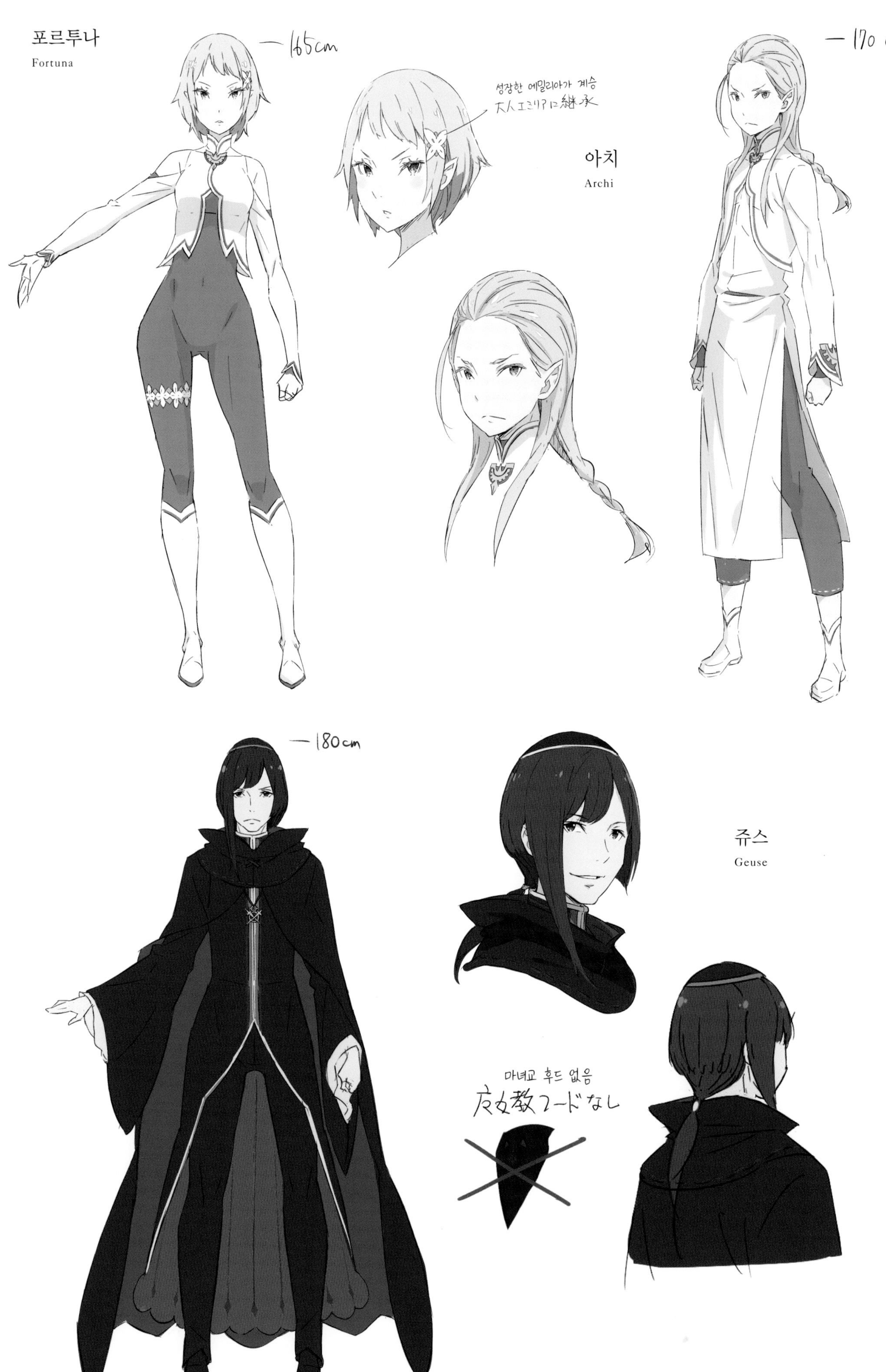
포르투나
Fortuna
165cm
성장한 에밀리아가 계승
大人エミリアに継承
아치
Archi
170 cm
180cm
쥬스
Geuse
마녀교 후드 없음
魔女教フードなし

헥토르
Hektor

판도라
Pandora

빌헬름
Wilhelm

剣逆
검 반대로

※テレシアと花畑で会う際に着ている私服です
테레시아와 꽃밭에서 만날 때 입는 사복입니다.

테레시아
Theresia

戦闘時（21才）
전투 때 (21세)

10代
10대

작은 트윈테일
細いツインテ

実際は50代だけど見た目は30代
실제론 50대지만 겉으로 봐서는 30대

50代
50대

龍剣レイド
용검 레이드

長剣
장검

스바루
Subaru
髪のびました。
머리 자랐습니다.
리겔
Rigel
렘
Rem
스피카
Spica
길게 늘어지는 소매
뒤쪽은 민무늬
振袖
背面は無地
할리벨
Halivel
곰방대
キセル
-166
-190
티어
Tier
マークは
風イメージ
마크는
바람 이미지
말랐지만
배만 볼록 나옴
細身だけど
お腹だけポッコリ
훈도시
ふんどし
獣足
짐승 발

TV Animation
1st season

TV 애니메이션 시즌 1 BD&DVD 제1권
바깥 케이스 일러스트
2016년 6월

Otsuka Comment

처음엔 역시 에밀리아죠! 에밀리아 혼자면 쓸쓸해 보여서 스케치 단계에선 없었던 팩을 나중에 추가했습니다.

TV 애니메이션 시즌 1 BD&DVD 제2권
바깥 케이스 일러스트
2016년 7월

Otsuka Comment

2권에선 렘람이 등장합니다. 이 일러스트를 바탕으로 한 피규어의 완성도가 무척 좋아서 지금도 본가 선반에 장식하고 있습니다.

TV 애니메이션 시즌 1 BD&DVD 제3권
바깥 케이스 일러스트
2016년 8월

Otsuka Comment

베아코 귀여워어어어어어어!!! 베아코 일러스트가 나올 때마다 비슷한 코멘트를 다는데, 슬슬 여러분이 질리지 않았을까 걱정됩니다…….

TV 애니메이션 시즌 1 BD&DVD 제4권
바깥 케이스 일러스트
2016년 9월

Otsuka Comment

드디어 주인공이 등장했습니다! 하지만 굳이 말하자면 렘이 메인 같기도 하네요. 스바루의 조끼 색은 애니메이션에 맞춰 갈색으로 변경했습니다.

TV 애니메이션 시즌 1 BD&DVD 제5권
바깥 케이스 일러스트
2016년 10월

Otsuka Comment

이때부터 왕선 캐릭터가 이어집니다. 처음은 펠트. 캐릭터의 성격을 생각해서 생동감이 있는 포즈를 잡았습니다.

TV 애니메이션 시즌 1 BD&DVD 제6권
바깥 케이스 일러스트
2016년 11월

Otsuka Comment

프리실라 님은 역시 도발 구도가 잘 어울려요. 프리실라 자체는 아주 좋아하지만, 장식이 너무 많은 캐릭터라서 그리는 건 별로 좋아하지 않습니다(웃음).

TV 애니메이션 시즌 1 BD&DVD 제7권
바깥 케이스 일러스트
2016년 12월

Otsuka Comment

크루쉬 님은 여성스러운 의상도 좋지만, 역시 평소 남장 모습이 잘 어울리네요. 좀처럼 멋진 포즈를 그리지 못해서 시간이 몹시 오래 걸렸던 기억이 있습니다.

TV 애니메이션 시즌 1 BD&DVD 제8권
바깥 케이스 일러스트
2017년 1월

Otsuka Comment

아나스타시아의 목도리 부분을 보여주고 싶어서 뒤돌아선 구도로 잡았습니다. 뭔가 동물처럼 보이기도 하는데요…….

TV 애니메이션 시즌 1 BD&DVD 제9권
바깥 케이스 일러스트
2017년 2월

Otsuka Comment

마지막에도 스바루 군이 등장하는데, 이 일러스트도 에밀리아 메인으로 보이네요. 지금까지 서적 커버에는 한 번도 등장한 적이 없는, 매우 안타까운 주인공이지만 그것이 스바루답다고 할 수 있을지도 모르겠네요.

TV 애니메이션 시즌 1 BD&DVD 사전 예약
일러스트
2016년 4월

Otsuka Comment

E · M · T! 같은 일러스트를 목표로 그렸습니다.

TV 애니메이션 시즌 1 BD&DVD 수납 BOX 1
일러스트
2016년 6월

Otsuka Comment

1, 2장에서 나온 주요 캐릭터가 총출동한 일러스트입니다. 사이즈가 기존에 없었던 변칙적인 일러스트여서 BOX 측면 부분에 렘이 오도록 캐릭터 배치를 조정하는 게 어려웠습니다.

TV 애니메이션 시즌 1 BD&DVD 수납 BOX 2
일러스트
2016년 10월

Otsuka Comment

3장에 나온 주요 캐릭터가 총출동한 일러스트인데, 박스 1에도 등장했던 캐릭터 일부가 잘렸습니다. 미안해 언니분, 펠트. 그리고 베아코…….

TV 애니메이션 시즌 1 BD&DVD 제1권 부속 특전 소설『Re:제로부터 시작하는 전일담 빙결의 인연』
커버 일러스트
2016년 6월

BD1-01

Otsuka Comment

마법을 발동 중인 에밀리아땅. 하얀 배경에 하얀 캐릭터는 너무 눈에 띄지 않아서 스케치 단계보다도 마법 효과를 추가했습니다.

TV 애니메이션 시즌 1 BD&DVD 제1권 부속 특전 소설
『Re:제로부터 시작하는 전일담 빙결의 인연』
삽화 1-2
2016년 6월

BD1-02

BD1-03

Otsuka Comment

나중에 OVA『빙결의 인연』으로 영상 제작이 이루어질 줄은 전혀 생각하지 않아서 디자인화를 작성하지 않고 삽화를 그리는 바람에 애니메이션 제작 스태프 여러분께 폐를 끼쳤습니다…….

TV 애니메이션 시즌 1 BD&DVD 제5권 부속 특전 소설
『Re:제로부터 시작하는 전일담 숨겨진 마을의 오니 자매』
삽화 1-2
2016년 10월

BD5-01

BD5-02

Otsuka Comment

렘람의 어린 시절을 그린 특전 소설의 삽화입니다. 앞머리가 짧고 두 눈이 다 드러난 상태의 메이드 차림은 레어하네요.

TV 애니메이션 시즌 1 BD&DVD 제9권 부속 특전 소설
『Re:제로부터 시작하는 전일담 진영결성비화』
삽화 1
2017년 2월

BD9-01

Otsuka Comment

에밀리아를 뺀 왕선 후보 진영의 삽화입니다. 이 일러스트를 그린 시점에서는 서적에 등장하지 않은 캐릭터도 은근슬쩍 보입니다…….

TV 애니메이션 시즌 1 BD&DVD 전권 구매 특전 소설
『Re:IF부터 시작하는 이세계 생활』
삽화 1-2
2017년 5월

BD전-01

BD전-02

Otsuka Comment

스바루와 렘이 맺어진 IF 스토리의 삽화입니다. 렘의 유카타 무늬는 어디서 본 것 같은데(웃음). 흑백 삽화 2의 백발 전통복 여성은 나가츠키 선생님께서 캐릭터 디자인을 부탁했으니까 앞으로 본편에서도 등장할지도?

Original Video Animation

OVA 1탄 『Re:제로부터 시작하는 이세계 생활 Memory Snow』 입장자 특전 소설
커버 일러스트
2018년 10월

Otsuka Comment

동복 사양인 렘람입니다. OVA판에 맞춰 디자인을 조금 조정했습니다.

OVA 제1탄 『Re : 제로부터 시작하는 이세계 생활 Memory Snow』
바깥 케이스 일러스트
2019년 6월

Otsuka Comment

다들 표정이 행복해 보이네요. 팩도 있고, 렘도 멀쩡하고, 에밀리아 진영에서는 이 무렵이 가장 평화로웠을지도 모릅니다.

OVA 제2탄 『Re:제로부터 시작하는 이세계 생활 빙결의 인연』 입장자 특전 소설
커버 일러스트
2019년 11월

Otsuka Comment

역광인 에밀리아땅도 E · M · T! 한쪽 눈을 감고 다리를 꼰 퍽이 왠지 거만해 보입니다(웃음).

OVA 제2탄 『Re:제로부터 시작하는 이세계 생활 빙결의 인연』
바깥 케이스 일러스트
2020년 4월

Otsuka Comment

고독한 시절 에밀리아의 이야기라고 해서 등장 캐릭터가 극단적으로 적기 때문에 엑스트라와 짐승도 전부 집합시켰습니다.

Special illusts

MF문고 J 창간 15주년 페어
일러스트
2017년 7월

Otsuka Comment

렘은 IF 스토리에서도 일본 전통복을 입혀서, 유카타 차림도 별로 어색하지 않네요.

MF문고 J 창간 봄맞이 페어
일러스트
2018년 2월

Otsuka Comment

에밀리아의 학생복 차림은 신선하네요. 밸런타인데이에도 맞춘 일러스트여서 자세히 보면 뒤에 선물처럼 보이는 물건이 있습니다.

MF문고 J 핼러윈 페어
일러스트
2017년 10월

핼러윈 시즌이라서 조금 소악마 같은 렘람을 그렸습니다. 핼러윈데이는 지금이야 일본에 정착했지만, 처음에 그 존재를 안 것은 초등학교에 다니던 시절에 본 영화 『E.T.』였죠……(그윽한 눈빛).

공식 Twitter 10만 팔로워 돌파 기념
일러스트
2016년 7월

Otsuka Comment

마츠세 다이치 씨가 여학생 버전 기념 일러스트를 그려서 저는 남학생 버전입니다.
이 일러스트를 그린 시점에서는 주요 남자 캐릭터가 너무 적어서 페텔기우스 씨와 초반 악당 3인조까지 내놓아야 하는 상황이었습니다.

SP-1

SP-4

SP-2

SP-3

Otsuka Comment

SP-1
아키하바라 사인회 SD 에밀리아 일러스트
2014년 6월

다른 목적으로 그린 일러스트인데, 쓸 일이 없어져서 사인회용 일러스트로 돌린 기억이…….

SP-2
대만 사인회 SD 에밀리아 일러스트
2016년 2월

아키하바라 사인회용 일러스트보다 SD 느낌을 더 살려서 그렸습니다. 독수리 마크를 깜빡했네요(웃음).

SP-3
문고 4권 발매 공지 일러스트
2014년 6월

4권 발매 때 트위터용으로 그린 일러스트입니다. 배경은 렘의 모닝스타를 이미지로 삼아 그렸습니다.

SP-4
코믹 얼라이브 2014년 9월호 색지 일러스트
2014년 7월

원래 색지는 아날로그로 그리는 법인데, 이 일러스트는 디지털 입고입니다. 디지털 환경에 너무 익숙해지는 바람에 아날로그로 그림을 그리지 못하게 되었습니다…….

Re:제로부터 시작하는 이멋세 생활
후기 일러스트
2016년 12월

Otsuka Comment

『이 멋진 세계에 축복을!』과의 합동기획 소책자에 들어간 일러스트입니다. 컬러로 완성했는데 흑백 페이지로 싣는다고 해서 RGB에서 그레이스케일로 변환했습니다. 컬러로 실린 건 이번이 처음이니까 귀중해요! 메구밍 러브.

Interview

오츠카 신이치로 인터뷰

Shinichirou Otsuka's interview

【일러스트레이터가 되기까지】

담당편집자(이하 담당자) : 무척 초보적인 질문부터 하겠는데요, 그림은 언제부터 그리셨습니까?

오츠카 신이치로(이하 오츠카) : 처음에는 역시 유치원 시절이었죠. 그때 그림을 그리고 칭찬받은 성공 체험이 있어서 지금도 그림을 그리고 있는 것 같습니다. 다만 그때는 인물 그림에 전혀 관심이 없었고, 아이라서 건물이나 큰 물체를 좋아해서 성, 기린, 코끼리, 로봇 등을 즐겨 그렸죠. 초등학교 시절까지는 그런 느낌이었는데, 중학교에 들어가고 나서 타카하시 루미코 선생님의 그림을 접했어요. 그때부터 그것처럼 매력적인 캐릭터를 그리고 싶어졌고, 인물을 그리기 시작했습니다.

담당자 : 미술부에 들어가거나 했습니까?

오츠카 : 미술부엔 들어가지 않고, 뭐 사실은 그림보다 게임에 관심이 있었거든요(웃음). 초등학교, 중학교 때는 집에 PC가 있어서 게임에 빠져 살았습니다. 그러니까 그림을 열심히 그렸냐 하면 꼭 그렇지는……. PC 게임이라서 잡지에 실린 프로그램을 입력해서 그대로 가지고 놀고 말이죠. 그 시절엔 굳이 말하자면 게임 프로그래머를 동경했습니다.

담당자 : 고등학교 때는 어땠나요?

오츠카 : 고등학교 시절은 꽤 그렸네요. 거의 타카하시 루미코 선생님의 그림을 모사한 거지만요. 그리고 2차 창작 같은 만화를 그려 본다거나. 다만 대학교에 들어가서는 노는 게 더 즐거워서, 친구들과 게임을 하거나 마작을 치거나 노래방에 가거나(웃음). 그림에는 거의 손을 대지 않았던 것 같아요.

담당자 : 그 시절에는 그림 그리는 걸 조금 좋아하는 아이, 학생이었단 거군요.

오츠카 : 그러네요. 일러스트레이터가 된다거나, 만화가가 된다거나. 그럴 생각은 전혀 없었죠.

담당자 : 그러다가 게임 쪽 일을 하고 싶다고 마음이 바뀐 겁니까?

오츠카 : 그렇죠. 대학교를 졸업한 다음에는 취업 문제가 튀어나오니까요(웃음). 그때 뭘 할까 생각하다가 옛날부터 좋아한 게임 쪽 일이면 괜찮을 것 같아서. 사실은 프로그래머가 되고 싶었지만요(웃음). 뭐, 그쪽 방면은 재주가 없으니까 그렇다면 그림이 낫겠지, 하는 생각으로 대학교 3학년 때부터 그림 공부를 조금 시작한 느낌이죠.

담당자 : 게임 쪽 일을 하려고 일러스트 방면으로 진출한 거군요.

오츠카 : 그렇죠. 당시는 CAPCOM의 격투기 게임이 전성기이던 시절로, CAPCOM의 화집이나, 그리고 격투기 게임의 캐릭터 패턴이 실린 잡지를 사서 데생 실력을 키우려고 꾸준히 모사하는 공부를 했습니다.

담당자 : 그렇다면 게임이 계기이자 열정의 씨앗인 셈이군요.

오츠카 : 그렇죠. 어떻게 해서든지 게임 회사에 들어가려고 애썼습니다(웃음). 다만 게임 회사에 들어가서 캐릭터를 그리고 싶었던 건 아니고, 당시 〈버철 파이터 2〉 같은 3D 게임이 유행해서 폴리곤으로 뭔가 인물이나 배경을 만들고 싶었어요. 하지만 실제로 게임 회사에 들어가서 한 작업은 거의 대부분 2D 배경(BG)으로, 게임 필드 제작 같은 일을 주로 했습니다. 그 무렵에는 캐릭터를 그리는 데 별로 관심이 없어서요(웃음). 주위에 더 잘하는 사람이 많아서 제가 나설 자리가 없었죠.

담당자 : 그랬군요. 다만 제가 리제로 일을 맡았을 때는 이미 게임 캐릭터 디자인을 제법 많이 맡으신 것 같은데, 어떤 식으로 그 길로 진입했습니까?

오츠카 : 처음에 입사했던 회사를 2000년쯤에 그만두고 간토 지방으로 옮겼는데 말이죠. 새로운 게임 회사를 만든다고 해서 거길 들어갔는데 일이 별로 없어서 말이죠(웃음). 조금 시간이 남아서 홈페이지를 만들고 그때부터 캐릭터 일러스트를 그리기 시작했죠. 다만 당시엔 3D 작업물을 올린다거나(웃음). 뭐든 좋으니까 발표할 자리를 만들고 싶은 느낌이었어요. 그러다가 서서히 일러스트 쪽에 흥미가 생겨서, 후반에는 거의 캐릭터 일러스트가 메인이 되었죠. 그리고 마침 2000년 무렵에 게임 〈서몬 나이트〉가 나와서, 이게 내가 꿈꾸는 그림이라고 생각했는데요(웃음). 이렇게 귀여운 그림을 그리는 사람도 다 있구나, 하고 말이죠. 이것도 홈페이지를 시작한 이유 중 하나죠. 이런 그림을 그리고 싶다는 생각에서요.

담당자 : 그랬군요. 당시부터 무척 좋아하셨나 보네요. 쿠로보시 코하쿠 선생님 그림을.

오츠카 : 그랬죠. 〈서몬 나이트〉니까요.

담당자 : 하지만 그것으로 엮이기 시작한 거죠.

오츠카 : 처음에는 〈서몬 나이트 2〉의 배경 일이 우연히 들어왔어요. 그 배경을 그리고, 그 뒤로 〈서몬 나이트〉 제작사 사람이 제 홈페이지를 발견해서(웃음). 쿠로보시 선생님을 의식한 그림을 그렸으니까, 아마도 그때 〈서몬 나이트〉의 게임보이 어드밴스 버전을 만드는 일에 저를 점찍은 것 같습니다.

담당자 : 그렇군요. 그런 과정을 거친 거군요.

오츠카 : 생각지도 못하게 말이죠(웃음). 정말 우연이에요(웃음).

담당자 : 즉, 그때부터 〈서몬 나이트 크래프트소드 이야기(2003년)〉의 캐릭터 디자인을 맡고, 지금까지 이어진 거군요. 그때는 자신을 일러스트레이터라고 생각하셨나요?

오츠카 : 전혀 생각하지 않았죠(웃음). 그때도 여전히 게임 맵을 그리는 일도 병행했으니까, 캐릭터 디자인과 일러스트도 작업 중 하나로 인식했습니다. 그래도 역시 세상에 제 그림이 나오니까 기뻤죠.

담당자 : 그 뒤로는 어떤 과정을 거쳤습니까?

오츠카 : 일러스트 일과 병행해서 맵 등을 작업하고, 결국에는 쭉 게임 회사에 있었으니까 주어지는 일을 묵묵히 처리하는 식이었죠.

담당자 : 하지만 그 무렵에 라이트노벨 일도 시작하셨죠(GASHIN 명의)? 그 시절에 게임 쪽 일을 하면서 라이트노벨 일을 하는 건 힘

Fig 01 에밀리아, 펠트 ,팩 초고

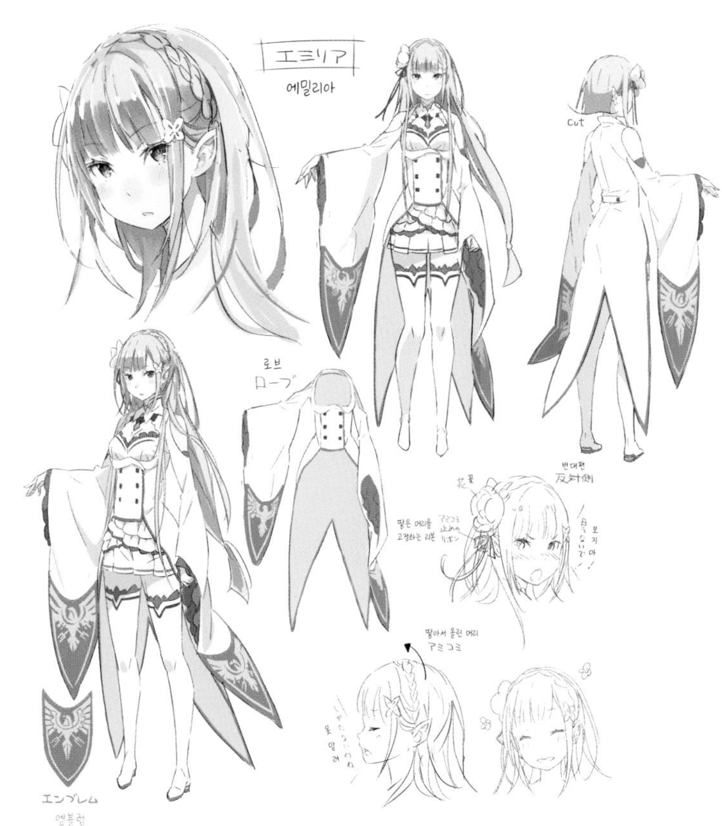

Fig 02 에밀리아 완성고

Fig 03 스바루 초고

Fig 04 스바루 완성고

들지 않나요?
오츠카 : 라이트노벨 쪽은 완전히 개인적으로 한 일이니까 수면 시간을 줄여서 그렸죠.
담당자 : 오츠카 신이치로의 이름으로 게임을, GASHIN이라는 개인 명의로는 라이트노벨 쪽 일도 했다는 말이군요.
오츠카 : 게임 회사는 기본적으로 펜네임을 안 쓰니까요(웃음). 본명이 드러난단 말이죠. GASHIN(가신)은 초등학교 시절 별명입니다. 교내에서 로봇 흉내를 내며 '가싱, 가싱' 소리를 내며 걸어다녀서 붙은 이름이죠(웃음).
담당자 : 게임 비주얼 분야에서 본명을 숨기는 연예인 느낌이었단 거군요. 아직 일러스트레이터가 됐다고 느낀 이야기가 없는데, 언제부터 마음이 바뀌셨나요?
오츠카 : 글쎄요……? 굳이 말하면 정말로 『Re:제로부터 시작하는 이세계 생활(이하 리제로』를 시작했을 무렵일까요(웃음). 리제로 언저리부터 거의 일러스트 일만 하게 되었으니까요……. 마침 그때부터 Twitter 계정도 만들었고요(웃음). 그때부터 일러스트레이터 의식이 드러난 것 같습니다.

【캐릭터 디자인에 관해서】
담당자 : 2013년에 오츠카 선생님께 리제로 라이트노벨 일러스트 의뢰가 가면서 그때부터 리제로 일이 시작됐는데요. 먼저 여기에 당시 캐릭터 디자인 초고를 소개하겠습니다. (Fig 01)
오츠카 : 그립네요. 캐릭터 디자인 방법은 처음에 입사한 게임 회사의 신인 교육이 철저했습니다. 캐릭터는 이렇게 그려야 한다는 3대 원칙 같은 게 있었거든요(웃음). 첫째, 캐릭터는 실루엣으로 그려라 같은, 요컨대 캐릭터를 새까맣게 칠하는 한이 있더라도, 그 캐릭터를 알 수 있게 그리라는 건데요…….
담당자 : 무척 좋은 이야기네요.
오츠카 : 사실은 아주 흔한 말이지만요(웃음). 캐릭터마다 실루엣이 다르게 의식하면서 그리는 거죠. 둘째, 실루엣에서 캐릭터의 움직임이 보이게 그려라. 그러니까 움직임이 있는 캐릭터는 되도록 흔들리는 걸 달아서 캐릭터가 움직일 때 같이 흔들리게 보이도록 그런 걸 잔뜩 추가합시다 같은 말인데요. 에밀리아의 소매나 펠트의 머플러 같은 건데, 펠트는 뛰어 다니는 캐릭터라서 달릴 때 머플라가 펄럭여서 보기 좋게 만드는 것을 의식했죠. 셋째는 당시 게임 회사에서 도트 그림을 그려서 한 캐릭터에 16색밖에 쓸 수 없었단 말이죠. 배경색을 포함해서 16색이니까 색을 너무 많이 쓰지 말라는 소리를 들었습니다(웃음). 3색 정도로 제한하라고 말이죠. 물론 예외도 있었지만, 그래서 최대한 색을 줄이는 게 몸에 뱄습니다. 색을 너무 많이 쓰면 캐릭터의 인상이 흐릿해지니까요. 에밀리아를 예로 들면 은발에 흰색이라거나. 사실 렘람은 메이드 옷이 흑백 계통이고, 머리가 하늘색, 핑크색이긴 하지만, 한마디로 캐릭터를 표현할 수 있는 것이 이상적인 캐릭터 디자인이라고 배웠습니다. 렘은 파란 머리 메이드, 람은 핑크 머리 메이드. 색을 많이 쓰지 않는다고 하는, 당시 제약에서 탄생한 거지만요(웃음).

【에밀리아의 캐릭터 디자인에 관해서】
오츠카 : 인터넷 연재판에서는 로브를 걸친 은발 소녀 같은 설정이었을 겁니다. 그래서 초고에선 그냥 로브를 입힌 상태란 말이죠. 그렇게 하면 디자인이 너무 수수해지니까, 로브 부분을 많이 만져서 어깨를 드러내거나 가슴을 드러내거나, 그리고 소매를 뾰족하게 만들거나 해서 보기 좋은 캐릭터로 바꿨습니다. 얼굴은 별로 안 변했지만요. 그리고 나가츠키 탓페이 선생님이 독수리 마크를 넣어 달라고 하셔서 나중에 추가했습니다. (Fig 02)
담당자 : 초고에서 2고로 넘어갈 때 변화가 심해서 당혹스러운데요.
오츠카 : 기본적으로 로브를 건드려서, 아래는 별로 변하지 않았어요.
담당자 : 연미복처럼 변한 실루엣도 캐릭터를 실루엣으로 알 수 있게 한 걸까요?
오츠카 : 그렇죠. 특히 에밀리아는 얼음 마법을 쓰니까 발동했을 때 소매 부분이 흔들리면 보기 좋을까 싶어서 넉넉하게 잡았습니다.
담당자 : 아래가 차곡차곡 접힌 치마처럼 보이는데, 이건 초고에서 추가한 요소죠?
오츠카 : 치렁치렁한 부분은 귀여움을 연출하려고 넣었을 겁니다. 다만 지금이라면 없앴을지도 모르겠네요. 지금은 심플하게 디자인하려고 하니까요.
담당자 : 머리에 꽃이 추가되고, 리본이 달리거나 했네요.
오츠카 : 머리를 땋은 곳에 꽃이 달리는 머리 모양으로 했습니다. 히로인이니까 최대한 화사한 느낌이 나게 애쓴 성과죠. 보라색이 많은 것도 조금 신성한 느낌을 주려고 했던 거겠죠. 담당자님이 초고가 수수하다고 지적하셨는데, 저도 수수했다고 봅니다.

【스바루의 캐릭터 디자인에 관해서】
오츠카 : 처음 이미지는 일본인 같은 게임 주인공입니다. 검은 머리에, 그리고 별로 튀지 않고요. 그때부터 설정을 훑어보고 머리를 짧게 하거나, 눈매를 사납게 했죠. 초고에선 다른 라이트노벨 주인공에 비해 나이를 먹은 느낌이라서 담당자님이 조금 어리고 소년답게 그려 달라는 요청이 있었을 겁니다(웃음). 그래서 더 어리게 한 거죠. 운동복 차림도 조금 수수해서 오렌지색을 약간 넣어 본다든지 말이죠. 그리고 N 마크가 있네요. 나츠키 스바루의 N 마크인데, 그걸 로고 마크처럼 넣어서 완성했습니다. 그러고 나서 나가츠키 선생님이 주역 같은 캐릭터로 만들지 말아 달라고 하셔서 엑스트라 느낌이 나게 그렸습니다. (Fig 03, 04)

Fig 04 렘, 람 초고

Fig 06 렘, 람 2고

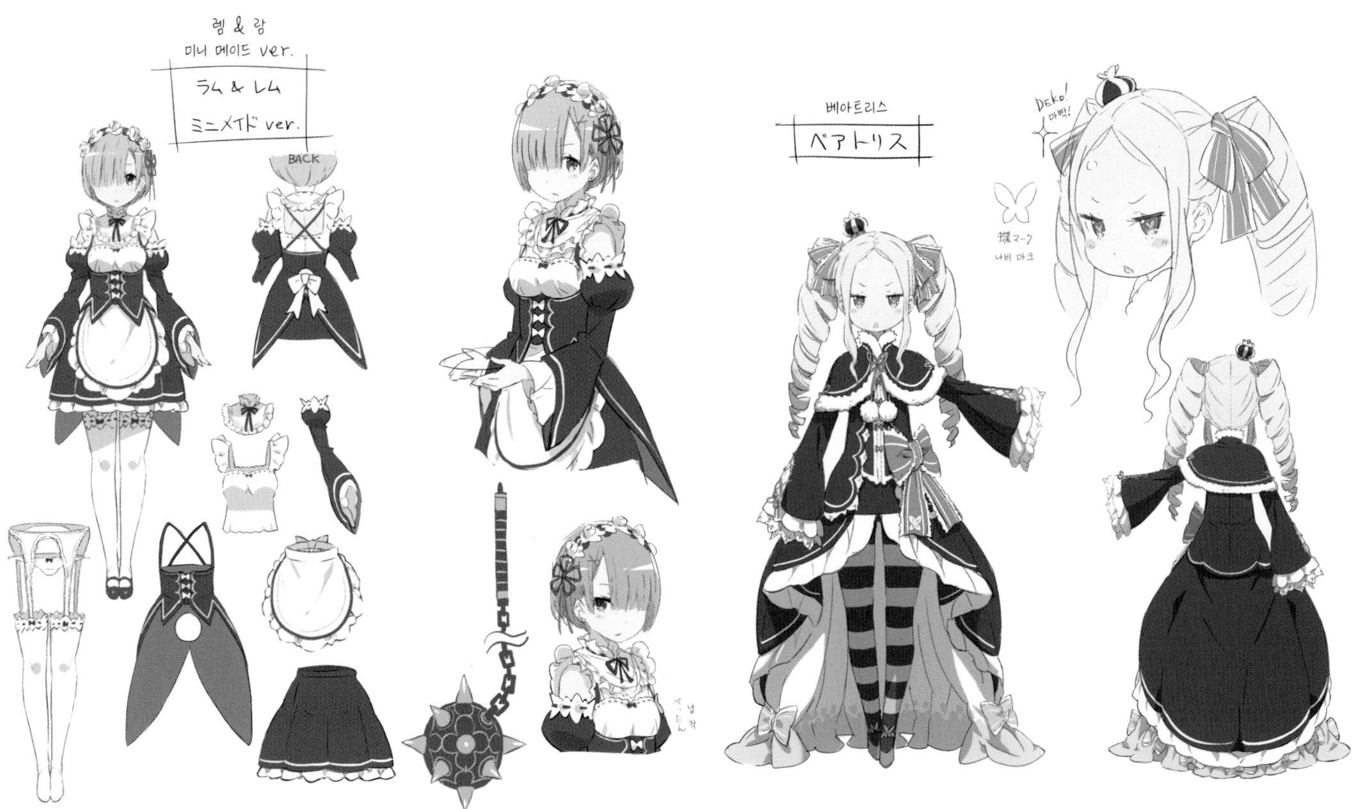

Fig 07 렘, 람 완성고

Fig 08 베아트리스 완성고

【렘, 람의 캐릭터 디자인에 관해서】

오츠카 : 인터넷 연재판에서는 롱스커트 메이드 의상이라고 해서 초고에서는 치마가 길었습니다. 머리 모양은 한쪽 눈을 가리는 캐릭터가 보통 머리를 비스듬하게 내려서 눈을 가리는 게 정석이어서 정말로 기본에 충실한 느낌이네요. (Fig 04)

담당자 : 다만 지금의 렘람과 비교하면 임팩트가 약하네요.

오츠카 : 그렇죠. 너무 흔한 머리 모양 같아요.

담당자 : 이어서 이것이 2고입니다. (Fig 06)

오츠카 : 2고의 머리 모양은 일자 컷 앞머리를 부분적으로 머리핀으로 고정해 한쪽 눈을 드러냄으로써 개성을 만든 느낌이네요. 복장에 관해서는 렘람이 오니족 출신이라는 점에서 일본풍 디자인을 도입해 머리 장식이나 복장에도 그런 느낌이 드러난 것 같습니다.

담당자 : 다만 일본풍이 너무 강해서 판타지 세계관과 동떨어진 느낌이 조금 강해지고 말았죠. 그 느낌을 해소해 달라고 요청받아서 나온 게 여기 있는 3고, 최종본이네요. (Fig 07)

오츠카 : 얼굴 부분은 2고와 거의 똑같아요. 이 시점에서 담당자님이 의상을 미니스커트로 바꾸자고 제안하셔서(웃음). 치마를 미니스커트로 바꾸고 어깨에 조금 볼륨감을 내거나 해서 약간 특징을 만들었죠. 그렇게 특별한 메이드 옷은 아니지만요.

담당자 : 그 수정은 특징을 약간 만든 수준이 아닌데요(웃음). 하지만 2고에서 일본풍 복장이 있었으니까 메이드처럼 본래는 서양 요소만으로 처리할 의상이 지금 보면 무척 동양적인 메이드 옷이 됐단 말이죠. 일본풍 요소가 많이 도입되어 최종적으로는 지금껏 별로 접한 적이 없는 메이드 옷이 되었습니다.

오츠카 : 종합적으로 봤을 때 특징이 생긴 느낌이죠.

담당자 : 지금은 세계에서 알아주는 렘과 람인데요.

오츠카 : (웃음).

담당자 : 이번 인터뷰로 느낀 건데, 메이드 의상만 가지고 한 발상으로는 이 결과에 이르지 못했을지도 모르겠군요. 한차례 일본풍이 들어가서, 예를 들어 본래의 메이드 의상과는 흑백 밸런스가 다르니까 말이죠.

오츠카 : 그리고 일자 컷도 일본풍 요소라고 봅니다. 일본에서 말하는 캇파 머리니까요. 헤드 드레스에 있는 연꽃도 그렇고요. 인터넷 연재판에서 인기 캐릭터라서 신경 써서 만든 것 같습니다(웃음). 3고까지 간 캐릭터는 별로 없으니까요.

담당자 : 그러네요. 오츠카 선생님은 금방 수정하고 완성하니까요. 에밀리아도 그랬고요.

오츠카 : 에밀리아는 기적처럼 2고에서 대변신했죠(웃음).

담당자 : 그리고 뒤쪽이 연미복처럼 내려온 것도 전통복 허리띠의 연장선 같군요. 보라색 끈이 들어간 포인트도 일본풍 같습니다.

오츠카 : 아, 진짜 그러네요. 저도 몰랐습니다(웃음).

담당자 : 이렇게 일본풍 필터를 거쳐서 재패니즈 컬러가 들어가고, 외국에서도 렘람이 무척 인기가 있는데, 어쩌면 그렇게 다른 문화가 들어간 메이드 의상의 맛이 전해진 걸지도 모르겠네요.

오츠카 : 그리고 나가츠키 선생님에게 '오니'의 이미지를 일본의 귀신(오니)인지, 서양의 귀신(오거)인지를 2고 타이밍에 물어본 것 같습니다. 그래서 '일본'이라고 해서 일본풍을 넣은 거죠. 디자인을 완성했을 때는 평범한 메이드 의상 같았는데요. 별로 특징이 없잖아요(웃음). 세계에서 알아주는 렘이 된 건, 역시 캐릭터의 인기가 크게 작용했다고 봅니다(웃음).

【베아트리스에 관해서】

오츠카 : 베아코는 원작을 봤을 때 인형 같은 이미지여서 서양 인형 느낌으로 디자인하고, 그냥 롱드레스로 하면 인상이 밋밋하니까 다리 주변을 확 드러내 특징을 만든 느낌입니다. 그리고 이 아이는 왠지 눈을 잘 흘길 것 같아서 그렇게 만들고요. 그리고 인간이 아니라 (인공) 정령이라는 설정이 있어서 눈동자에 나비 같은 문양을 넣어봤습니다. 왕관은 왜 씌웠는지 기억나지 않네요(웃음). (Fig 08)

담당자 : 베아트리스는 수정이 전혀 오가지 않았죠. 갑자기 베아트리스로 완성했습니다.

오츠카 : 1고부터 이랬으니까요. 명확한 이미지가 있으면 잘 풀립니다. 서양 인형, 흘기는 눈, 그리고 이마(웃음). 드릴 모양 머리라는 설정이 있어서 실루엣만으로도 충분히 특징이 나타났습니다.

담당자 : 컬러도 특징적이죠. 노랑, 핑크, 빨강이라서.

오츠카 : 그러네요. 제가 알기로 원작에선 수수한 옷을 입었다는 설정이 있어서 옷은 와인레드로 잡고 수수하게 만들 작정이었는데, 핑크를 넣었더니 화려한 캐릭터가 되고 말았습니다(웃음).

【에키드나에 관해서】

오츠카 : 에키드나는 잘 움직이지 않는 캐릭터라서 되도록 장식을 달았습니다. 머리카락은 흔들리니까 그것 말고는 심플하게, 다소곳하게 디자인해서, 확 움직이면 오히려 특징이 드러나는 느낌이죠. 그리고 머리에 달린 나비 말인데요, 어쩌다가 베아트리스의 눈동자 문양과 일치한 것을 나가츠키 선생님이 칭찬하신 적이 있단 말이죠(웃음). 물론 저도 설정을 파악하고 있지만, 나비 디자인으로 연결하는 건 의식하지 않았습니다. 그리고 애니메이션에서 나비 부분이 녹색이 되어서, 참 좋다고 생각했거든요. 앞으로 에키드나의 머리 장식은 녹색이 될 겁니다(웃음). 저 자신은 딱히 집착하지 않으니까, 좋은 건 받아들인다는 느낌으로 앞으로도 그런 일이 자주 벌어질 것 같습니다. (Fig 09)

Fig 09 에키드나 완성고

Fig 10 세크메트 완성고

Fig 11 미네르바 완성고

Fig 12 아나스타시아 완성고

【다른 캐릭터의 디자인에 관해서】

오츠카 : 마녀는 모두가 특징이 달라서 다양하게 만들기 쉬웠습니다. 딱 봐도 마녀 같은 캐릭터는 세크메트 하나밖에 없으니까요. 이렇게 정신줄 놓은 디자인은 정말 편합니다(웃음). (Fig 10, 11)

담당자 : 아나스타시아도 상당히 특징적인 것 같은데, 어떻게 생각하시나요? (Fig 12)

오츠카 : 아나스타시아는 하얀 여우 목도리를 했다는 설정이 있어서요. 다만 그냥 하얗고 긴 것을 달면 심심하니까 모피 같은 것을 걸치게 했죠(웃음). 장난기가 발동한 거죠(웃음). 이것도 설정이 있어서 그런 건데, 하얀 캐릭터라면 에밀리아와 이미지 컬러가 조금 겹쳐서…… 왕선 캐릭터 다섯이 모였을 때 하얀 캐릭터가 둘 있으니까 개인적으로는 실수했다고 생각했습니다(웃음). 그것 말고는 제법 겹치지 않는데 말이죠. 빨강, 파랑, 노랑…….

담당자 : 페리스가 파랑이고 크루쉬가 녹색이죠?

오츠카 : 크루쉬 진영은 청색 계통으로 어떻게든 취합했습니다. 크루쉬의 머리카락은 녹색인데, 옷은 남색이죠.

담당자 : 아하. 프리실라는 빨강. 아나스타시아 진영은 하양이군요. 율리우스와 미미, 헤타로, 티비도 옷이 흰색이죠.

오츠카 : 빌헬름도 옷깃에 파랑을 넣었죠. 뭐, 완전히 통일한 건 아니지만요(웃음). 에밀리아 진영은 다 따로 놀기도 하니까요(웃음). (Fig 13)

담당자 : 마수도 디자인이 엄청난데요. 몬스터도 잘 그리시나요?

오츠카 : 몬스터는 전혀 못 그려요(웃음). 옛날에는 기린이나 코끼리를 자주 그렸지만요(웃음). 이건 인터넷에서 동물 사진을 참고해서 그럴싸하게 보이게 애써 그린 겁니다. 롬 할배랑 리카드 같은 인간이 아닌 캐릭터는 CAPCOM 캐릭터를 모사하던 시절의 경험을 살렸을지도 몰라요.

【커버 일러스트에 관해서】

담당자 : 라이트노벨이라고 하면 역시 커버 일러스트 부분이 사람들 눈에 가장 먼저 들어오는데요, 이번에는 당시 1권 커버 일러스트의 스케치를 전부 준비했습니다. 1권 커버 일러스트의 이미지는 있었나요? (Fig 14)

오츠카 : 그 전에 라이트노벨 일러스트를 그린 게 2000년대 초반 정도라서 2013년에 리제로를 맡기로 정해졌을 시점에서 요즘 라이트노벨은 어떤지 서점에 가서 시장 조사 비슷한 것을 해 봤습니다. 그랬더니 그림체나 채색이 완전히 확 바뀌어서……. 2000년대 초반은 조금 둥글둥글하고 귀여운 느낌으로 아이들이 좋아할 그림체가 많았는데, 2013년 시점에서는 채색도 매우 정밀해졌고, 캐릭터 등신도 커졌으니까 말이죠. 이건 조금 의식을 바꿔야 하겠다는 생각이 들었습니다(웃음). 1권은 스케치를 꽤 많이 제출한 것 같아요.

담당자 : 그리고 본편 말고도 외전과 단편집, 이런저런 특전까지 해서 40장 넘게 커버를 그렸는데요, 그릴 때 의식하는 점은 있습니까?

오츠카 : 라이트노벨의 주류는 주인공+a인 패턴이 많고, 그렇게 되면 다채롭게 그리기 어렵다고 생각하는데요. 리제로는 매번 메인 캐릭터가 바뀌어서 심각하게 고민하지 않고 그렸습니다. 본편에서는 캐릭터 한두 명을 메인으로 삼는데, 단편집이나 외전에서는 캐릭터를 여럿 넣어서 본편과 차별화를 꾀하기도 합니다.

담당자 : 이 화집이 발매하는 12월 24일에는 문고 28권도 동시에 나오는데요, 이 커버 일러스트도 기존과는 다른 느낌이 들었습니다. 이건 뭔가 이미지가 있거나 할까요?

오츠카 : 옛날부터 좋아하는 일러스트레이터가 있지만, 요즘 젊은 일러스트레이터들의 요소도 넣고 싶어서 28권 커버 일러스트는 캐릭터 초상을 키우는 식으로 기존과 조금 다른 구도로 잡았습니다.

【일러스트를 그릴 때 힘든 점】

담당자 : 리제로도 이제 8년째를 맞이하면서 수많은 일러스트를 그리셨는데요, 힘든 점이나 대책은 있습니까?

오츠카 : 라이트노벨은 젊은 여자가 많이 나와서, 역시 구분해서 그리는 게 힘들죠(웃음). 작가라면 누구나 그럴 테지만, 젊은 여자 그림은 그림체가 비슷해지기 마련이니까요. 머리 모양만 다르다거나, 눈꼬리가 올라갔거나 처졌거나, 그런 것 말고는 사실 큰 차이가 없으니까 젊은 여자를 구분해서 그리는 건 무척 어렵습니다. 최대한 머리 모양에 신경을 쓰거나, 액세서리를 달아서 차이를 드러내려곤 하지만요.

담당자 : 여자는 역시 예뻐야 한다는 개념이 있으니까 비틀기 어려운 걸까요.

오츠카 : 그러네요. 귀여움 요소는 무조건 필요하니까요(웃음). 나이가 많거나 적거나 하면 그나마 나눠서 그릴 수 있는데, 10대 여자애가 메인이 되니까요. 차이를 드러내는 건 좀처럼 쉽지 않네요.

담당자 : 리제로는 출간 속도도 빠르고, 매년 많은 일러스트를 그릴 필요가 있는데요, 일러스트를 계속 그리면서 힘든 점은 없을까요?

오츠카 : 일단은 회사에 다녀서 일정 관리는 그럭저럭 똑바로 하는 편이니까 크게 힘든 점은 없습니다(웃음). 정말로 작업이 몰리면 버겁지만요.

담당자 : 하루에 몇 시간 정도 그림을 그리시죠?

오츠카 : 얼마나 하더라. 요새는 운동하는 시간과 수면 시간은 꼭 확보하려고 하니까 10시간 정도 아닐까요. 수면 시간이 줄어들면 정말로 몸이 버티질 못하니까요. 그림을 그릴 때 커피를 좋아해서 마셨더니 불면증에 시달렸거든요(웃음). 요새는 커피에서 녹차나 물로 바꿨습니다(웃음). 작업 중에는 스케치 때 조금 머리를 써서 BGM을 틀고, 선화나 채색 때는 귀가 심심하니까 라디오를 듣거나 Podcast나 YouTube를 틀어서 그림 말고도 정보를 얻는 느낌일까요.

담당자 : 가장 힘들 때는 언제일까요?

Fig 13 캐릭터 디자인 완성고
페리스, 크루쉬, 프리실라
펠트, 율리우스, 빌헬름
미미, 헤타로, 티비

오츠카 : 역시 정보를 입력하는 시간이 짧아지면 출력의 폭이 좁아지니까. 일이 많아지면 좀처럼 정보 입력이 이루어지지 않아서 힘듭니다. 정보의 출처는 다양하지만, 가장 많은 건 게임이네요. 게임, 영화…… 같은. 애니메이션은 장르가 비슷하면 디자인이 비슷해지기 쉬우니까 애니메이션이나 만화에서는 정보를 가져오지 않으려고 합니다. 그래서 실사 영화라든지, 게임도 외국 게임이라든지, 그리고 인디 게임 언저리를 참고할 때가 많네요.

담당자 : 이번에는 애니메이션 패키지처럼 문고 외 일러스트도 많이 실렸는데요, 애니메이션 패키지 일러스트를 그릴 때는 평소 일러스트와 다르게 하는 부분이 있을까요?

오츠카 : 가끔 의도해서 애니메이션 채색으로 한 적은 있지만요(웃음). 크게 바꾸진 않습니다.

담당자 : TV 애니메이션을 보고 나서 영향을 받거나 한 적은 없을까요?

오츠카 : 제가 정말로 좋다고 생각한 건 흡수하고 싶거든요. 원래부터 애니메이션 캐릭터 디자인을 담당한 사카이 큐타 선생님의 그림을 좋아해서요(웃음). 그리고 실제로 에키드나의 나비처럼 사카이 씨가 디자인한 것을 원작으로 가져오기도 했습니다. 애니메이션으로 폭이 넓어진 느낌이 들어요.

담당자 : 참고로 TV 애니메이션이 되었을 때의 심정은 어떠셨나요?

오츠카 : 역시 제가 그린 캐릭터가 움직이면 기쁘죠. 게임도 그렇지만요. 그것 말고도 애니메이션이 나오면서 작품을 알아주는 사람이 늘어난 덕분에 팬아트를 그려 준다거나 코스튬플레이를 해 준다거나. 그런 사진을 볼 기회가 그 이전보다 훨씬 늘어나서 이중으로 기뻤습니다.

【마지막으로 일러스트레이터를 지망하는 분께 메시지를】

오츠카 : 그림 공부도 당연히 중요하지만, 그보다도 여러 가지를 보고, 읽고, 체험하는 것으로 평소 흡수하는 정보를 늘리는 것이 중요하다고 봅니다.

일을 시작하면 정보를 얻을 시간을 좀처럼 내기 어려워지니까 되도록 젊을 때 습관으로 만드는 게 좋다고 봐요.

그리고 어떤 일을 하든지 몸이 자본이니까 좋은 식사, 양질의 수면, 적절한 운동은 무척 중요합니다(웃음).

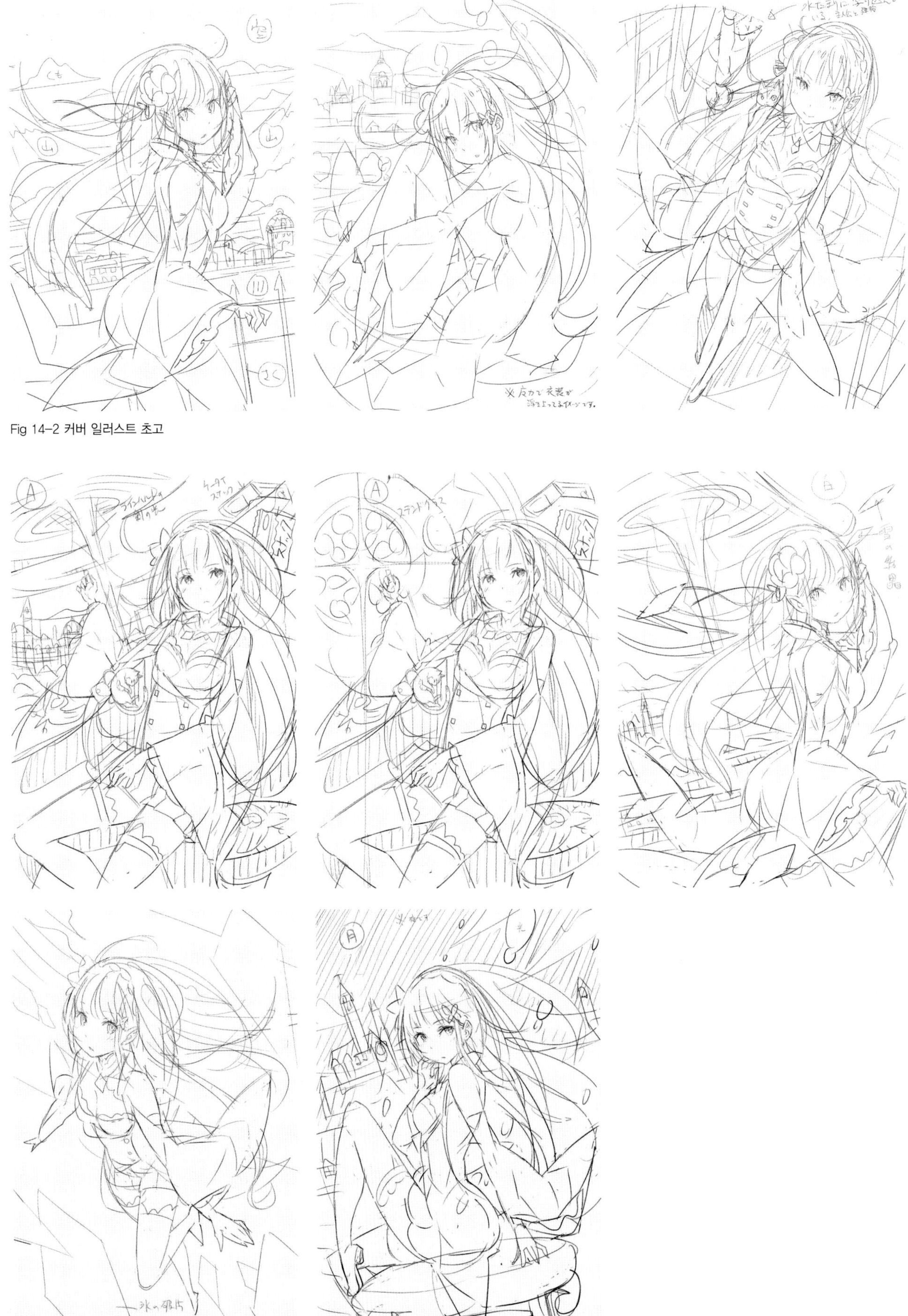

Fig 14-2 커버 일러스트 초고

Fig 14-2 커버 일러스트 2고

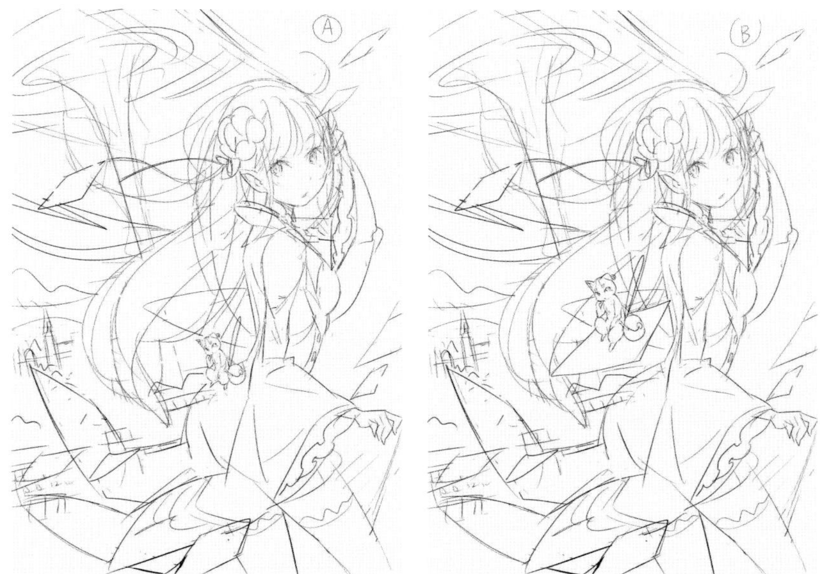

Fig 14-3 커버 일러스트 3고

Fig 14-4 커버 일러스트 완성고

Re:제로부터 시작하는 이세계 생활 오츠카 신이치로 Art Works Re:BOX 2nd

2022년 11월 25일 제1판 인쇄
2022년 12월 01일 제1판 발행

저자 오츠카 신이치로
원작 나가츠키 탓페이

발행 영상출판미디어(주)
등록번호 제 2002-000003호
주소 21315 인천광역시 부평구 부평대로 283 A동 702호
전화 032-505-2973(代) | **FAX** 032-505-2982

ISBN 979-11-380-1915-6

Re:ZERO KARA HAJIMERU ISEKAI SEIKATSU OTSUKA SHINICHIROU ART WORKS Re:BOX 2nd

구매 시 파손된 도서는 구매처에서 교환하실 수 있습니다.
기타 불편사항, 문의사항이 있으신 독자님께서는 노블엔진 홈페이지 [http://novelengine.com] 에서 Q&A 게시판을 이용해 주시기 바랍니다.

Re:
제로부터 시작하는
미니 단편집
Re: Life in a Different World from Zero
3
나가츠키 탓페이
일러스트 오츠카 신이치로

Re: Life in a different world from zero

The only ability I got in a different world "Returns by Death"
I die again and again to save her.

CONTENTS

표지 · 본문 일러스트 : 오츠카 신이치로

『프레데리카와 페트라의 메이드 데이즈 I』

(제10권 · 멜론북스 특전)

1

——그날, 프레데리카 바우먼은 몹시 당황했다.

길고 반짝이는 금발, 보석처럼 밝은 녹색 눈동자. 여성치고는 훤칠한 몸을 청초한 메이드복으로 감싸고 의연하게 등을 쭉 펴서 자세가 반듯한 인물이다.

「——사용인으로서 항상 평정심과 냉정함을 잃지 말라.」

이는 프레데리카에게 사용인의 마음가짐을 가르쳐 준 선배의 말이다. 사정이 있어 그 선배와의 관계는 별로 좋지 못하지만, 말에는 죄가 없다는 가르침은 명심해 왔다.

다만 이날의 프레데리카는 평정심과 냉정함 양쪽 모두 흐트러지고 곤혹에 빠져 있었다.

"으음…… 다시, 같은 말을 여쭈어도 될까요?"

"——네! 이번에 저택에서 고지한 내용을 알고 일을 얻을 수 없을지 여쭈러 찾아뵈었습니다. 페트라 레이테입니다. 잘 부탁드리겠습니다!"

그렇게 자기소개한 소녀, 페트라와 마주한 프레데리카는 약간 두꺼운 눈썹을 찌푸렸다.

장소는 로즈월 저택의 응접실. 탁자를 사이에 두고 마주 앉은 '채용 면접' 상황이다.

"———."

프레데리카 앞에서 페트라는 오므린 손을 무릎 위에 놓고 조용히 말을 기다리는 중이다.

첫인상은 흠 잡을 곳이 없다. 붉은 기가 감도는 갈색 머리를 목 언저리에서 치고, 크고 동그란 눈에 화사한 웃음이 어울리는 예쁘장한 소녀다. 청결감과 끼를 양립시킨 의상도 호감이 간다.

'——주인의 이름에 흠이 가지 않게 우선 몸가짐부터 단정히 하라.' 라고 선배도 말했다.

그러므로 페트라의 첫인상은 만점에 가깝다. 모집에 응모한 이상, 업무에 대한 의욕에도 기대를 품을 만하다. 단, 큰 문제가 딱 하나 있었다.

"몇 번이고 확인해서 미안한데요, 당신은 이것이 무슨 모집인지는 알고 있지요? 저는 놀자고 하는 일이 아니랍니다?"

"네, 물론이에요. 저도 영주님 저택에 놀러 온 적은…… 방문한 적도 있지만, 오늘은 그것과 상황이 다르니까요."

"놀러 온 적 있어요?"

"그게, 스바루가 불러서."

발그레진 뺨을 만지며 수줍어하는 페트라. 몸짓까지 귀엽다.

페트라의 대답에 프레데리카는 화제에 오른 흑발 소년을 떠올리고 한숨을 쉬었다. ――만난 지 얼마 되지 않은 상대지만, 그럴 수도 있겠다는 인상을 받았다.

어쨌든 페트라의 태도는 긍정적이고 모집 요건에도 부족함이 없다. 다시 말해서――.

"――그러면, 당신은 이 로즈웰 L. 메이더스 님의 저택에서, 메이드로서 일할 의지와 의욕이 있다. 그런 거지요?"

프레데리카는 일부러 매서운 눈초리로 딱딱한 어조를 의식하며 물었다. 이 눈빛과 음색에 위압된다면 안됐지만 일을 맡길 수 없다.

그런 의도가 담긴 프레데리카의 시선이 박혔을 때.

"네, 그래요. 부디 잘 부탁드리겠습니다, 프레데리카 님."

정작 페트라는 조금도 기죽지 않고 웃으면서 장담했다.

2

――페트라가 응모한 것은 저택에서 일하는 프레데리카의 부하 모집이다.

소위 신규 메이드 모집이지만, 단순하고도 절박한 사정이 있었다. 쉽게 말해 프레데리카 혼자서 이 넓은 로즈웰 저택을 관리할 수는 없기 때문이다.

단기간이면 몰라도 장기간이면 어디서 파탄이 발생하리라.

「――완벽해질 수는 없다. 그렇지만 완벽에 가까워질 노력만은 할 수 있다.」

이 또한 선배의 말이며, 프레데리카도 완벽에 가까워질 노력을 아끼지 않는 성품이다.

저택의 관리 업무를 전면적으로 책임지는 프레데리카에게는 그걸 위해 부족한 인원을 보충하거나 채용할 권한도 있다. 이번 모집도 그 일환이다.

마음을 먹은 후의 움직임은 신속했다. 급한 요망이라는 이유도 있어서 이번 모집은 저택과 가장 가까운 아람 마을로 한정했다. 최근, 마수(魔獸) 및 마녀교와의 문제가 생기고 그것이 전화위복을 불러 저택을 향한 마을 사람들의 감정은 크게 호전되었다. 따라서 기대치는 높았다.

그렇기에 모집에 응한 사람이 달랑 한 명, 그것도 열두 살짜리 소녀라는 사실은 큰 오산이었다.

"——?"

앞쪽 소파에 앉은 페트라가 숙고하는 프레데리카를 물끄러미 쳐다보며 말을 기다렸다.

무릎 위에 올린 손은 긴장을 숨기지 못한 채 움켜쥐고 있으며, 앞에 놓인 찻잔을 몇 번이고 들었다 놓았다 반복하고 있다. 힐끔거리는 시선도 어수선하다.

열두 살. 그 나이에 어울리지 않을 만큼 총명한 소녀임은 금세 알 수 있었다.

페트라 본인은 당연히 모집 요건에 맞더라도 채용되기 어려운 처지임을 잘 알고 있다. 그런데도 찾아온 것이다. 그 용기와 의욕은 높이 평가하고 싶다.

"그렇지만 원하는 것은 바로 일할 수 있는 사람인데요……."

참 골치 아픈 노릇이라며 프레데리카는 눈을 내리깔았다.

이번 모집이 신규 메이드의 교육을 전제로 한 것이라면 페트라는 확실히 채용했다. 그러나 현재는 페트라에게 메이드가 하는 일을 가르칠 시간이 아까운 상황이다.

프레데리카가 페트라의 교육에 시간을 쪼개면, 일만 더 늘어나서 본말전도다.

"저, 어떨까요……?"

프레데리카가 이럴까 저럴까 고민하고 있으려니, 못 버틴 페트라가 말을 붙였다. 눈치를 보는 소녀의 눈빛에 마음이 흔들리면서도 프레데리카는 어쩔 수 없는 일이라고 결론 내렸다.

——이번에는 채용을 보류하고, 상처받지 않게 돌려보내자.

"그렇, 군요. 조금만 더 질문을. ——당신은 무엇을 잘하나요? 그리고 그게 당가의 사용인으로서 하는 일에 어떻게 보탬이 될지, 저에게 설명해 주시어요."

"그러네요. ……아까도 말씀드렸지만, 저는 저택에 오는 것은 처음이 아니에요. 그러니 저택의 방은 거의 다 기억합니다."

"과연, 저택의…… 네?! 방 위치를, 기억하고 있어요?"

"네. 전에 왔을 때에 한 바퀴 둘러봐서 자신이 있어요."

역부족을 이유로 포기를 종용하려 했지만, 뜻밖의 어필에 기선을 제압당했다.

아무리 그래도 방금 발언은 과장이나 엉터리라고 의심하고 싶어진다. 하지만 프레데리카를 바라보는 소녀의 맑은 눈동자에서 거짓으로 보이는 요소는 털끝만큼도 없었다.

이 나이에 숨 쉬듯 거짓말을 할 수 있는 소녀가 있다면, 프레데리카는 인간 불신이 빠질 지경이다.

"참고로 저택을 한 바퀴 둘러봤다는 말은? 그런 기회, 좀처럼 얻을 수 있는 게 아닐 텐데요, 어떻게?"

"으음, 스바루가 불러서, 마을 친구들이랑 같이 저택에서 술래잡기를……."

"그래요, 술래잡기…… 잠깐, 이 저택에서 술래잡기를요?!"

한순간 잘못 들었나 싶어서 프레데리카의 눈이 휘둥그레졌다.

그 반응에 페트라는 눈이 동그래졌다가, 금세 쓴웃음과 함께 깊이 머리를 숙였다.

"저기, 그게 스바루의 별나고 귀여운 점이라고 생각하니…… 너무 야단치지 말아 주세요. 부탁할게요."

"그분 편을 참 많이도 드네요. 야단치지 말라는 말에는 스바루 님 쪽에서도 반론이 있을 느낌이 들지만요."

"아하하…… 아! 영주님 허가는 제대로 받았던 거예요."

"그런 제안을 하는 스바루 님도, 그런 제안을 허가하는 주인어른도 눈에 선하군요……."

페트라의 주장에 프레데리카는 머리를 감싸 쥐었다. 광대 복장의 주인은 기꺼이 흑발 소년의 엉뚱한 제안을 지지했으리라. 도량이 크다고 옹호하는 데에도 한도가 있는데.

"——솔직히 스바루 님에 관해서는 저도 판단하기 어려워하고 있어요. 이야기만 들으면 희대의 지자(智者) 같은 공적인데."

하지만 지자라고 하면 스바루 본인부터 듣자마자 허둥지둥 부정할 호칭일 것이다.

프레데리카와 그 소년의 관계는 하루도 되지 않는다. 그동안 프레데리카는 스바루를 '경박하고 깐죽대는 수완가에 기타 등등' 이라고 분석했다.

"즉, 알 수가 없는 분……. 하지만, 술래잡기…… 저택에서 술래잡기……."

"저기, 다음 얘기를 하죠! 저, 재봉도 잘해요! 원래 옷을 짓는 일을 하고 싶어 해서, 바느질 솜씨가 좋아요. 그리고 요리도, 이제 막 연습을 시작했지만 엄마는 더 가르칠 게 없다고 말씀하셨어요."

"참 기특해라……. 참고로 요리 공부는 언제부터 시작했어요?"

"숲의 마수 일이 있은 뒤니까, 한 달 반쯤이요."

페트라의 대답은 척척 거침이 없다. 그것은 답을 미리 준비했기 때문이기도 하겠지만, 소녀의 두뇌 회전이 순수하게 빠르기 때문이다.

저택의 방 배치 파악에, 재봉과 요리 기술의 습득.

호언장담하는 능력은 모두 메이드로서의 만점 답안. 앞서 한 말을 취소하자——. 머릿속에서 그런 결론이 나지만, 정말 취소할 수만 있다면 채용하고 싶었다.

다만 프레데리카에게는 냅다 달려들 수 없는 이유가 있다.

그리고 그 이유는 이 저택에서 일하기 위해서는 능력보다 중요시되는 사항이다.

그것은――.

"――당신의 장점은 이해했어요. 솔직히 말씀드리면 저는 당신을 채용하지 않을 생각이었답니다. 당신의 나이 때문에."

"――그것도 당연하다고 생각했었으니까요. 그런데, 그렇게 말씀하시는 건……?"

프레데리카의 서두에 쓴웃음 지었던 페트라가 눈을 빛냈다. 지금 대화의 흐름이라면 페트라가 채용을 기대하는 것도 당연하다.

"하지만 기뻐하는 것은 아직 성급하지요."

"아……."

"만약 채용한다면, 당신은 이 저택에서…… 왕선(王選)이라는, 루그니카 왕국에서 벌어지는 중대사의 중심에 관여하게 된답니다. 당신의 행실은 주군의 책임이, 당신의 발언은 주군의 책임이, 당신의 자세는 주군의 책임이 되어요. 그 점을, 알기는 하나요?"

으름장을 놓을 생각은 아니다. 그러나 그것은 순수한 사실이었다.

페트라가 이 저택에서 메이드로 일한다면, 그 모든 언동은 어리다는 핑계로 용서받지 못한다. 그 사실에 대한 이해와, 그런데도 하겠다는 각오.

그 양쪽을 묻는 말에 페트라는 뺨을 살짝 굳혔다.

그러나――.

"――겁먹고 포기하기에는, 좋아하게 된 사람이 너무 특별했습니다. 그러니까, 꺾이지 않을래요."

옅게 미소 짓고 볼을 붉힌 사랑하는 소녀의 말에, 프레데리카는 눈을 감았다.

프레데리카는 곧이곧대로 수긍할 수 없는 각오의 이유——.
하지만 지금의 페트라와 같은 각오를 품은 소녀를 깊고 자세히 알고 있다.

"그렇다면야, 어쩔 수 없겠네요."

땅이 꺼져라 숨을 몰아쉰 프레데리카는 기묘한 만족감과 함께 말했다. 그 말에 페트라는 순간 얼떨떨한 표정을 지었다가 바로 얼굴을 활짝 폈다.

무심코 프레데리카까지 미소를 머금고 싶은 미소였다. 하지만 만족하기에는 아직 이르다.

"고맙습니다, 프레데리카 님!"

"말해 두겠습니다만, 저의 지도는 엄하답니다. 일에 사적인 감정을 섞거나, 오냐오냐 해 주기를 기대하지 말아 주시어요."

"네!"

"그리고 마지막으로 딱 한 가지, 중요한 당부가 있어요."

프레데리카가 손가락을 세우고 엄숙한 어조로 페트라에게 선고했다. 그 분위기에 등을 곧게 편 페트라는 무슨 말이 나올지 숨을 집어삼키고 기다렸다.

진지한 소녀에게 프레데리카는 고했다.

"앞으로 저를 프레데리카 언니라고 불러요. 그것이 이 저택의, 선배 메이드와 후배 메이드의 관습…… 약속이랍니다."

"————."

프레데리카의 말에 페트라는 동그란 눈을 크게 뜨고 어벙벙해졌다. 어벙벙해졌다가, 곧 꽃이 피는 것만 같이 웃었다.

"——네! 프레데리카 언니!"

고분고분한 페트라의 대답을 듣고, 프레데리카는 이번에야말로 만족스럽게 고개를 끄덕였다.

3

긴 갈색 머리 여성은 아니나 다를까 페트라의 인상이 짙게 드러난 인물이었다.

"우리 애가 저택에서 실수나 하지 않으면 좋겠는데요……."

페트라의 어머니가 뺨에 손을 대고 토로했다. 마중받은 레이테 일가의 집—— 마을에 있는 페트라의 생가에서 프레데리카는 소녀의 어머니와 말을 나누고 있었다.

열두 살 소녀다. 저택에서 고용하기로 했어도 가족에게 언질을 주는 것이 도리에 맞는다. 프레데리카의 성실한 태도에 어머니는 정말이지 몸 둘 바를 몰라 했지만.

"하지만 프레데리카 님께서 다정하신 분이라 안심했답니다. 페트라를 잘 부탁드리겠습니다."

"저야말로 정말로 한시름 돌린 셈이에요. 그 아이 말고 응모자가 아무도 없을 줄은 몰라서…… 솔직히 막막했던 참이었거든요."

"으음……. 네, 그렇군요."

풍성한 가슴을 쓸어내린 프레데리카의 말에 페트라의 어머니는 어정쩡한 반응을 보였다.

그 태도가 마음에 걸린 프레데리카가 눈살을 찌푸렸다.

"——무슨 문제가 있나요?"

"여기서만 드리는 말씀인데, 실은 이번 저택의 모집, 페트라가 너무나 열심히 부탁한 바람에 마을의 다른 아이들은 응모를 자숙했었어요."

페트라의 어머니가 말한 뒷사정의 내용에 프레데리카는 "엑." 하고 눈이 동그래졌다.

그러자 어머니는 죄책감을 견디다 못해—— 아니, 딸의 수완을 자랑하듯이 장난스럽게 웃었다.

"우리 애, 장래가 유망해 보이죠?"

"그렇, 군요."

그 어머니에 그 딸—— 그런 말이 머릿속에 떠올랐다.

얼굴은 깜찍한 주제에 참 억척스럽게 처신한다. 맞는 말이다. 장래가 유망하다.

"세상에 참, 앞날이 기대되는 아이예요……."

가슴속에 자그마한 불안과 큰 기대를 품고서 프레데리카는 중얼거렸다.

——바라건대, 이 기대와 희망이 꽃 피는 날이 찾아오기를.

"제게, 그런 기대를 품게 해 주시어요. ——에밀리아 님."

《끝》

『프레데리카와 페트라의 메이드 데이즈 II』

(제11권 · 멜론북스 특전)

1

——프레데리카 바우먼이 메이드로 일하기 시작한 것은 불과 열한 살 때였다.

근속은 10년에 이르러서 약관 21세임에도 메이드로서 부족함이 없는 실무 능력을 갖추어 루그니카 왕국의 변경백을 섬기기에 충분한 실력이 있다고 자부하고 있었다.

실제로 주인인 로즈월에 대한 충성심을 포함해 메이더스 가문과 연고가 있는 관계자 중에서 그 능력으로 프레데리카와 견줄 자는 그다지 많지 않다.

——세계에서 잊힌 소녀는, 그만한 사람 중 하나였을지도 모르지만, 그것은 여기서 나올 일이 없는 이야기의 일부다.

어쨌든 경험 풍부한 메이드로 성장한 프레데리카는 현재 어엿하게 후배를 교육하는 입장이며 여태까지도 많은 신출내기 메이드들에게 업무 및 예법을 가르쳤다.

그런 신뢰와 실적을 쌓은 프레데리카조차도 그것은 처음으로 경험하는 일이었다.

——제자가 너무 똑 부러지는 바람에, 무엇을 가르쳐야 할지 선택지를 고민하는 사태는.

"프레데리카 언니, 일 다 끝났습니다. 다음에는 뭘 하면 될까요?"

그 소녀는 프레데리카를 찾아낸 즉시 얼굴을 확 펴고 달려왔다. 그리고 입을 열자마자 작업을 완료했음을 보고하고 깜찍하게 고개를 갸웃하며 다음 지시를 기다렸다.

붉은 기가 감도는 갈색 머리카락이 어깨 언저리에서 찰랑이며 사랑스러운 이목구비 속에서 호기심 왕성한 눈동자가 밝게 빛나고 있다. 미성숙함에도 장래의 미모가 느껴지는 그 모습에 한숨이 흘러나왔다.

"하아, 귀엽기도 하지요……."

"——? 프레데리카 언니?"

"아, 으음, 아무것도 아니랍니다, 페트라. 생각했던 것보다 훨씬 일찍 작업이 끝났다는 말에 제가 약간 놀랐거든요."

프레데리카는 '오호호' 하고 입에 손을 짚고 웃으며 감탄을 얼버무렸다.

이 깜찍하고 영리한 소녀는 아주 순수하게 자신을 따르고 있다. 그런 소녀의 동경 앞에서 실수로 본성을 드러내는 짓은 절대로 하기 싫다.

그리고 여기서 중요시할 점은 자기 보신이 아니라 페트라의 활약 쪽이다.

“놀라기만 해서는 안 되지요. 페트라, 일하느라 많이 애썼어요. 당신은 정말로 솜씨가 좋아서…… 저도 가르치는 사람으로서 아주 어깨가 으쓱하답니다.”

“에헤헤…… 네, 애썼어요!”

프레데리카는 붉은 리본으로 꾸민 페트라의 머리를 큼직한 손바닥으로 부드럽게 쓰다듬었다. 페트라가 간지럽다는 양 미소 짓지만 그 손길을 거절하지 않는다.

——아아, 어쩜 이렇게 귀엽고 고분고분한지. 이 모습, 어릴 적의 람더러 본받으라 하고 싶다.

“그 아이는 존댓말도 쓰지 않지, 언니라고도 불러 주지 않지……. 보답받는 기분이에요.”

“저, 언니? 다음 일은…….”

“그 얘기 중이었지요. ……그러면 저택 안의 작업은 일단락되었으니, 같이 장을 보러 마을로 외출할까요. 제복을 입은 페트라의 귀여운 모습, 가족과 마을 친구들에게 보여 주죠. 분명히 기뻐할 거예요.”

“으음……. 프레데리카 언니가 그리 말씀하신다면.”

“좋은 대답이네요. 그러면 가 볼까요.”

한순간, 눈에 스친 사양을 억누른 페트라는 프레데리카의 제안에 끄덕였다.

그런 면도 영특해서 아주 ‘똑똑한’ 소녀다.

“눈치 하나는 정말로 옛날 람에게 필적한 수준이네요…….”

프레데리카는 옆에 붙은 작은 후배의 옆얼굴을 바라보며 중얼거렸다. 가장 나중에 들인 애제자의 유능함에 속으로 새삼 혀를 내두르면서.

2

——열두 살의 페트라 레이테에게 메이드 모집에 응모한 것은 큰 결단이었다.

영주인 로즈월과 아람 마을의 관계는 양호하다. 하지만 그것은 무례나 불경을 허락하는 관용이 아니라, 적절한 경의를 보내는 것이 전제인 신뢰다.

그 정도는 페트라도 알고 있고, 자신의 어린 나이를 무기로 삼는 것은 좋아하지 않는다. 과거에 오만했었다는 자각이 있는 페트라는 상대의 배려를 깨닫지 못하는 자기 자신을 싫어했다.

그렇기에 페트라는 어른과 똑같이 평가받을 입장을 스스로 원한 것이다.

그렇다면 나이를 핑계로 삼는 것은 도리에 맞지 않는 반칙이라고 페트라는 생각했다.

그렇게 페트라는 거친 세상살이에 도전하기로 결의했지만, 당연하게도 새로운 세계에는 불안도 있었다. 부모의 곁을 떠나 일하는 상황이다. 남들처럼 긴장도 하기 마련이었다.

선배에게 괴롭힘당하거나, 영주님에게 미움받거나, 상상을 뛰어넘는 업무량에 마음이 꺾이지 않을까 하며. ――하지만 그것들은 전부 괜한 걱정이었다.

페트라의 불안은 키가 크고 아름다운 금빛 머리카락을 가진 완벽한 선배 메이드가 김이 빠질 만큼 다정하고 멋있게 쳐부수어 주었기에.

"오오, 페트라, 예쁘구나."

"그게 람 씨랑 같은 제복인가. 어여쁜걸!"

"영주님이나 에밀리아 님께 폐를 끼치지 말거라. 뭐, 페트라라면 문제없나!"

이는 메이드복을 입은 페트라를 본 아람 마을 사람들의 반응이었다.

마을에 도착하자마자 친구들에게 둘러싸여 제복을 구경하려고 부르는 사람들을 차마 거절하지 못한 페트라는 창피한 기분을 참으며 마을 안을 행진 중이었다.

같이 마을에 들른 프레데리카는 마을 사람들에게 크게 환영받는 페트라의 모습에 웃으며 말했다.

"다녀오세요. 다들, 분명히 페트라를 걱정했을걸요. 예쁜 제복을 입은 모습을 보여 줘서 안심시키고 오세요."

자상하게 보내주는 말에 페트라도 얌전히 따랐다.

당연히 사실은 장을 볼 때 거들어야 한다. 그러나 여기서 영리하게 거절하면 프레데리카를 슬프게 하리라는 사실을 페트라도 알고 말았다.

게다가 페트라의 메이드복이 여흥이 된다면 그것도 나쁘지 않게 여겨졌다.

"왜냐면 다들 불안했을 테니 말이야."

저택에 들어간 페트라의 불안과는 별개로, 아람 마을도 걱정거리를 떠안고 있다.

마을 사람 절반이 부재중인 마을, 부족한 주민은 피난처에서 돌아오지 않았다. 활기는 평소의 절반 정도로, 페트라를 입이 마도록 칭찬하는 어른들에게서는 아이들에게 걱정을 끼치기 싫다는 배려심이 있었다.

"애들 취급받는 데에 약간 불만은 있지만……."

그것도 어쩔 수 없다고 페트라는 한숨지었다.

그런 말을 해도 되는 것은 어른과 똑같이 일을 할 수 있게 된 다음부터. 아직 자신에게는 성급한 불만이다.

"영, 차! 제복 전시도 끝났으니, 프레데리카 언니를 도우러 가야지."

페트라는 얄팍한 가슴을 펴고 류카를 비롯한 친구들에게 그렇게 선언했다.

노는 시간은 끝났고, 친구들과는 여기서 헤어지겠다고. 그러나——.

"에— 페트라, 돌아가게?" "일 같은 거 재미없어! 놀자—." "스바루가 모두를 데리고 돌아올 때까지 외롭다고—."

"아이참…… 다들 떼쓰지 마. 스바루랑 에밀리아 님이 모두를 위해서 애쓰고 있으니까, 나도 그 일을 도와드려야 한단 말이야."

일의 중대함을 알지 못한다고 페트라는 말귀가 어두운 친구들을 나무랐다.

아이들이 떼쓰는 말에 따라 줄 수는 없다. 어른과 같은 눈높이로 사물을 보는 것이 지금의 페트라에게 요구되는 역할이다. 친구들도 그 사실을 알아주었으면 한다.

언제까지고 어린애인 채로 있을 수 없음을.

"에— 재미없게." "페트라, 상담이 좀 있는데……." "그리고 언니란 게 그 커다란 사람이야? 그 사람은……."

류카는 삐친 표정을 짓고, 메이나가 불안한 내색으로 눈을 내리깔고, 밀드가 광장을 손가락으로 가리키고, 저마다 갖가지 말을 했다. 갖가지 말을 했지만——.

"——어."

마지막에 들린 밀드의 한마디에 페트라는 얼굴이 새빨개졌다.

3

장보기를 마치고 저택으로 돌아가는 도중, 프레데리카는 '이를 어쩐다' 하고 고민 중이었다.

마을에 있는 상품이 불충분했던 점이나, 마을 사람들의 불안을 느낀 것도 고민의 이유 중 하나다. 다만 가장 큰 관심사는 바로 옆에서 걷고 있는 소녀의 문제였다.

"우~~~"

불만스럽게 붉은 뺨을 부풀리며 뚱한 기색으로 화난 페트라.

화난 표정조차 프레데리카에게는 귀엽게 보이지만, 흘끔거리며 감상이나 한들 진전은 없다. 용기를 낸 프레데리카가 "페트라?" 하고 소녀의 이름을 불렀다.

"으음, 왜 그렇게 뿔이 났어요?"

"제가요? 뿔이 났어요? 이상한 말 하지 말아 주세요, 언니. 저는 아무렇지도 않아요."

아무 일이 없지 않은 표정으로 오기를 부린다.

그렇게 반박하면 프레데리카도 너무 뭐라고 말할 수 없다.

마을에서 따로 떨어지기 전까지는 여느 때와 같았으니, 심사가 꼬인 원인은 그다음에 생겼을 것이다. 분명히 친구들에게 둘러싸여 좋은 시간을 보냈으리라 생각했었는데.

"친구하고, 싸우기라도 했나요?"

"────."

짐작 가는 가능성을 언급하자 페트라는 뚱한 표정으로 눈을 피했다. 최초의 가능성, 그러나 최대의 가능성. 아무래도 그것이 적중한 모양이다.

"페트라."

"────."

"자, 페트라, 들어 보세요."

페트라는 처음 한 번은 무시했지만, 두 번째 부름까지는 무시하지 못했다.

한 발짝 앞으로 나서서 길을 막으니 페트라는 머뭇머뭇 발길을 멈추었다. 고개를 돌리고 짧은 갈색 머리를 손가락에 얽는다. 하는 행동이 귀엽다. 안 돼, 안 돼. 귀여운 건 나중에.

"페트라. 흔해 빠진 말이지만, 친구는 소중히 해야 해요."

"그건…… 그치만."

"저는 어릴 적에 특수한 환경에서 살았답니다. 거기에는 또래 아이가 없어서, 어린 시절에는 조금 쓸쓸하기도 했어요."

프레데리카는 우물거리는 페트라에게 타이르듯이 어렸을 적 이야기를 꺼냈다.

혼자서 놀던 때가 많았던 것 같다. 그렇기에 그곳을 떠나 로즈월의 저택에서 신세를 지게 된 이후로는 많은 사람들과의 인간관계가 어지럽기도 했다.

"하지만 저택의 생활은 저의 보물이에요. 얻는 것밖에 없었지요. 그러니까 페트라도 그렇게 여겨 주었으면 해요."

"언니……."

"저는 저택 일 때문에 페트라가 뭔가를 포기하는 상황을 참을 수 없어요. 친구란 평생의 보물……. 그러니, 페트라도."

어려운 환경인 것은 안다. 그래도 페트라는 양쪽 다 포기하지 않을 수 있다.

프레데리카는 페트라가 그러길 기대하고 있다. 왜냐하면――.

"당신은, 제가 아는 한 가장 우수한 아이인걸요."

"――――."

이야기 도중부터 페트라는 자신의 제복 에이프런을 꼭 움켜쥐고 고개 숙인 상태였다. 그렇지만 프레데리카의 이야기 마지막에 고개를 들더니 비취색 눈으로 곧게 마주 보았다.

크고 동그란 눈은 눈물로 살짝 젖어 있었다.

"하지만 프레데리카 언니…… 다들, 너무해서. 그래서……."

"다툰 거군요. 저기, 무슨 말을 들었는지 물어봐도 될까요?"

제복을 헐뜯었나? 같이 놀지 못해서 투덜거리기라도? 아니면 마을 사람 절반이 돌아오지 않는 상황에 대해 진솔하게 불만을 토로했을지도 모른다.

그런 프레데리카의 불안에 페트라는 잠시 망설이다가 천천히 입을 열었다.

"프, 프레데리카 언니의, 입이 무섭다고……."

"————."

울상을 지은 페트라가 하는 말을 듣고, 프레데리카는 큰 충격을 받았다.

설마 페트라와 친구들이 싸운 원인이, 프레데리카 본인도 열등감이 있던 얼굴 생김새—— 날카로운 송곳니 이야기였을 줄이야.

"그건, 저기…… 으음, 미안해요. 제가 괜히 나서서……."

"아니에요! 프레데리카 언니는 나쁘지 않아요! 다른 애들이 잘못했어! 프레데리카 언니는 멋지고, 착하고, 따뜻한데…… 그런데."

페트라가 언성을 높여 사과하려는 프레데리카를 막고 그 반성을 부정했다. 얼굴이 벌게진 채 작은 몸으로 애써 프레데리카를 칭찬했다.

"————."

그 말에 프레데리카는 눈이 동그래져서 빤히 페트라를 쳐다보고 말았다.

——뭘까, 이 작고 귀엽고 사랑스러운 아이는. 천사일까?

그리고 그런 천사의 말을 듣던 프레데리카는 그 시점에서 문득 알아챘다.

"페트라, 보세요."

"네……?"

프레데리카가 페트라의 머리를 쓰다듬고 그 등 뒤를 가리켰다. 그 말에 쭈뼛쭈뼛 뒤돌아본 페트라는 눈을 크게 떴다. 거기에 난처한 표정의 마을 아이들이 있었다.

그들은 하나같이 서운한 눈치지만, 그래도 사과하고 싶은 표정을 짓고 있었다.

"화해하고 오세요. 좋은 친구들이잖아요."

"프레데리카 언니……."

"그리고 만약 괜찮으면 저에게도 소개해 주실래요? 페트라의 친구라면 저도 친해지고 싶답니다."

미소 지은 프레데리카가 한쪽 눈을 찡긋하자 페트라는 소매로 귀여운 얼굴을 닦았다. 그리고 얼굴을 활짝 피고 대답했다.

"넵! 모두에게 프레데리카 언니가 자상하단 얘기를 할게요!"

그리고 프레데리카의 손을 잡고 성큼성큼 걷기 시작했다. 그 작은 몸의 무한한 힘에 끌려가는 프레데리카는 조금 놀라면서도 뒤따랐다.

자, 상대는 귀여운 페트라의 소중한 친구들이다.

——이것은 귀족 사회의 예의범절보다 훨씬 긴장되는 상견례가 아닐까요.

그런 긴장감으로 미소를 머금은 프레데리카는 페트라의 손을 살며시 부드럽게 맞잡고 있었다.

《끝》

『프레데리카와 페트라의 메이드 데이즈 III』

(제12권 · 멜론북스 특전)

1

——그것은 일을 마치고 하루의 피로를 달래던 중에 생긴 일이었다.

"프레데리카 언니는, 처음부터 뭐든 다 할 줄 아셨어요?"

"흐앗?"

기습적인 질문에 프레데리카는 무심코 희한한 소리를 지르고 말았다.

목소리가 높이 울린 것은 장소가 욕실—— 입욕 중이었기 때문이다. 실 한 오라기 걸치지 않은 프레데리카와 페트라는 습한 김이 피어오르는 욕탕에 잠겨서 같은 시간을 보내고 있었다.

저택 업무와 프레데리카가 가르치는 메이드 교육, 뭐든지 솔선해서 임하는 페트라의 성장은 뛰어나다. 잘 따르는 모습도 깜찍해서 칭찬하는 말이 물이 샘솟듯 넘쳐흘렀다.

그런 페트라의 노력을 평가하던 도중이었다. 방금 그 말이 튀어나온 것은.

솔직히 놀랐다. 놀랐다가, 금세 웃음으로 바뀌었다. 과대평가가 따로 없다고.

“프레데리카 언니? 왜 웃으세요?”

“후훗, 페트라의 말이 재미있어서요. ……저도, 일을 시작한 것은 페트라와 비슷한 시기였어요. 그리고 당시의 저는 당신만큼 일머리가 좋지 않았고요. 아니, 오히려 둔했을걸요.”

“에— 거짓말—. 언니, 그런 거짓말은 나쁜 짓이에요.”

웃음을 터트린 프레데리카의 답변에 페트라가 자기 일처럼 분개했다. 희한한 방향으로 타박을 받으니 프레데리카는 더더욱 웃음기를 띠었다.

“페트라가 저를 그렇게 말해 주는 것은 기뻐요. 하지만 저도 미숙한 시절은 있었답니다. ……선배에게 여러모로 가르침을 받던 미숙한 시절이.”

“……프레데리카 언니의 선배.”

페트라는 상상도 가지 않는다는 듯 고민하는 표정을 지었다.

진지하게 고민하는 귀여운 소녀의 모습에 프레데리카는 “그렇군요.” 하고 뺨에 손을 짚었다.

“그러면 잠깐 옛날이야기를 해 줄까요. 창피하기는 한데요.”

“——! 넵, 듣고 싶어요! 프레데리카 언니의 창피한 이야기, 듣고 싶어요!”

“그, 그런 식으로 말을 하면 어떡해요! 세상에, 얘도 참…….”

표현 하나로 마치 적나라한 폭로처럼 되었다. 확실히 실 한 오라기 걸치지 않은 모습이지만 그것과 이것은 다른 이야기다.

실제로 자신의 미숙한 시절 이야기를 하는 것은 페트라와 비교되어 매우 창피하다.

"그렇게 흥미진진하다니…… 말을 꺼내고 좀 후회 중이에요."

"아— 그러면 안 돼요, 언니. 불리해졌다고 치사하게 굴면 안 되죠! 언니는 제 못난 모습을 알고 있으니까, 쌤쌤이거든요! 그렇죠?"

"페트라는 틀림없이 장래에 남자들이 쩔쩔맬 아이로 크겠어요……. 스바루 님에게는 제가 거듭거듭 일러둘 필요가 있겠습니다."

페트라의 서슬에 눌린 프레데리카는 그 다짐만은 꼭 지키리라 결심했다.

아무튼 눈을 빛내는 페트라의 호기심을 채워 줄 필요가 있다.

"자, 그러면 어디부터 얘기할까요……."

"으음…… 그러면 프레데리카 언니의 선배님! 선배님 이야기를 듣고 싶어요. 어떤 메이드였어요?"

"저에게 일을 가르쳐 준 선배, 말인가요."

어떻게 말을 시작할지 고민하던 중에 페트라가 도움의 손길을 뻗었다. 그러나 선택된 화제에 프레데리카는 벌써부터 머뭇거렸다.

선배, 지도자——. 페트라에게 프레데리카가 그렇듯이, 프레데리카에게도 그 역할을 맡은 상대는 있었다. 다만 별로 하고 싶은 이야기가 아니다.

"그러니 그 이야기는 다음에 다시 하지 않을래요?"

"언—니!"

"아, 알겠어요. 애가 약아서 어리광 피우는 재주도 좋죠……."

물끄러미 보채는 천사의 눈초리에 프레데리카는 어쩔 수 없이 굴복했다.

"우선 먼저 정정부터. 저에게 일을 가르쳐 준 지도자…… 그 사람은 메이드가 아닙니다. 당시부터 저택을 섬기던 가령(家令)이었어요."

"가령이요?"

"집사나 메이드, 사용인의 우두머리예요. 집안 전부를 책임지고 관장할 만한 능력과 신뢰가 없으면 임명되지 않는 직책. 주인어른의 메이더스 본가…… 그곳이 저의 첫 직장이었는데, 그 남자도 거기 있었지요."

프레데리카는 호기심으로 눈을 빛내는 페트라에게 가능한 한 선입관을 배제하도록 주의했다. 하지만 그럼에도 볼과 목소리가 딱딱해지는 것은 피할 수 없었다.

"남자에, 가령님……."

"이름은 클린드예요. 옛날부터 주인어른을 섬기는 가령으로…… 실제로 사용인으로서는 완벽한 인재지요. 일하는 솜씨만은 참고해도 될 거랍니다. 그 외일 때는 접근도 하면 안 되고요."

"프, 프레데리카 언니? 어쩐지 가시가 돋친 것 같은데요……."

"미안해요. 겁을 줄 생각은 없었거든요? 단지 그 남자의 취미로 짐작건대 페트라는 틀림없이 취향이라, 접근시키기 싫어서……."

욕탕의 열기와 무관하게 프레데리카의 얼굴이 벌게지자 페트라가 걱정하는 표정을 지었다. 소녀의 반응에 눈꼬리를 내린 프레데리카는 슬며시 손을 뻗어 두 손 사이에 볼을 집어넣었다.

"페트라, 잘 들어야 해요? 클린드라는 남자는 아주 위험한 남자랍니다. 생긴 것은 멀쩡해도 속이 썩어빠졌어요. 나이 찬…… 어린 소녀 소녀를 즐기는 변태거든요!"

"벼, 변태다—!"

"그러니까 저도 부름을 받은 당시, 몇 년은 충실하게 뒷바라지를 받았지요. ……그것을, 저는 그 남자의 순수한 친절이라 착각하는 바람에. 그런데 그 남자는 몇 년 지나니 노골적으로 태도가 바뀌어서……!"

떠올리기만 해도 화가 끓는다. ——그것은 프레데리카의 몸에 뒤늦은 성장기가 찾아와 단숨에 키가 크고 가슴이 커졌을 적에 생긴 일이었다.

체격이 어른에 가까워지며 소녀에서 여성으로 변화하는 과정 중에, 클린드가 프레데리카를 대하는 방식이 삽시간에 변화한 것이다. 급격하게 매몰차진 선배 가령에게 프레데리카는 자신이 무슨 실수라도 했나 싶어 당황했지만, 진상을 알고서 마음속 깊이 분개했다.

최종적으로 친밀감은 모멸로 바뀌고, 둘의 관계는 지금도 냉전 상태가 속행 중이다.

"————."

그렇게 불현듯 살아난 분노에 얼굴이 벌게진 프레데리카를 페트라가 말없이 바라보고 있었다.

그녀는 "언니." 하고 프레데리카를 부르더니, 욕탕을 헤엄치듯 건너서 품속으로 포옥 뛰어들었다. 그리고――.

"저도, 프레데리카 언니가 말씀해 준 가렁 아저씨, 좋아하지 않아요!"

"음, 정말이요? 그건 기쁜…… 아니, 기쁘다는 말과는 좀 다르겠네요. 올바르다? 납득? 자연의 섭리……?"

"아무튼! 싫어졌다고요! 프레데리카 언니랑 똑같이요!"

"으음, 똑같이 말이죠. 그러면, 그렇게 납득하기로 할게요."

본래 전하고 싶었던 내용과 의도가 영 달라진 느낌이 들었지만, 페트라와 위기의식을 공유했다면 그걸로 좋은 셈 치겠다.

게다가――.

"프레데리카 언니, 방에 찾아가도 될까요? 같이 자고 싶어요."

"어머, 응석꾸러기네요. 좋아요. 베개를 들고 오세요."

유난히 응석을 부리는 페트라가 귀여워서 뭐든지 좋은 셈 쳤다.

2

클린드라는 인물의 이야기를 들은 페트라는 직감했다. 이대로는 '프레데리카 언니를 모르는 남자에게 빼앗긴다' 고.

――페트라는 프레데리카를 몹시 존경한다.

만나고 아직 며칠밖에 되지 않았지만 마음의 강도에 시간은 관계없다는 것이 페트라의 지론이다.

그렇지 않으면 자신의 연심도 허약하다 여길 수밖에 없어진다. 따라서 마음이란 시간을 능가한다. 연모만이 아니라 존경의 마음도 마찬가지다.

하지만 그와 동시에 '오랜 시간을 들인 마음은 강고하다' 고도 인정하고 있었다.

그리고 페트라는 욕실에서 본 프레데리카의 모습에서 아직 보지 못한 가령에 대한 강하고 깊으며 오래도록 꼬인 감정이 있음을 간파했다.

대놓고 말하자면 페트라의 어머니가 아버지 험담을 할 때의 분위기와 비슷했다. 그럼 어머니가 아버지를 미워하느냐 물으면, 전혀 그렇지 않다. 오히려 아주 좋아한다.

좌우간 사람 마음이란 어렵다. 본인에게 자각이 없으면 더더욱. 페트라의 생각은 그렇다.

그러니까 지금의 자신이 할 수 있는 대항책은 프레데리카 안에서 그 남자에게 지지 않을 만큼 커다란 존재가 되는 것이다. 페트라의 명석한 두뇌는 그렇게 결론을 내렸다.

"――프레데리카 언니, 실례하겠습니다."

"네, 있답니다. 들어오세요."

페트라는 문을 노크하고 대답을 확인한 뒤에 방에 방문했다.

더부살이 사용인에게는 각자 방이 주어진다. 페트라도 프레데리카의 방 바로 근처에 방을 받았지만, 넓은 저택에서 혼자서 자는 데에는 아직 익숙해지지 못했다.

그래서 첫날 이후로 이렇게 매일 같이 프레데리카의 방에 신세를 지고 있다.

"잘 왔어요, 페트라. 오는 게 조금 늦었네요."

잠옷을 입은 프레데리카가 베개를 지참한 페트라를 맞이했다.

급사복이 아니라 얇고 하얀 네글리제를 걸친 프레데리카는 넋이 나갈 만큼 아름답다. 여성스럽게 완만한 곡선을 그리는 몸, 긴 금발이 등에 흘러내리는 모습은 동화 속 공주님 같았다.

그 보석 같은 녹색 눈이 바라보자 페트라는 옅게 미소 지었다.

"네. 잠깐 식당에 들렀다 와서요. ……식사, 없어졌을까 싶어서."

"──베아트리스 님 것, 말이군요."

프레데리카의 물음에 페트라는 조용히 끄덕였다.

식당의 식탁에는 식어도 먹을 수 있는 식사가 놓여 있다. 그것은 이 저택에 남아 있을 거주자 베아트리스가 밤중에 일어났을 때를 위해서다.

페트라도 그녀의 존재 자체는 인지하고 있다. 다만 말을 제대로 나눈 기억은 없으며, 지금도 저택에 남아 있을 거라는 확신도 갖지 못한 형편이다.

"하지만 스바루에게 부탁을 받았으니까……."

"스바루 님이겠지요."

"아, 죄송해요."

긴장이 풀린 순간을 지적받은 페트라는 베개로 얼굴을 숨겼다. 스바루 앞에서 깜빡한 척 님자를 빼고 부르는 것은 일부러 하는 짓이지만, 방금은 진짜로 깜빡한 것이었다.

"서서히 고쳐 나가죠. 저도 말씨를 고치는 데에 많이 고생했거든요."

"프레데리카 언니도 그것 때문에 고생한 적이 있어요?"

"그야 물론 있고말고요. 아까는 미처 말하지 못했지만 저는 별로 잘 배우는 편이 아니었어요. 작업에도 말씨에도 아주 고생 많이 했답니다."

프레데리카의 말씨는 아주 고상하고 예의 바르다. 그 인상이 강해서 교정되기 전의 프레데리카가 어떻게 말했을지 상상이 가지 않는다.

그런 페트라의 궁금증이 전해졌는지 프레데리카는 "우." 하고 말문이 막혔다.

"저는 또 제 무덤을 파고 말았네요……."

"언니가 고생했었다니, 말투가 어땠는데요? 저처럼 존댓말 젬병이었어요?"

"그건, 저기…… 그런 거라면 그나마 나았을걸요……."

프레데리카가 가슴 앞에서 부끄러운 눈치로 콕콕 손가락을 맞대었다. 저 반응, 대체 어떤 진실이 숨겨져 있는가. 페트라는 흥미진진하게 그녀를 바라보았다.

한참 마주 보고 있었지만, 역시 프레데리카 쪽이 먼저 꺾였다.

"평소 때 말투는 페트라와 별로 차이가 없었어요. 단지, 존댓말…… 예절에 따라서 말하려고 하면 말이지요……."

"말하려고 하면?"

"차, 참고로 한 상대가 가까운 어른…… 제 경우, 길러 주신 할머니였기에, 자연스럽게, 그…… 노, 노인네 말투가."

"노인네."

"저는 프레데리카 바우먼, 메이더스 저택의 메이드라오."

진지한 표정으로 네글리제 옷자락을 잡고 인사하는 프레데리카. 다만 그 어미가 참으로 심오한 맛이라 페트라는 한순간 완전히 정지했다.

그러나 경직은 곧 풀리고 놀람에서 해방되었다. 그리고.

"풋, 꺄하하하하! 프, 프레데리카 언니……! 라오……."

"……봐요, 망신이지. 이거 고치느라 여간 고생한 것이 아니에요."

"라오, 라오라니……."

"얘가! 언제까지 웃으려 그래요! 밤이니까 너무 소란 피우지 말아요. 자, 어서 침대에 들어가야죠!"

페트라의 웃음이 그치지 않자 프레데리카가 부루퉁해져서 두 손을 들었다. 그 몸짓에 페트라는 "꺅—!" 하고 침대에 달려가서 뛰어들었다.

지참한 베개를 프레데리카의 베개 옆에 놓은 페트라가 베개를 퍽퍽 때렸다.

"네, 언니, 다 끝냈다오!"

"페—트—라—!"

"꺅, 잘 주무세요—. 쿨쿨."

눈을 감고 자는 시늉을 하는 페트라. 그 모습에 프레데리카가 한숨을 쉬고는 방의 조명을 끊고 본인 또한 침대에 들어갔다.

"내일 아침, 식당의 밥이 없어졌으면 좋겠네요."

눈을 감고 있는 페트라가 잠을 청하려는 프레데리카에게 말했다. 밤중에 일어난 소녀가 식사를 건드리면 좋은 일이다.

"네, 그러게요. ——저도 그렇게 생각해요."

중얼거림에 프레데리카가 그리 응답했다. 그렇게 따스한 가슴에 껴안기는 감촉을 느낀 페트라는 천천히 잠에 빠져들었다.

——바라건대 내일도, 자신과, 자신이 좋아하는 사람들에게 행복한 하루이기를.

그리고 클린드라는 사람은 감기라도 걸렸으면 좋겠다 생각하면서——.

《끝》

『프레데리카와 페트라의 메이드 데이즈 Ⅳ』

(제13권 · 멜론북스 특전)

1

——그것은 아직 페트라가 세계의 중심에 있을 때의 일이었다.

"저기요, 거기 귀여우신 분, 잠시 시간 내주실 수 있나요?"

"네? 저 말인가요?"

마을 한복판에 있을 때 뒤에서 걸어온 말에 페트라는 아무 의문도 없이 뒤돌아보았다.

들어 본 목소리는 아니었지만 내용에 짚이는 구석밖에 없었다. 이 마을에서 '귀엽다'는 접두어가 붙을 인물이라면 거의 자신을 말한다고 봐도 된다.

그것이 이때 페트라의 자부심이었으며, 실제로 그것은 주제넘은 생각도 아니었다.

페트라 레이테, 꽃다운 열 살——. 아직 귀여움이 모든 것에 통하리라 믿던 시절이었다.

"아……."

그 귀여운 페트라는 말을 걸어 온 상대를 보고 살짝 놀랐다.

올려다본 시선 앞에 있는, 흑색 기조의 에이프런 드레스를 두른 인물은 아람 마을 바로 근처에 있는 영주님의 저택에서 일하는 사용인이다. 기능미는 물론이거니와 화려한 꾸밈새도 뛰어난 제복은 복식에 강한 관심을 가진 페트라가 은밀히 동경하는 옷이었다.

그리고 그 옷을 두른 키 큰 금발 여성에게도 페트라의 눈길이 못 박혔다.

훤칠하게 뻗은 팔다리에 여성적인 기복이 풍성한 몸, 고상한 분위기에 가슴도 크다. 현재의 페트라에게 부족한 요소의 덩어리—— 되바라진 페트라의 이상형이 서 있었으므로.

그러나——.

"저택 분이시죠? 무슨 일 있으시나요?"

페트라는 분한 기분을 전혀 내색하지 않으며 웃는 얼굴로 여성에게 대답했다.

미인이란 미소녀의 상위 호환이 아니다. 아름다움을 상대로 해도 귀여움에는 대등하게 싸울 만한 힘이 있다.

그러므로 페트라는 '장래성' 이라는 무기를 잡고 한 발짝도 물러서지 않을 각오였다.

——솔직히 페트라는 이 시절의 주제넘은 생각이 얼굴이 화끈해질 만큼 창피하다.

그러나 몇 년 뒤 페트라가 품을 마음을 이때의 페트라가 알 이유가 없다. '귀여움 만능설'을 신봉하는 페트라는 오늘도 언제나처럼 주저 없이 귀여움을 남발하고 있었다.

"——네, 그래요. 잠깐 여쭈고 싶은 말이 있어서요."

페트라의 항상 써먹는 미소에 여성은 태연한 태도를 고수한 채 미소를 보냈다.

웬만한 사람은 보자마자 홀릴 페트라의 미소가 전혀 힘을 발휘하지 못했다. 상대가 멍해진 몇 초간이야말로 페트라의 귀여움이 따낸 훈장 같은 것인데.

바란 반응을 얻지 못한 페트라는 까다로운 상대라고 긴장했다.

"묻고 싶은 거요? 제가 대답해드릴 수 있는 거라면."

"고마워요. 여쭈고 싶은 것은 촌장님 댁이랍니다. 사실 제가 이쪽에 있는 주인어른의 저택에 온 적이 별로 없어서……."

"그러면, 영주님 저택에 새로 오신 분이신가요?"

여성의 답변에 페트라가 손뼉을 쳤다.

"아, 그래서. 예쁜 사람인데 처음 보는 분이라서 이상하다 싶었어요."

"——어머나, 칭찬도 잘하셔라."

눈을 반짝 빛낸 페트라의 말에 여성은 입가를 손으로 가리고 웃었다.

몸짓까지 품격 있다. 어른의 여유. 미래를 위해 페트라도 배워두고 싶은 동작이다.

"저택에는 앞으로 계속 계실 건가요?"

"아니요, 오늘은 어쩌다 들른 거예요. 가끔 일손을 거들러 얼굴을 내밀 때는 있어도, 기본적으로 저택과 주인어른 보필은 담당하는 아이에게 맡기고 있어서요."

"그렇군요. 좀 아쉽기도."

"……아쉽다고요?"

페트라의 말에 이상하다는 듯이 여성이 눈을 동그랗게 떴다. 그 모습에 페트라는 이때는 특별히 계산속 없이 혀를 내밀고 멋쩍게 미소 지었다.

"언니, 어쩐지 아주 근사해서 친해지고 싶었거든요."

"————."

"언니?"

순간, 여성이 침묵하자 페트라는 완벽하게 귀여운 각도로 갸우뚱했다. 계산이 아니라 절차탁마하던 중에 체득한 몸짓이지만, 이를 본 여성은 작게 헛기침하고 대답했다.

"아, 아니요. 아무것도 아니랍니다. 저도 그렇게 말씀해 주시니 아주 기뻐요. 만약 기회가 닿으면 친하게 대해 주시어요."

"네, 알겠습니다! 아, 그래서 촌장님 집 얘기 중이었죠."

인사치레와 같은 여성의 말을 살짝 아쉽게 여기면서도 페트라는 방금 떠오른 듯이 부탁을 되새겨서 "이쪽이요." 하고 안내하기 시작했다.

안내하는 동안, 시선이 들키지 않게 힐끔거리며 여성의 제복을 눈에 새겨 두었다. 언젠가 왕도에서 옷을 짓는 일을 할 때에 참고가 될지도 모른다.

그것과는 별도로 순수하게, 이 귀여운 제복을 한번 입어 보고 싶다는 생각도 했다.

2

"그때는, 프레데리카 언니께 아주 실례되는 짓을……."

"괘, 괜찮아요, 페트라. 왜냐면 당시에는 페트라도 아직 어렸고, 저택에서 이렇게 일하게 될 줄도 몰랐잖아요."

"여, 열 살이라도 하면 안 되는 일이랑, 해도 되는 일을 구분해야죠. 그리고 저는 그때 아주 바보여서……."

새빨간 얼굴로 부끄러워하며 고개 숙인 페트라가 열심히 사과하고 있다. 그 모습에 난감해하면서도 프레데리카는 당시의 기억이 떠올라 쓴웃음 지었다.

——진지한 표정의 페트라가 "언니께 꼭 사과할 일이 있어요." 하고 말을 꺼낸 것은, 프레데리카가 아침 식사 준비를 하던 중이었다.

얼굴이 하도 어두워서 일하다가 무슨 실수를 했을지도 모르겠다고 생각한 프레데리카는 조리 작업을 중단하고 페트라에게 자세한 이야기를 물었다.

그리고 선배 메이드로서 의연한 태도를 취하려던 프레데리카에게 페트라가 말한 내용이, 2년 전에 둘이 처음 만났을 적의 이야기였다.

"페트라는 책임을 느끼고 그렇게 사과를 해 주는데요……."

솔직히 지금 이 순간까지 프레데리카도 잊고 있던 사건이었다.

2년 전, 당시에는 메이더스의 분가인 밀로드 가문에서 일하던 프레데리카는 작은 용건으로 로즈웰 저택을 방문했다. 거기서, 심부름하는 김에 맡은 일이 가장 가까운 마을의 대표에게 말을 전하는 것이며, 안내를 부탁한 상대가 페트라였던 것이다.

그 시절에는 페트라도 아람 마을의 일개 마을 소녀에 불과했으며, 애초에 나이도 열 살짜리 어린아이이다. 나이보다 더 의젓하게 행동하라 해 봤자 어려운 입장이었고, 프레데리카도 그런 것을 바랄 만큼 인간성이 유치하지 않았다.

마음에 담아 두지도 않은 사건이지만, 그래도 이렇게 페트라 입을 통해 당시 이야기를 들으니 또렷하게 떠오르는 기억이기는 했다.

——생각해 보니 그때도 프레데리카는 페트라의 귀여움에 헬렐레했던 것 같다.

연하와 귀여운 것을 좋아하는 프레데리카에게 예상 밖의 상황에서 한 떨기 어여쁜 꽃과 마주친 순간의 충격은 헤아릴 수 없다.

특히 저택에서는 귀염성이 없는 연하 후배에게 고약한 대접을 받던 직후였을 터다. 그럴 때 생각지도 못한 위안이 날아왔는데 감동하지 않을 리 없다.

"프레데리카 언니?"

"아, 아무튼, 걱정할 필요는 없어요. 사과할 필요가 없는데도 페트라는 이렇게 사과해 준 데다가…… 저도 기억하지 못했었고요."

"상대가 잊었어도 실례를 모른 척하면 안 된다고 생각해서요."

"그, 그 말이 맞지요. 어째 페트라에게는 배우기만 할 뿐이네요……."

기특한 데다가 올곧은 대답에 프레데리카는 자기 자신이 한심해졌다.

프레데리카가 뺨에 손을 짚고 한숨을 쉬자 페트라는 조심조심 고개를 들었다. 마치 처분을 기다리는 죄인 같은 모습이라 프레데리카는 웃음기가 서렸다.

"호들갑스러워요. 그리고 페트라, 떠오른 기억은 나쁜 일뿐인가요?"

"나쁜 일뿐이냐고 하시면……."

"저도 기억이 났답니다. 그때, 페트라는 저와 친해지고 싶다고 말해 주었지요."

"아."

눈이 동그래진 페트라가 당시의 말이 떠오른 표정을 지었다.

"그 말에 저는 기회가 닿으면 친하게 대해 달라고 말했고요. 그때의 약속이 지금 이렇게 이루어진 것은 운명적이지 않은가요?"

"그럼, 프레데리카 언니는 제 운명의 언니였던 거네요!"

얼굴이 확 밝아진 페트라가 두 손을 맞대자 꽉 껴안고 싶은 욕구를 간신히 참아냈다.

어쩜 이렇게 귀여운 말을 해 주는 아이인지. 매일 같이 페트라의 사랑스러움에 인내력이 소모되고 있는 프레데리카는 가까스로 선배 메이드의 위엄을 발휘해 내구력을 회복했다.

"네, 네에, 그러게요……. 저는 페트라의, 운명의 언니였던 거예요."

"그거, 왠지 무척 기뻐요. 그렇게 생각해 보면 저, 그때 했던 생각이 대체로 다 이루어진 것 같기도."

프레데리카의 목소리가 떨리는 것을 깨닫지 못한 채 페트라가 손가락을 꼽으며 뭔가를 세기 시작했다.

"제복도 가까이서 보고 있고, 직접 입었지. 프레데리카 언니랑 친해졌고, 일도 배우지…… 그때보다 귀여워졌지! 귀여워졌나요?"

"네, 귀여워요."

힘차게 즉답했다.

입장이 거치적거려 평소에는 딱 부러지게 말할 수 없기에, 이 기회를 놓칠 수 없다는 양 힘차게.

"고, 고맙습니다, 언니."

빰이 붉어진 페트라가 수줍게 웃자 프레데리카는 만족했다.

다만, 그건 그렇다 치더라도……. 프레데리카는 생각에 잠겼다.

"꽤나 갑자기 그때 기억을 떠올렸네요. 무슨 계기라도?"

"으—음, 사실 별일은 아닌데요……."

프레데리카의 질문에 페트라가 움츠리며 말을 머뭇댔다. 잠시 뭐라고 대답할지 망설이던 눈치이던 페트라가 결심한 것처럼 고개를 들고 말했다.

"실은, 프레데리카 언니와 같이 있게 된 뒤로, 내내 뭔가 걸리는 게 있다 싶었거든요. 그게 이제야 쏙 튀어나온 거예요."

"쏙 말인가요."

"쏙 말이에요."

페트라가 귀여운 의태어를 입에 담자 프레데리카도 얼결에 따라 했다.

어쨌든, 이렇다 할 계기는 없다는 뜻일까. 잊고 있던 일이 떠오를 때는 늘 그런 식일지도 모른다.

"아, 하지만, 어쩌면……."

"어, 어쩌면, 뭐지요?! 제가 무슨 치명적인 실수라도?!"

"어, 언니? 왜 그렇게 당황하세요?"

안심한 것도 잠시뿐이었기에 무심코 몸이 앞으로 쏠린 행동을 반성했다.

그 반성을 미소로 얼버무린 프레데리카가 "아니요." 하고 고개를 가로저었다.

"당황은 무슨 당황이에요. '사용인으로서, 항상 평정심과 냉정함을 잃지 말라' 고 저도 단단히 교육을…… 이런 때에 그 남자의 가르침이!"

"언니? 언니?"

"하, 하긴 그렇죠. 가르친 상대가 어떻든 간에 가르침에 죄는 없는 법이죠. 저는 평정심과 냉정함을 유지하고 있어요."

머릿속에 떠오른 남자의 잔재를 떨쳐낸 프레데리카가 심호흡했다.

"그래서, 페트라는 무엇을 알아챘는데요? 저에게도 가르쳐 주시어요."

"으음, 그렇게 기대하실 만한 일은 아닌데."

프레데리카의 질문에 페트라는 머리털을 손가락으로 만지작거리며 멋쩍은 눈치였다.

"어제, 휴식하기 전에 있던 일 기억하세요?"

"페트라가 외로움을 타서 제 침대로 기어든 것은 기억하지요."

"그, 그렇긴 한데요, 그것만이 아니고. 그 왜, 언니가 주무시기 전에 했던 말 있잖아요."

페트라의 추궁에 프레데리카가 기억을 뒤져 보지만 떠오르지 않았다. 뭔가 특별한 말을 한 기억은 없다. 기억에 있는 것은 페트라가 귀여웠다는 것 정도다.

"저기요, 거기 귀여우신 분, 잠시 시간 내주실 수 있나요?"

"……뭔가요?"

"어제, 침대에서 떠들던 저에게 자기 전에 언니가 한 말이에요. 이거, 프레데리카 언니가 2년 전, 저에게 처음 말을 건네주었을 때랑 똑같아요."

"———."

"아마 그 때문에 떠올랐을 거예요. 무척 부끄럽지만요."

농담조로 페트라에게 그런 말을 걸었겠거니 짐작한다. 그렇지만 무의식중에도 구태여 같은 말을 택한 걸 보면 자신도 영 진보가 없다.

어쩌면 페트라에게 품은 인상이 첫 대면부터 변하지 않은 것일지도 모른다.

"……페트라는 귀엽네요."

"에헤헤헤."

뺏속까지 홀린 태도로 프레데리카는 페트라의 머리를 다정하게 쓰다듬었다. 페트라도 그 손길을 받으며 사랑스럽게 풀어진 얼굴로 미소 지었다.

그러다가 페트라가 "아." 하고 동그란 눈을 크게 떴다.

"언니, 죄송해요. 이상한 시간에, 식사 준비를 방해해서."

"괜찮아요. 저와 페트라의…… 뜻밖의 추억을 공유할 수 있었는걸요."

프레데리카는 "더구나." 하고 말을 이으며 페트라를 향해 웃었다.

"이다음에, 못다 한 일을 메꾸러 페트라가 준비를 도와줄 거잖아요? 그러면 지금 일이랑 2년 전 일은 청산해드리겠어요."

그 말에 페트라는 살짝 놀랐다가 금세 얼굴이 환해졌다.

"네, 프레데리카 언니!"

"——하아, 역시 귀여워요."

페트라의 웃음에 도취되어 중얼거린 프레데리카는 2년 전의 자기 자신을 솔직하게 칭찬했다.

——당시의 자신은 용케 페트라의 추억을 망가뜨리지 않을 정도로 표정근을 유지해 냈다고.

《끝》

쓰담 쓰담 쓰담

『가필과 람의 꼬이고 꼬인 연애 사정』

(제10권 · 토라노아나 특전)

1

——람의 평생 주인인 로즈월 L. 메이더스 변경백.

그가 지닌 광대한 영지 북쪽 끝에, 『클레말디의 헤매는 숲』이라 불리는 곳이 있다.

특필할 만큼 큰 숲은 아니지만 그 지역은 발을 들인 이의 시간 및 방향감각을 뒤틀어 눈 깜짝할 사이에 길을 잃게 만든다는 사실로 유명하다.

따라서 숲 깊은 곳에 무언가 있는 게 아니냐는 소문이 퍼져서 붙은 명칭이 『헤매는 숲』이다.

물론 그 『헤매는 숲』이라고 불리는 숲의 특성은 해결법을 아는 사람에게는 걸림돌이 되지 않는다. 그것은 영주인 로즈월도 그렇고 로즈월을 섬기는 람도 그렇다. ——그리고 숲 가장 깊은 곳에 은닉된 『성역』의 관계자 또한 그렇다.

"——여어, 람. 오늘도 그 자식을 경호하느라 따라왔냐."

뒤에서 거칠게 부르는 목소리에 람은 작게 한숨을 쉬었다.

귀에 익은 음성이다. 살짝 표독한 성조와 어미를 길게 끄는 독특한 말버릇. 인상적인 목소리지만 가슴은 들뜨지 않는다. 친애 이상의 감정이 담겨 있음을 알아도.

"첫 마디부터 형편없긴. 로즈월 님을 우롱하다니, 신세가 많이 폈나 봐."

"핫! 우롱같이 거창한 것도 아니지. 이 어르신이 그 자식을 물어뜯는 건 옛날부터 똑같잖아. 『케트레크는 양립할 수 없다』고 하지."

살짝 표독한 람의 말에 따박따박 말대꾸가 돌아온다. 그리고 상대는 람이 돌아보는 것보다 먼저 앞으로 와서 그 얼굴을 보였다.

짧은 금발을 바짝 세웠으며 드러난 이마에 하얀 흉터가 눈에 띄는 인물이다. 녹색 두 눈은 짐승처럼 날카롭고, 칼날 같은 이가 난 입가가 그 인상을 더욱 조장하고 있었다.

구면인 인물과의 대면에 람은 대놓고 깊은 한숨을 몰아쉬었다.

"이것 봐. 사람 낯짝 보자마자 대뜸 한숨이라니 태도가 고약하다 생각 안 하냐."

"람에게 설교할 생각이야? 거울을 보고 크게 반성한 뒤에 다시 와. 오랜만에 얼굴을 맞댔는데 한숨 소리나 듣는 자기 자신에게 문제가 있음을 깨달을걸."

"되는대로 막 떠드는구만. 어처구니없는 여자야. ――그 점이 좋지만."

독기를 숨기지 않는 람의 혓바닥에 상대는 심히 즐거운 듯 이를 딱 부딪쳤다. 마지막의 마지막에 덧붙인 호의적인 말에 람은 더더욱 깊은 한숨을 쉬었다.

몇 년이고, 몇 번이고, 아무리 지나도 헛수고라고 누누이 말을 했건만.

"람의 마음은 이미 바쳤어. 얼른 헛수고인 줄 알고 물러나, 가프."

"패전할 가능성이 크다, 딱 좋은데 왜. 그래야 역전하는 보람이 있기 마련이지."

뻔뻔스러운 대꾸. 이런 대화도 벌써 몇 번 반복했는지.

람의 딱 부러진 선고에, 상대── 가필은 털끝만치도 흔들리는 기색 없이, 오히려 가슴을 펴고 당당히 장담했다.

가필의 굳센 의사 표시에 람은 못 말리겠다는 듯이 고개를 저었다.

"스스로 생각해도 람의 죄 많은 매력은 골칫덩이야."

"그 말에 망설임이 없는 점이 람답단 말이지."

그렇게 자기 감정에 주저 없이 따르는 자세에 있어서 두 사람은 닮은꼴이었다.

2

──『성역』이란, 『클레말디의 헤매는 숲』의 가장 깊은 곳에 존재하는 비밀스러운 마을이다.

정식으로는 『클레말디의 성역』이라고 불러야 하겠지만, 『성역』은 존재 자체가 은닉된 곳이기에 머리꼬리 다 떼고 『성역』이라고만 불릴 때가 많다.

『성역』에는 사정이 있는 거주자── 주로 인간과 아인 사이의 혼혈, 『잡종』이 모여 있으며, 바깥세상과의 교류를 최저한으로 억제한 사연 있는 땅이었다.

주민 대부분이 『잡종』인 그 땅에서는 주민 사이의 관계가 튼튼하다. 외부인은 환영받지 못하며, 그것은 오니족(鬼族)의 생존자인 람도 마찬가지다.

단, 일부 예외── 가필 등은 제외할 때의 이야기였지만.

"애초에, 뭘 하고 있는데, 가프. 지금쯤 로즈월 님과 류즈 님이 대화하시고 있을 때잖아. 일단 『성역』의 대표역인데, 부끄러운 줄 알아."

"아무 말도 안 했는데 농땡이 피웠다고 단정 짓지 마라! …… 뭐, 대화가 귀찮아서 빠져나온 건 맞췄지만."

"부끄러운 줄도 모르긴."

"가차 없구만!"

심녹색 이끼가 깔린 흙을 밟으면서 『성역』을 거니는 람을 가필이 따라간다.

람은 옆에서 하늘을 바라보며 외치는 소년의 옆얼굴을 힐끔 엿보고 연홍빛 눈을 슥 좁혔다.

──람이 『성역』을 방문한 것은 주인인 로즈월의 수행원으로서다.

이곳은 로즈월의 영지 중에서도 특별한 장소로, 다른 영지와는 대우가 다르다. 면세에만 그치지 않고 주민 생활까지 후하게 지원하고 있어서 아예 보호지라고 할 만한 곳이다.

원래 로즈월은 '아인 취미' 라는 험담을 들을 만큼 아인 및 『잡종』을 적극적으로 고용하며 우호적으로 대하고 있다. ——단, 그것은 단순한 선의가 아니다.

"——『잡종』이 여기서 생활하고 있을 필요가 있다는 소리일 테지."

"아앙? 무슨 말 했냐?"

"나란히 걷는 게 불쾌해. 반걸음 뒤에서 걸으라고 그랬어."

"그거, 카라라기의 엄청 오래된 시대의 풍습 아니었나?"

뜻밖의 박식함을 선보이며 갸우뚱한 가필은 흐뭇한 기색이다. 쌀쌀맞은 대화뿐인데도 즐거워하니 람은 조용히 한숨을 쉬었다.

"보답받을 턱이 없는데도, 기가 막혀……. 아니, 불쌍하네."

"핫! 멋대로 떠들어. 그러고 보니 오늘은 정기일이 아닌데 『성역』에 왔잖아. 무슨 특별한 일이라도 있었냐?"

"——자세한 사정은 지금 로즈월 님께서 류즈 님과 말씀을 나누고 있잖아. 궁금하면 대화 중에 빠져나오지 말지 그랬어."

"그놈 입으로 듣고 싶지 않아. 람의 입으로 듣고 싶어."

"……로즈월 님께서 저택에 하프엘프를 데려왔어. 그분의 비원과 관련된 중요한 입장이야. 이 『성역』과도 무관하지 않아."

가필의 얼굴에는 람에 대한 호의와 로즈월에 대한 적의가 역력히 드러났지만, 그 뒤의 화제를 듣자 표정이 사라졌다.

그가 몸처럼 보이지 않는 그 표정을 짓는 것은, 한결같이 『성역』의 안녕과 관련될 때다.

"이곳과 무관하지 않다면, 요컨대?"

"하프엘프라고 말했잖아. 『잡종』은 예외 없이 결계의 영향을 받아. 조건은 『성역』의 주민들과 똑같으며 류즈 님도 포함돼. 알거 아냐."

"——묘소의 『시련』인가."

가필이 입가를 손으로 가려 이를 가린 채로 중얼거렸다.

그렇게 생각에 잠긴 모습을 보면 람의 뇌리에 같은 몸짓을 하는 인물이 스친다. 머리색 및 눈색의 특징이 똑같은 상대를 떠올리며 피는 못 이긴다고 통감한다.

지금도 저택에서 람이 가장 사랑하는 여동생과 함께 돌아올 때를 기다리고 있을 인물. 그것은 가필과 인연이 깊으나 『성역』에 오지 못하는 이유가 있는 여성이었다.

어쨌든——.

"그 반마가 결계를 푸는 열쇠라고 생각해도 된단 말이지?"

"적어도 로즈월 님께선 그렇게 여기며 대화하고 계실걸. 가프도 류즈 님에게 같은 얘기를 들을 테지."

"……그 반마, 람의 눈으로 봐서 인상이 어때?"

낮은 목소리로 가필이 진지하게 캐물었다.

그 말에 람은 뇌리에 하프엘프—— 에밀리아라고 소개한 소녀를 떠올리고, 그녀와의 짧은 접점을 회상하며 대답했다.

"——분명히 말해서 가망이 희박해. 기대를 못 하겠어."

"그건 또, 정말로 분명하게 말하는걸."

람의 엄격한 의견에 가필이 콧잔등에 깊은 주름을 잡았다. 그런 가필 앞에서 람은 손가락을 꼽아가며 에밀리아의 인상을 설명했다.

"지식이 없어. 이해가 얕아. 각오가 어설퍼. 결의가 약해. 자각이 부족해. 좌우지간 없는 것뿐이고 부족한 점이 천지야. 처한 환경에 관해서는 들었으니 동정할 여지는 있지만…… 현재로서는 도저히 희망을 맡길 수 없어."

"형편없잖아. 그런 애에게 만사 떠넘기다니, 로즈월 자식, 드디어 본격적으로 맛이 간 것 아니…… 아팟!"

"로즈월 님에 대한 불경은 용서 못 해. 때려눕힐라."

"때린 다음에 말하지 마! 끄어어, 등짝 아파……."

가필은 람의 손바닥을 맞은 등을 문지르며 이가 드러나게 외쳤다.

그런 모습을 곁눈질하며 람은 방금 토로한 에밀리아에 대한 소감을 소기의 결론으로 그에게 떠넘겼다. 실제로 과소도 과대도 아니라, 솔직한 평가다.

그 하프엘프 소녀에게는 온갖 요소가 누락되어 있다. 그녀가 밟고 설 운명을 생각하면 그야말로 치명적이라고 할 수 있을 만큼.

그러나――.

"――어디까지나, '현재' 얘기야."

"아앙?"

"배울 기회도 알 기회도, 각오할 기회도 결의할 기회도, 자각할 기회도 앞으로 주면 돼. 그러고도 아직 부족하다면, 그때에는 단념해야겠지."

그때까지 그 소녀에 대한 인상을 단정 짓는 건 이르다는 것이 람의 생각이다.

에밀리아는 로즈월이 자신의 비원을 위해서 필요하다고 장담한 존재이므로.

"로즈월 님의 견해로는 요 1년 이내에 왕국의 옥좌를 두고 다투는 중대사가 본격적으로 시작될 거야. 에밀리아 님은 그 전까지 필요한 사항을 배워 주실 필요가 있지."

"아아, 왕선이란 것 말인가. 임금님이 골로 갔단 말은 들었는데…… 잠깐, 이봐."

막연한 사정과 연결 지은 가필이 거기서 말문이 막혔다. 눈썹을 찌푸리고 마음속 불안을 씹어 부수듯 이를 딱 부딪쳤다가, "설마." 하고 말을 이었다.

"로즈월 자식, 그 반마를 왕선에 추천하려는 거냐? 제정신이냐고."

"로즈월 님에 대한 불경은……."

"불경 따질 얘기가 아니지! 이건 정당한 의견 아니냐! 『질투의 마녀』와 같은 반마를, 나라 우두머리로 세우겠다는 바보가 어디 있어! 게다가 여기는 『탐욕의 마녀』의 무덤! 로즈월 자식, 골칫거리를 얼마나 끌어안아야 직성이 풀린단 거야!"

성내며 발을 구르고 이를 가는 가필의 기척이 커졌다.

억누르지 못한 전의가 넘쳐 나와 숲의 벌레 및 동물이 겁먹어 도망치는 것을 알 수 있었다. 투기가 거센 나머지 가필의 몸이 한

층 더 커졌다는 착각조차——아니, 착각이 아니다.

그의 온몸에 난 털이 곤두서고 뼈가 삐거덕대는 소리와 함께 형상을 바꾸기 시작한다.

"——진정해, 가프."

그 직전에, 거리를 좁힌 람이 가필의 뺨에 살며시 손을 얹었다.

람의 부름과 연홍빛 시선에, 녹색 눈이 서서히 평정을 되찾았다. 이성을 상실하기 직전이던 분노가 흩어지고 가필은 길게 숨을 내뱉었다.

"……미, 안. 이 어르신답지 않게, 좀 실끄힉."

"시답잖은 일로 람의 손을 번거롭게 하지 마. 오래 알고 지낸 사이라서 용서할 뿐이지, 원래라면 로즈월 님의 분노로 불탈 때까지 방치했어야 했어."

"아파아파아파아파——!"

람은 만지던 뺨을 꼬집어서 가필에게 반성을 촉구했다.

벌게진 뺨을 놓자 가필이 원망스럽게 람을 째려보았다.

"람, 너 인마……."

"고소해라. ……잘못 말했네. 괜찮니?"

"대놓고 거짓말이네! 『수정궁은 부서졌음』 정도로 거짓말이야!"

방정맞게 떠드는 모습에 속이 시원해진 람은 직전의 멍청한 실수와 타협 지었다. 그 배려는 그에게도 전해졌는지 가필은 자기 머리를 거칠게 긁었다.

그리고 겸연쩍은 표정으로 람의 얼굴을 힐끔힐끔 엿보며 말했다.

“아— 그 뭐냐, 람. 이 어르신은, 너의 그런 점이 말이야…….”

“어어—이쿠, 람하고 가필. 둘 다 이런 곳에 있었구운—.”

“끄엑!”

나직나직 작은 소리로 뭔가 말하려던 가필이 굳어 버렸다. 끼어든 제3자의 목소리. 가필을 대신해 람이 그쪽으로 돌아섰다.

그리고——.

“——로즈월 님, 기다리고 있었습니다.”

그때까지 짓던 차가운 표정이 사라지고 고운 미소가 입가를 꾸몄다. 어조에도 열기가 담기고, 연홍빛 눈에도 부드러운 빛이 감돌았다.

그 변화는 가필과의 대화 중에는 나오지 않던 것이다. 그런 람의 미소를 받은 인물은 대수롭지 않다는 듯이 받아들이고 대꾸했다.

“기다리게 해서 미이—안하게 됐는걸. 이쪽 대화는 무사히 마쳤어. 너도 가필과는 오랜만에 만났지? 즐거운 시간 보냈나아—?”

“네, 충분히.”

나타난 남자—— 로즈월의 물음에 람은 주저 없이 끄덕였다.

그 딱 부러진 태도에 얼굴을 구긴 가필이 로즈월을 노려보았다. 그 시선을 받은 로즈월은 “가필.” 하고 불렀다.

“할 얘기는 노인장에게 해 놓았어. 자세한 설명은 노인장에게 듣도록. 이번에는 그리 오래 머물 수 없어서어—. 외롭게 만들어 미안하아—군.”

"외로울 리가 있겠냐! 돌아가, 썩 돌아가! 람을 두고 얼른…… 아얏!"

"람이 남을 리 없잖아. 때려눕힐라."

"때린 다음에 말하지 마! 아아, 제기랄!"

폭언의 대가를 즉각 치른 가필이 울상 짓자 람이 한숨지었다. 둘의 모습에 좌우의 색이 다른 두 눈을 가늘게 뜬 로즈월은 옅게 미소 지었다.

"나아— 원 참, 사이가 좋기도 하지. ——나도 가슴이 쓰릴 만큼 말이야."

그리고 들리지 않을 만큼 작게 속삭이듯이 중얼거렸다.

——로즈월의 말이 바른 의미를 띤 것은 반년 뒤의 이야기.

왕선이 시작된 후, 에밀리아를 지탱하는 로즈월 저택에 야단스러운 흑발 소년이 굴러들어와 다양한 운명이 움직이며——『성역』에도 이야기가 다다른다.

그리고 그때야말로, 광대 행색의 남자가 오래오래 품던 비원 성취의 막이 오른 것이다.

《끝》

『가필과 람의 꼬이고 꼬이고 꼬인 연애 사정』

(제11권 · 토라노아나 특전)

1

람이 『성역』에 발길을 옮기는 빈도는 몇 주에서 몇 달에 한 번 정도——. 언제나 주인인 로즈월의 수행원으로 가는 것이며, 자발적으로 방문할 때는 거의 없다.

따라서 그날은 예외적인, 좀처럼 없는 상황이었다.

"그나저나 별일이 다 있단 말이지."

머리 뒤에 깍지를 낀 가필이 기분 좋게 이를 딱 부딪치고 말했다.

날카로운 눈매와 송곳니, 이마 흉터 등 험한 특징이 많지만, 람은 웃으면 애교가 있는 생김새라고 생각한다. 단, 그것은 람의 취향에서 크게 벗어나 있다.

람의 호감을 받고 싶으면 외모부터라도 다듬을 필요가 있겠으나——.

"——아앙? 왜 네 취향에 맞출 필요가 있는데. 이 어르신이 굽혀서 좋아하게 만들어 본들 소용없지. 이 어르신도 굽힌 람은 보고 싶지도 않아."

그것이 그의 신조라니까 이제 와서 람도 무슨 말을 하려는 생각도 없었다.

그런 논리면 람이 그에게 호의를—— 남녀의 감정을 품는 것은 자신을 굽히는 셈이 되니까, '불가능' 하다는 것은 알 법도 한데.

"하긴, 그런 미련함이 가프가 가프인 이유지."

"관둬, 관둬. 칭찬받으면 쑥스럽다."

비꼼을 이해하지 못한 가필이 손가락으로 코밑을 문지르자 람은 한숨지었다. 좋든 나쁘든 외곬에 긍정적이다. 그 점은 나쁘지 않다고 평가는 하지만.

"아까 하던 얘기로 돌아가겠는데, 별일이 다 있어. 로즈월 자식 빼고 『성역』에 오는 일은 처음이지 않나."

"응, 그렇지. 업무 없이 람이 『성역』에 올 이유는 전혀 없는걸."

"이 어르신이 있잖냐."

"일부러 가프를 만나러? 람이? 휴일의 낭비지."

콧방귀를 뀐 람의 대꾸에 가필이 입을 뒤틀었다. 그러나 쌀쌀맞게 대해도 굴하지 않는 것이 가필의 강점이기도 하다.

뒤튼 입과 함께 마음까지 회복한 가필이 "람." 하고 얼굴을 들여다보았다.

"저기 말이다, 실은 이맘때 숲속에 보여 주고 싶은 것이…… 끄어걱?!"

순간, 말 도중에 가필의 몸이 옆에서 덮친 충격에 날아갔다.

람의 시야 오른쪽에서 왼쪽으로 사라진 가필이 있던 위치에는 대신 다른 인영—— 짧고 파란 머리카락을 찰랑이는, 람과 같은 제복을 맞춰 입은 소녀가 나타나 있었다.

"——언니, 오래 기다리셨어요. 류즈 님에게 말씀을 듣기로, 역시 렘의 기억은 옳았던 모양입니다. 『백설앵(白雪櫻)』을 볼 수 있는 것은 지금뿐이라 해요."

"그래, 다행이네. 기껏 렘이 기대하고 있었는걸. 만약 피지 않는 사태가 있었으면 어떻게 피울지 고민했어야 했어."

"후훗, 걱정 마세요, 언니. 자, 어두워지기 전에 출발하죠. 기대되네요."

"기대되네요——가 아니지, 얀마!"

사랑스러운 미소와 함께 기대감으로 가슴이 벅찬 소녀——람의 동생인 렘의 말에 성나서 얼굴이 벌게진 가필이 들이댔다.

머리카락과 온 몸이 잎사귀 및 흙으로 더러워진 그의 모습에 렘은 "아." 하는 소리를 냈다.

"……있었나요, 가프. 미안해요. 작아서 안 보였어요."

"오랜만인데 인사성이 아주 바르셔, 렘. 누가 작단 거야! 눈 똑바로 떠!"

"눈에 힘을 주고서야 겨우 찾을 수 있었어요. 그러지 않았더라면 렘은 언니밖에 보이지 않아서 발견하지 못했을 거예요. 위험했네요."

"대차게 떠밀어놓고 할 소리냐! 『에리에리에의 말린 혀』냐, 너!"

성나서 언성을 높이는 가필과 마주하며 눈을 가늘게 뜬 렘의 태도는 아주 싸늘하다.

옛날에는 이 정도까지는 아니었는데, 요즘 두 사람의 대화는 항상 이런 식이다.

——아무래도 렘은 언니에게 호의를 보내는 가필의 존재가 마음에 들지 않는 눈치다.

보다시피 말과 태도를 구사해 전력으로 그 감정을 표명하고 있다. 이런 식으로 렘에게 가차 없는 대우를 받는 가필을 보고 있으면, 람은 마음속 깊이 생각한다.

"……렘에게 사랑받는 실감이 솟으니, 흡족한 기분이야."

"람, 너 인마, 사악한 소리나 하지 마라!"

"언니께 불만이에요? 가프야말로 뭐라도 된 줄 아나 보죠?"

그 중얼거림을 장작 삼아 렘과 가필의 말다툼이 활활 타올랐다.

둘의 언쟁을 들으면서 람은 『성역』의 숲으로 눈길을 슬며시 돌렸다. 늘 항상 숲속, 가장 깊은 곳에 있다는 『백설앵』——.

그것이야말로 일부러 휴일에 『성역』까지 발길을 옮긴 목적이므로.

2

"——언니, 알고 계세요? 실은 이맘때, 『성역』에 백설앵이라는 아주 예쁜 꽃이 핀다나 봐요."

렘이 그런 말을 꺼낸 것은 뜬금없이 생긴 휴일을 어떻게 보낼지 상담하던 중이었다.

더부살이 메이드인 람과 렘에게 기본적으로 고정된 휴일이란 것은 없다. 하지만 두 사람의 고용주인 로즈월은 변덕스럽게 사용인들에게 휴가를 내린다.

자매가 어떻게 쓸지 헤매고 있는 휴가도, 로즈월의 배려로 받은 것이다.

그러므로 렘이 『백설앵』을 보고 싶다고 말을 꺼내 준 것은 이중적인 의미로 기뻤다.

——렘은 별로 자기주장이 없는 아이이기에.

원래 람과 비교해서 다양한 데에 넓은 흥미를 보인 렘. 시가(詩歌) 및 예술의 감상도 은밀하게 즐기는 감수성이 있어서, 아름다운 풍경에 관심이 있는 것도 그 때문이다. 귀엽다.

람도 최고의 언니로서 가장 사랑하는 동생의 소원을 가능한 한 들어주고 싶다.

그러기 위해서 렘과 둘이 백설앵을 구경할 생각이었는데——.

"——가프에게 알려진 시점에서 무모한 희망이었지."

"애초에 그 꽃을 가꾸고 있는 건 이 몸이거든. 이 어르신이 안내하는 것이 당연한 노릇 아니겠냐."

"그건 알고 싶지 않았어요. 모처럼 예쁜 꽃을 구경해도 가프 얼굴이 어른어른 떠오르면 엉망이잖아요."

셋은 『헤매는 숲』이라며 두려움 받는 자연을 걸으며 그런 대화를 주고받고 있다.

한중간에 람, 오른쪽에 가필이고 왼쪽에 렘이 나란히 서서 걷는 형태다. 렘은 가필에게 과시하듯이 람과 팔짱을 끼고, 비꼬는 말 마지막에 한숨을 덧붙였다.

“넌 진짜로 이 어르신에게 스스럼이 없구만. 꽃을 구경할 수 있는 건 이 어르신 덕분이라고. 그 점에 감사해야 하지 않겠냐, 엉?”

“막 굴러먹는 가필이 제대로 꽃을 보살필 줄 알기나 할지 렘은 불안해서 못 견디겠어요. 소문 자자한 환상의 백설앵…… 정말로 환상이 되었을지도 모르니까요.”

“아주 따박따박 말대꾸지…….”

가필은 와들와들 떨지만, 새치름한 표정의 렘은 매몰차다.

람은 그 모습을 흐뭇하게 지켜보고 있었다. 평소에는 왠지 긴장을 풀지 못하는 면이 있는 렘도, 오래 알고 지낸 가필 상대로는 마음을 놓는 것이다. 덕분에 언니 마음도 만족스럽다.

다만 그럼에도 렘의 가치관은 람의 존재를 바탕에 두고 있다. 가필에게 스스럼없는 태도를 보이는 것도 람과의 관계를 전제로 한 것에 불과하다. 그래서는 약간 부족한 감이 있다.

진짜 의미로 렘이 렘다워지기 위해서는, 지금 이대로 두면 안 될 것이다.

“……언니? 무슨 일 있나요? 아까부터 조용하신데.”

“속이 안 좋냐? 업을까? 물가라면 꽤 가까운 곳에 있어.”

불현듯 얼굴을 들여다보는 둘의 말에 람의 의식이 현실로 돌아왔다.

직전의 대화는 어디다 두었는지 렘과 가필은 호흡이 딱 맞게 람을 걱정하고 있었다. 그 마음씨에 입 끝에 미소가 걸린 람은 느릿느릿 고개를 가로저었다.

“아니, 아무것도 아니야. 그냥 렘과 가프의 대화가 재미있었을 뿐이야. 정확히는 렘이 하도 귀엽고 가프가 하도 딱해서."

평소처럼 대답하자 둘이 안도했다. 특히 가필은 놀리는 말인데도 안도하고 있어서 문제다 싶었다.

너무 착하면 가엾어진다. 다름 아닌 가필 자신이.

"――오, 슬슬 다 왔다. 놀랄 준비나 잘해 두라고."

그 뒤 얼마 지나지 않아 길 안내하던 가필이 그렇게 말했다.

길 아닌 길, 짐승이 다니는 길을 유유히 앞장서서 걷던 가필을 따라가면서 람의 팔을 끼고 있는 렘의 손에 힘을 들어갔다. 자그마한 불안과 긴장, 그리고 기대가 느껴졌다.

"기대는 되지만…… 가프가 하는 말은 늘 과장스러워서요."

변죽을 울린 가필의 말에 렘이 떨리는 눈과 목소리로 답했다.

감정 표현은 서투르지만 숨기는 것도 서투른 면이 깜찍하다. 어쨌든 렘이 이렇게까지 즐거워 보이면 만약 백설앵의 실물이 기대만 못해도――.

"――여기다."

말한 가필이 숲의 확 트인 공간 앞에서 두 팔을 펼쳤다.

그 몸짓에 이끌려서 고개를 들어 가필 뒤의 경치를 쳐다본 람은 말을 잃었다.

――그것은 심녹색 숲속에 느닷없이 나타난 순백의 환상 공간이었다.

"――――."

마치 눈이 소복이 쌓인 듯한 숲의 한 곳. 하얀 꽃과 잎을 단 『백설앵』이 유유히 줄지어 있는 풍경은 보는 이의 마음을 빼앗기에 충분할 만큼 아름다웠다.

하얀색이란 본래 차가운 인상을 주어도 이상하지 않은데, 부드럽고 따스한 느낌이 있다.

그렇게 느껴질 만큼 순백의 환상 공간에는 마성의 매력이 가득했다.

"와, 아……."

그 광경에 눈을 크게 뜬 렘도 말을 잃고서 감격 중이었다.

기대 이상으로 아름다운 풍경에 놀라는 자매를 가필이 만족스럽게 보고 있다. 자랑스러워하면서도 생색내는 말을 하지 않는 소년이.

"도, 도시락을 만들어 왔는데요, 여기서 풀어도 괜찮을까요?"

웅장하고 화려한 풍경에 가방을 들고 있던 렘의 기가 죽었다. 하지만 이 미관의 공로자인 가필이 성큼성큼 망설임 없이 나무들 중앙으로 나아가 말했다.

"야, 먹을 거면 여기서 먹자고. 지금 최고로 구경하기 좋을 때니까."

"음…… 알겠습니다. 오늘만은 가프의 공적을 순순히 인정해 줄게요."

"웬 잘난 척이냐……."

웃는 가필에게 대항심을 발휘해 뾰로통해진 렘이 도시락을 풀었다. 그 모습을 바라보며 람은 볼을 만지고 숨을 내뱉었다.

설마 장대한 풍경에 압도될 감수성이 자신에게 있을 줄은 상상도 못했다.

"아무래도 아직 람도 수양이 덜 된 모양이야."

자그맣게 중얼거린 람을 렘과 가필이 손짓해 불렀다. 람은 곧장 평소의 표정을 꾸미고 도시락을 푼 곳에 천천히 앉았다.

"요깃거리밖에 챙겨오지 못했지만, 드세요, 언니."

"응, 고마워. 렘이 만들어 준 거라면…… 이건, 찐 감자?"

"안타깝게도 갓 찐 것은 마련할 수 없었지만요……."

미안한 듯이 내민 것은 람이 제일 좋아하는 음식이었다. 놀라서 눈이 커진 람을 본 렘은 노림수가 대성공했다고 살짝 혀를 내밀었다.

어쩐지 가필만이 아니라 렘에게도 휘둘린 기분이다.

"나쁜 기분은…… 냠. 아니지만…… 냠냠."

꿈만 같은 절경에 둘러싸여 좋아하는 찐 감자를 먹고 있다.

좀처럼 할 수 없는 체험에, 내키지 않던 휴가를 만끽하고 있는 자신이 웃겼다.

람이 그런 생각을 할 때였다.

"——가프?"

문득 어깨에 기대는 무게에 람은 그쪽으로 눈길을 주었다. 가필이 람의 어깨에 머리를 싣고 희미하게 조는 숨소리를 내고 있었다.

노린 것이 아니라 잠시 곯아떨어진 것이다. 이를 쳐낼 만큼 무자비하지는 않지만, 남 앞에서 가필이 졸다니 별일이었다. 람은 소꿉친구 감각으로 생각했다.

"언니께 이 풍경을 보여 주고 싶어서 가프도 노력했던 모양이라서요."

"……그런 거구나. 렘, 가프하고 같이 짰었어?"

"언니를 기쁘게 해 주고 싶다 하면 렘도 반발할 이유는 없으니까요."

감쪽같이 속았음을 이해한 람. 렘은 숨길 생각도 없는 눈치로 눈꼬리를 내리고 미소 지었다.

생각해 보니 작위적인 이야기였다. 이맘때에만 피는 『백설앵』도, 겹쳐진 휴가도, 가필의 안내도――.

"로즈월 님도 알고 계셔?"

"웬일로 가프가 로즈월 님께 부탁했다나 봐요."

"그래. ……바보구나."

어깨에 머리를 실은 소년을 흘긋 본 람은 어이가 없어서 한숨 지었다. 그리고 살짝 몸을 틀어 가필의 머리 위치를 움직였다.

――자신의, 접힌 무릎 위로.

"아, 언니……."

"람은 자비와 자애의 화신이라서, 어쩔 수 없이 노고를 치하해 주기로 할게."

람은 잠든 소년의 얼굴을 내려다보며 짧은 금발에 손가락을 넣어 간지럽히듯 쓰다듬었다. 손끝은 이마의 하얀 흉터를 훑고, 시선에 정이 서렸다.

"언니, 렘은 그렇게까지 해 주라는 말은……."

"딱히 특별한 짓은 아니야. 원래 가프에게는 이 정도 해 주어도 될 만큼 람도 마음을 터놓고 있는걸. 그다음으로 넘어가지 않을 뿐이지. ——바보지."

희귀한 꽃이라고 할 정도다. 피우려고 치른 고생이 얼마나 큰지, 쉽지 않다는 것쯤은 알 만하다. 그렇게 애를 써서 어쩔 것인지.

"바보지."

람은 한 번 더, 졸고 있는 소꿉친구에게 들리지 않을 말을 중얼거렸다.

그리고 문득 정면에 있는 동생의 낌새를 눈치챘다. 렘은 약간 토라진 표정이었다.

"저기, 언니, 그게……."

"왜 그러니?"

"가프가, 부러워서. 렘도 언니에게 응석 부리고 싶은데……."

"——그러네. 가프 따위보다 렘부터 수고했다 해야지. 이리 오렴."

"후가아?!"

렘의 귀여운 요청에 땅바닥에 내던져진 가필이 비명을 질렀다. 펄쩍 일어난 가필은 정신을 못 차리다가 람에게 무릎베개를 받는 렘을 보자 또 언성을 높였지만——.

"——사랑받는 실감이 솟으니까, 나쁘지 않네."

그렇게 대화를 마무리하고 휴가를 만끽하면서 람은 옅은 미소와 함께 속삭였다.

《끝》

『가필과 람의 꼬이고 꼬이고 꼬이다 뒤틀린 연애 사정』

(제12권 · 토라노아나 특전)

1

——『클레말디의 헤매는 숲』의 오지, 그곳에 『성역』으로 불리는 땅이 있다.

소규모 촌락과 사연 있는 유적만 있을 뿐인 그 땅에는 모종의 사정이 있는 사람들이 모여서 서로를 의지하며 살아가고 있었다.

그 사람들은 인간과 아인의 혼혈——『잡종』으로 불리는 자들이다.

『질투의 마녀』의 공포나 『아인전쟁』의 상흔이 남은 루그니카 왕국에서 『잡종』들의 입장은 좋지 않다. 피는 이유 없는 차별의 원인이 되고, 원한은 뿌리 깊게 남아 있었다.

『성역』은 그런 차별의 눈총으로부터 『잡종』을 지키기 위한 피난지이기도 하다.

따라서, 여기에서 살고 있는 것은 어느 정도의 부자유에 눈을 감아 평안을 얻을 수 있는 이들이다. 모두가 평온을 사랑하며 안온한 시간을 향수하고 있다.

그런 만큼――.

"――대체 어쩔 생각으로 외부인을 이렇게 왕창 끌고 온 거야, 아앙?"

열 대 이상의 용차 대열을 맞이한 가필은 거친 콧김과 함께 내뱉었다.

다부진 팔로 팔짱을 끼고 난폭한 귀기를 뿜는 금발 소년. 분노를 드러낸 그의 눈초리에 지룡이 겁을 먹고 용차 안의 사람들도 무심코 몸을 움츠렸다.

하지만 주위가 겁을 내는 시선이든 귀기든, 다른 상대를 겨누다 흘린 여파에 불과하다.

가필이 바라보는 방향에 있는 것은 용차 앞에 우두커니 서 있는 람 혼자였다.

"――――."

람은 내린 용차의 차부에게 말을 건네고 당당히 가필과 대치했다. 주위 사람들이 마른침을 삼키고 지켜보는 가운데, 람은 연홍빛 눈을 스윽 가늘게 뜨고 말했다.

"오랜만에 람이 얼굴을 내밀어 주었는데 환영 인사가 대단하잖아, 가프."

"핫, 웃으며 껴안아 주고 싶은 것은 이 어르신도 동감이지만, 그럴 수도 없지. 뒤에 있는 것들은 뭐야. 뭐 하러 끌고 왔어?"

"나들이 여행하는 일행이라고 해 봤자 믿지 못하겠지. ――피난이야."

“피난이라고라?”

온건하지 못한 단어를 들은 가필이 콧잔등에 주름을 잡았다. 그 반응에 람이 “응.” 하고 끄덕이고 뒤의 용차와 사람들을 턱으로 가리켰다.

“밤새서 서둘러 이동한 탓에 다들 기진맥진한 상태야. 일단 쉬게 해 줘. 이대로 촌락에 들어갈 테니 로즈월 님이나 류즈 님들께 전해드려.”

“설명이 부족한 것도 어지간해야지. 들여보내란 말도 막으란 말도 못 들었단 말이다.”

“부족한 부분은 상상으로 때워. 왕선, 마녀교, 피난, 람 귀엽다. 이상이야.”

“마지막 건 필요하냐?”

의심스러워하는 가필이지만 람의 노려보는 눈초리에 마지못해서 수긍했다. 다만 귀기를 거두기 전에 한 번 더 람 뒤에 모인 용차 대열을 응시하고 말했다.

“말해 두지만 람이 데려온 것들이라도 골칫거리는 봐주지 않아. 『케게라이네에 꽝 제비는 없다』고 하지. 열심히 예의 바르게 굴라고.”

여봐란듯이 강조한 이를 딱 부딪친 가필이 가벼운 도약 한 번에 숲속으로 자취를 감추었다. 람의 당부에 따라 피난민의 도착을 알리러 간 것이리라.

“람 님, 저분은…… 괜찮겠습니까?”

불만스럽게 말을 건넨 사람은 동행한 아람 마을의 피난민——

그 대표를 맡은 촌장 노파였다.

주위에 불안을 주지 않게 목소리를 낮춘 노파의 물음에 람은 "그러네." 하고 끄덕였다.

"가프…… 가필의 말대로 예의 바르게 있으면 괜찮아."

"람 님은, 아까 그분과 친밀하신지?"

"친밀…… 알고 지낸 지는 오래됐어. 그러니까 다루는 요령은 잘 알아."

우려를 없애지 못하는 노파의 말에 람은 다시 가필이 사라진 방향을 쳐다보았다.

다루는 법도 잘 알고 있다. 알고 지낸 시간도 벌써 10년이 될 것이다.

그럼에도――.

"――이곳을 지키기 위해서라면, 가프는 어디까지 저지를 수 있을까."

2

――로즈월 저택과 아람 마을 근방에 잠복한 마녀교도.

그것이 얼마 전 람 쪽에 찾아든 횡액이며, 람이 피난민을 데리고 가필이 수호하는 『성역』으로 피신한 이유다.

피난한 이들은 아람 마을의 촌민 약 100명. 그중 절반이 람과 동행하여 이렇게 『성역』에 같이 와 있다. ――불안 요소는 남은 절반 쪽이 더 크다.

“마녀교의 표적은 에밀리아 님……. 그렇다고는 해도 바루스가 어떻게든 할 테지.”

피난을 결단시킨 정보를 갖고 돌아온 소년, 그가 있기에 람은 염려를 중단했다.

그쪽 일은 그쪽 인원이 최선을 다하면 그만이다. 그만큼 람은 의탁받은 신뢰에 부응하고자 이쪽 일에 노력할 뿐이다.

당장은 눈앞의 대성당── 돌로 지은, 임시 거주지 설치부터 우선해야 한다.

“할멈이 하라니까 하는데, 이 어르신은 환영하는 것 아니다. 여기를 빌려준 것도 온정을 베푸는 거야. 감사하기나 해.”

“그래그래, 알았어.”

그렇게 말하며 일하는 람을 뒤에서 보고 있는 것은 자칭 감시자 가필이었다.

장소는 『성역』의 촌락 안, 주민들의 집들로부터 조금 떨어진 위치에 있는 대성당 안이다. 집회장처럼 사용되는 건물이라서 사람들을 많이 수용할 수 있을 만큼 넓다.

평소에는 넓은 공간에서 뭉쳐서 자다가, 필요하면 개별 방도 주어지는 환경이다. 『성역』에 들어온 피난민들에게 촌락 대표인 류즈가 빌려주었다.

“여러 사정이 정리될 때까지, 마을 사람은 마을로 돌려보낼 수 없어. ……배부른 소리는 못 하겠네.”

며칠, 혹은 몇 주가 될지도 모를 『성역』 체류. 가능한 한 마을 사람의 부담 및 불만을 경감시키고 싶지만 생활을 위한 대비는 필요하다.

그러기 위해 남자 일손이 솔선수범 용차로부터 짐을 내리고 있는 중인데——.

"야야, 허리가 부실하잖아. 그래 갖고 움직일 수 있겠냐."

"옆에서 주절주절 말이 많아. 불만이 있으면 돕지 그래?"

"핫, 웃기지 마라. 이 어르신은 감시자야. 그리고 말하지 않았냐. 너는 몰라도 외부의 인간 따위 알 바 아니지."

짐을 나르는 람을 놀리던 가필은 도발하듯이 이를 딱 부딪쳤다. 아까부터 그런 식으로 사람의 의욕을 꺾듯이 궁시렁거리기만 한다.

"————."

가필의 표독한 태도 때문에 아람 마을 사람들의 안색도 좋지 못하다.

피난지에서 대놓고 환영받지 못하면 그들의 불안이 심해지는 것도 당연하다. 차라리 람이 가필을 쓰러뜨리고 안심을 쟁취해야 하나 생각도 든다.

그런 생각을 하느라 작업 중이던 람의 손이 멈추자 가필은 "이거 왜 이래." 하고 어깨를 으쓱였다.

"아~ 느리다, 느려, 느려 터졌구만. 그래 갖곤 날이 저물겠다."

"————."

"하여간에. 이놈이고 저놈이고 음침한 낯짝으로 작업하긴."

"————."

"그래서야…… 그 뭐시냐. ……아—"

"————."

"악—! 더는 못 보겠구만!"

가필의 야유와 트집을 죄다 무시하고 있으려니, 갑자기 폭발했다.

침묵한 람을 추월한 가필이 짐을 내리고 있는 용차의 짐칸에 폴짝 올라타더니, 다 큰 남자가 둘이서 나르는 짐을 가뿐하게 두 팔에 안고 옮기기 시작했다.

눈 깜빡할 새에 용차에서 짐을 내리는 작업이 맹렬하게 진전되었다.

"가프."

작업을 진행하는 가필의 등 뒤에서 람이 불렀다. 그 소리를 들은 가필은 손사래를 치면서 대꾸했다.

"핫, 감사는 넣어 둬. 하나같이 굼떠 가지고 두고 볼 수가……."

"돕고 싶으면 '돕게 해 주세요' 하고 말을 해. 예의가 없어."

"여기서 그런 소리를 하기냐?!"

불손한 람의 항의에 가필이 눈을 부릅뜨고 짐을 떨어뜨렸다.

요란한 소리와 함께 짐이 구르고 놀란 주위의 눈길 속에서 가필이 이를 딱 부딪쳤다.

"까불면 안 되지, 람. 이 어르신은 변덕으로 손을 보태고 있는 거야. 이젠 도와주지 않을 거다. 후회나 하시지."

"그렇구나. 알겠어."

혀를 찬 가필의 말에 끄덕인 람은 그가 떨어뜨린 짐으로 손을 뻗었다.

람은 가녀린 팔에 힘을 주어 짐을 들어 올리려 했다. 꿈쩍도 하지 않는다. 밀든 당기든 움직이지 않는다. 가볍게 어깨를 돌렸다가 몸통 박치기를 날렸다. 튕겼다.

"야야야! 몸 함부로 굴리지 마!"

"작업 중이야. 산만하니까 어디 가 있어. 방해되니까."

"그래, 알았다! 돕게 해! 이 어르신이 해 주마! 이러면 되겠냐!"

"…… '돕게 해 주세요' 야."

"까불지…… 큭. 도, 돕게, 해 주세요……."

"부탁합니다, 람 님."

"시끄러워!! 이만 옮긴다! 방해하지 마! 찬물이라도 마시고 쉬고 있어!"

람의 억지소리에 포효한 가필이 물이 든 죽통을 던져 주었다.

람이 그것을 받자 가필은 쌓인 짐들을 거뜬히 메고서 대성당으로. 바로 혼자서 100인분 작업을 시작해서 마을 사람들이 아연하게 만들었다.

"라, 람 님, 저래도 되는 걸까요……."

"본인이 하고 싶다니 하게 두면 돼. 편하잖아."

죽통에 입을 대고 차가운 물을 마시던 람이 몸 둘 바를 모르는 노파에게 대답했다.

힘쓰는 일에 집중한 가필의 작업량은 압권이다. 눈 깜빡할 새에 짐을 정리하고 마을 사람들을 중노동에서 해방시킬 정도였다.

"방을 어떻게 나눌지는 마을 사람들끼리 얘기 나누고 결정해.

람은 로즈월 님을 보필해야 해서 촌락에 갈 거야. 각각의 방은 알아서 써도 돼."

"네, 네에……."

"자, 어떠냐! 다 끝났다——!!"

당황을 숨기지 못하는 노파의 대답에 마지막 짐을 옮긴 가필의 외침이 겹쳤다.

쿵쿵 큼직하게 걸어서 돌아온 가필을 맞이한 람이 말했다.

"수고 많았어. ……돕게 해 준 데에 감사가 없잖아."

"안 웃기니까 1절만 해라!"

생색내기도 다 포기한 노성이 『성역』의 하늘에 울려 퍼졌다.

3

——그 뒤에도 자칭 감시자의 피도 눈물도 없는 해코지는 끝없이 이어졌다.

"아— 좋지 않구만. 취사장에 물을 나르는 데에 시간이 얼마나 걸린대."

"거, 뭘 모르네. 대성당에 커다란 물독이 있잖아. 거기에 물 긷고 오면 전원이 몸 씻을 물은 거뜬하잖냐. 긷고 와."

"잠깐 기다려. 노인네들한테 물어봐서 바느질 도구만 있으면 되는 거지?"

"알겠냐? 마을의 식량은 한정적이야. 하루에 세 끼는 못 먹어. 두 끼가 한도다. 부족할 때는 말해. 아앙? 시끄러, 비축 창고를 열 거야."

"이불은 충분하냐? 없으면 말해. 딱딱 붙어서 자기도 한도가 있을 거 아니냐."

"람 님, 저래도 되는 걸까요?"

"본인이 하고 싶다니 하게 두면 돼. 편하잖아."

감시자의 적극적인 개입으로 마을 사람의 피난 생활은 극적으로 개선되었다.

그 배경에, 신랄하게 감시자를 혹사한 람의 활약이 있었음은 두말할 것 없다. 촌장도 '다루는 요령은 잘 안다' 고 대답한 람의 진의를 이해했을 것이다.

물론 가필 본인은 『성역』의 주민과 피난민의 괜한 알력을 피하기 위한 절충자라는 어울리지 않는 입장을 떠맡을 각오였으리라 생각하지만.

"여, 돌아왔다, 람. 뭐 곤란한 일은 없냐."

"그러네. 중노동이 이어져서 어깨가 결려."

"알았다. 맡겨 둬…… 아니 주무르겠냐! 어딜 편리하게 부려먹으려 들어!"

등을 보인 람의 말에 가필이 침을 튀겨가며 불만을 표했다.

솔직히 편리하게 부려 먹는다는 소리는 새삼스럽기 그지없는 지적이었지만, 람은 물론 자초지종을 보고 있던 마을 사람들도 전원 언급하지 않았다. 단――.

"가필 씨, 고맙습니다. 마을 사람을 대표해 인사드리겠습니다."

"아앙?"

노파가 고개를 숙이자 가필은 의아한 표정을 지었다. 노파는 그 반응에 슬쩍 웃으며 말끔하게 피난 생활 준비를 마친 대성당을 손으로 가리켰다.

"셋방살이하는 입장이라 불안이 없다고는 못하지요. 하지만 그 불안과 침착하게 마주할 자리를 마련해 주셨습니다. 그것만으로도 큰 도움이 됩니다."

노파의 감사하는 말에 가필은 찌푸린 낯으로 침묵했다. 잠시 침묵하다가 그는 "핫." 하고 코를 손가락으로 문질렀다.

"관둬, 관둬. 관계없어. 여기는 노인네들이 많아서 말이야. 멋대로 손이 움직였을 뿐이야. 외부인하고 친하게 지낼 마음은 없어."

"그럼, 람과도 친하게 지낼 수 없겠네. 안녕, 가프…… 아니요, 가필 씨."

"웬 존대야!"

"농담이야."

못 말리겠다는 듯 람이 어깨를 으쓱였다. 가필은 그 태도에 콧김을 푹푹 뿜으면서도 다시 노파를 돌아보고 이를 보였다.

"감사는 필요 없다, 인간. 너희하고는 친해질 수 없어. 이 어르신이 이것저것 챙겨 준 것처럼 느끼는 건, 그러지 않으면 이 어르신의 속이 불편하기 때문이다."

감사의 마음을 이빨로 물어뜯은 가필은 노파와 마을 사람들로부터 등을 돌렸다. 뒷일은 모른다는 듯한 태도로 멀어지는 등판.

노파는 "그렇다면." 하고 말을 이었다.

"이 후의에 저희가 감사하는 것도 속이 불편하기 때문이지요."

그 말에 멈춰 선 가필이 고개만 뒤로 돌렸다. 온화하게, 노회하게 미소 짓는 노파의 얼굴을 본 그는 머쓱한 듯이 "젠장." 하고 혀를 찼다.

"완패했구나."

"핫, 노인네는 질색이야. 늙은이 상대는 귀찮기 짝이 없어."

"가프로서는 최고의 칭찬인걸."

"칭찬이 아니고, 최고도 아니야. 최고의 칭찬은 람에게 말하려고 아껴 뒀지."

"하아…… 바보구나."

창피한 내색도 없는 가필의 장담에 람은 한숨지었다. 그리고 그 옆에 잔달음질로 따라붙고는 천천히 걸었다.

그렇게 나란히 걷는 람의 모습에 가필은 이상하다는 듯이 갸웃거렸다.

"솔직하게 감사도 받지 못하는 삐딱이 가프는, 어쩔 수 없으니 람이 위로해 주기로 할게. 차를 타 줄 테니 고맙게 여겨."

"아— 그건 고맙긴 하군. 람의 차는 좋아하거든. 차만 그런 게 아니지만."

"바보구나."

이를 딱 부딪치고 왠지 천진난만한 표정으로 웃은 가필의 말에 람은 짧게 대꾸했다.

그리고 입 속으로만, 딱 한 번 더.

"——바보."

그렇게 말하고, 슬쩍 미소를 지었다.

《끝》

『가필과 람의
꼬이고 꼬이고 꼬이다 뒤틀린 연애 사정 ZERO』

(제13권 · 토라노아나 특전)

1

――가필은 짝사랑에 전패(全敗)하고 있다.
――마음을 준 상대는 한 번도 가필을 봐 주지 않았다.

가필 틴젤의 첫사랑은 아직 훨씬 어렸을 적에 시작됐다.

그 이후 약 10년―― 그동안 내내 이어진 것을 꼽자면, 어린아이가 자기 자신에게 부과하기에는 가혹하기 그지없는 단련과, 이마에 생긴 지워지지 않는 흉터를 만지는 버릇.

그리고 처음 본 순간, 마음에서 새겨져 사라지지 않는 소녀에 대한 연심이었다.

"얼마 전부터 당가에서 맡은 아이, 람이다. 몸가짐을 배우려 당분간 나와 동행할 기회가 많을 테에―니까, 사이좋게 지내다아―오."

『성역』을 방문한 광대 행색의 영주, 로즈월이 한 말이었다.

로즈월의 그 인사에 가필은 입술을 뒤틀고 침묵했다.

——가필은 이 로즈웰이라는 남자를 별로 좋아하지 않았다.

물론 조모인 류즈의 가르침으로 그가 이 『성역』의 은인이라는 말은 들었다. 하지만 그 사실과 호불호는 별개 문제다. 감사는 해도 좋아하지는 않는다.

파랗고 노란, 좌우의 색이 다른 로즈웰의 두 눈. 그 눈동자에 깃든 속 모를 빛이 가필은 왠지 모르게 마음에 들지 않았다.

눈앞이 아니라, 어딘가 더 멀고, 가닿을 수 없는 저편을 바라는 눈동자가.

"————."

단, 이때의 가필이 침묵한 이유는 로즈월이 아니다.

원인은 그의 옆에 늠름하게 서 있던 소녀에게 있었다.

"——람이야. 로즈월 님께서 이렇게 말씀하셨으니 마지못해 함께하겠어."

그 소녀는 불손하게, 어리고 예쁘장한 생김새에 어울리지 않는 담력으로 당당히 말했다.

솔직히 가필은 놀람과 동시에 진심으로 전율했다.

류즈가 눈을 동그랗게 뜨고 로즈월이 쓴웃음 지었다. 그 모습에 소녀—— 람은 자신의 팔꿈치를 안더니 멍해진 가필을 바라보며 "왜?" 하고 눈을 가늘게 떴다.

"——내 색시로 와라."

"싫어."

반사적인 구혼, 전격적인 거절, 시작된 지 10초 만에 꺾인 연심.

"……역시, 내 색시가 되어 주라."

"싫어."

두 번째 구혼도 차갑게 거절당한 가필의 연심은 활활 타올랐다.

가필의 긴 첫사랑과 지겨운 인연은 이 순간부터 시작됐다.

2

람이 『성역』을 방문하는 빈도는 한 달에 두 번 될까 말까였다.

아직 열 살도 되지 못한 소녀다. 당연히 저택에서 먼 『성역』까지 오는 데 혼자라는 경우는 없다. 람이 『성역』에 오는 명목은 매번 로즈월의 시중이었다.

"말은 그래도, 로즈월 님을 시중들 필요는 전혀 없지만."

"그럼 왜 그 자식을 따라다녀? 거절하면 되잖아."

"소중한 여동생이 인질로 잡혔어. 거역하면 봉변을 당해."

무더운 시기, 화계(火季)가 찾아왔다. 즉, 사랑의 계절이다.

계절을 핑계로 물가로 람을 부른 가필은 그 처지에 충격을 받았다.

여동생이 인질로 잡혔다. 람에게 동생이 있다는 사실도 놀랍지만, 그보다도 로즈월의 악랄함을 묵과할 수 없었다. ——가족을 빌미로 협박하다니, 용서하기 어렵다.

"그 자식…… 번듯한 놈이 아닌 줄 알지만, 그런 짓까지……."

"뻥이야."

"웃기지도 않아. 내가 어떻게든 해 주마! 람, 네 동생은 내가 무사히 데려오겠어! 그러니까 무사히 돌아오거든 색시가…… 아파, 아파, 아파!"

"말 좀 들어."

기운이 남아돌아 흥분한 가필의 귀를 람이 강렬하게 꼬집었다.

"농담이야. 람의 귀여운 렘이 저택에 있는 건 사실이지만, 딱히 인질로 잡힌 것은 아니야. 오히려 람과 렘의 입장은 반대지."

"반대?"

"람이 그 아이의 족쇄라는 뜻이야."

눈을 내리뜬 람의 쓸쓸한 중얼거림에 가필은 눈썹을 모았다.

람이 하는 말은 어려워서 잘 모르겠다. 다만 람이 그 사실을 슬프게 느끼는 건 알겠다. 알겠지만, 뭘 말해야 할지 모르겠다.

"……가필에게는 어려웠을지도 모르겠구나."

미소 지은 연홍빛 눈이 흘깃 바라보자 가필은 얼굴을 붉혔다. 분함과 그 이상으로 수치가 느껴졌다. 호의를 품은 소녀의 마음에 닿지 못하는 자기 자신이 한심하다.

하지만 그런 한심한 낯짝은 보이기 싫다. 가필은 가슴을 두드렸다.

"말 같은 소리를 해. 나는, 그 뭐냐. 제대로 알아먹었거든. 제대로…… 그 있잖아! 공부. 공부도 하고 있으니까."

"공부라. 가필이 공부라니 큰소리를 치네."

책을 읽자고 생각했다. 지금까지 별로 적극적으로 하지 않던 일을 하자고.

책은 선물받은 것이 여럿 있었다. ――『성역』을 떠나 로즈월 밑에서 일하는 누나가 보낸 선물. 그것을 읽어 보겠다.

책을 읽는 행위가 람의 마음을 알 기회로 이어진다면, 그러겠다.

가필은 매사를 단순하게 생각한다. 적은 무찔러야 한다.

람이 슬픈 표정을 짓게 만드는 이유는 가필의 적이었다. 그것을 이해하고 싶었다.

"별로 기대는 하지 않고 있을게. ——가프."

가필을 가프라고 부르는 것은 이날까지 가족뿐이었다.

처음으로 람이 가필을 그리 부른 날부터, 가족과 좋아하는 사람뿐만이 되었다.

3

——달이 하얗게 빛나는, 싸늘한 밤의 일이었다.

"너 이 자식! 람에게 무슨 짓 하고 있어——!!"

피가 끓는 분노에 가필은 이를 드러내며 포효했다.

『성역』을 방문할 때, 로즈월의 일행은 촌락에서 가장 으리으리한 류즈의 집에 숙박한다.

그 경우, 집을 빌려주어 잘 곳이 없는 류즈는 가필의 집에 묵는다. 조모와 함께하는 밤은 좋아했지만 거들먹대는 로즈월을 싫어하는 가필의 속마음은 복잡했다.

어쨌든 이날도 류즈는 가필의 집에 묵고, 류즈의 집에는 대신 로즈월과 그를 수행하는 람이 숙박하고 있었다.

람과는 만나고 싶지만 로즈월하고는 만나기 싫다. 그렇기에 가필은 로즈월이 체류할 때 좀처럼 류즈의 집에 접근하지 않았다.

그렇기에, 이날 가필이 류즈의 집을 찾은 것은 우연이었다.

"——아."

괴롭게 신음하는 람의 이마에 로즈월이 뭔가 마법을 행사하는 현장을 목격했다.

상기된 얼굴로 목에서 땀을 흘리는 람. 그 몸에 로즈월이 부담을 가하는 무슨 짓을 하고 있음은 확실하다. 자세한 사정은 알 수 없고—— 그래도 충분했다.

"오오오오!!"

뇌가 끓어오르며 온몸의 털이 곤두선다. 불가능할 정도의 힘이 온몸에 솟구치며 가필의 체구가 소리와 함께 변형한다. 이빨이, 손톱이 자라나고 감각이 예민해진다.

의식이 빨개지며 이성은 사라진. 오직 눈앞의 적이 밉다.

"가프!"

카랑카랑한 소리가 들렸다. 여전히 이해할 수는 없다.

"거차—암, 성가시게. 조금 어른스럽지 못한 짓을 해야 하나."

나지막한 목소리가 들렸다. 미운 목소리임을 알 수 있었다. 그것을 노리고 달려들었다.

——충격이, 안면을 관통하는 것을 느꼈다.

"정신은 들었어?"

"——아."

빈 냄비를 두드리는 것만 같은, 유난스럽게 시끄러운 소리가 두개골에 울렸다.

그러나 시야에 사랑하는 소녀의 얼굴이 있었고, 머리는 부드러운 것에 받쳐지고 있었다. 그것만 알면 족하다는 기분이 들었다.

"일어났으면 비켜. 슬슬 다리가 저려."

"끄억!"

행복을 즐기려고 하자마자 가필은 무릎에서 바닥에 밀려 떨어졌다. 부딪친 머리를 매만지며 일어나니 람이 평소와 같은 차가운 눈초리로 보고 있었다.

"……색시로 오지 않겠냐?"

"싫어. ……가프, 무슨 일이 일어났는지 기억 못 해?"

"무슨 일이 일어났냐니……."

솔직히 냉엄한 람의 태도에 연심이 오싹거리던 것밖에 기억이 나지 않았다. 그렇게 생각하던 순간, 직전의 기억이 빗발처럼 쏟아졌다.

밤에, 류즈의 집에서, 람에게 로즈월이 파렴치한 짓을. 눈앞이 새빨개져서.

"그 자식의 목을, 멋지게 물어뜯고……."

"그건 꿈이야."

"……『리무겐의 요새에 아침은 없다』는 소린가."

의식을 하니 코에 지독한 둔통이 남아 있었다. 이것은 전력질주하다가 눈앞에 있는 벽을 알아채지 못해 격돌했을 때 수준이거나, 그 이상의 충격이 있었다는 증거다.

"지레짐작하고 수화(獸化)해서 로즈월 님을 습격했었어. 그리고 새끼 호랑이는 참으로 맥없이 매를 맞고 딱하게도 모피 융단이 되었다지요……."

"되긴 뭐가 돼! 아니 그보다 수화라니……내가 말이야?"

"아인의 피지. 제어를 못 하더라. 뭔가 돌이킬 수 없는 사태가 나기 전에 제어하는 방법을 배우거나 아인의 피만 다 뽑아내."

"그딴 짓 어떻게 하냐! 깨꼬닥할 뿐이잖아!"

"바보구나. 제어를 할 수 있게 되라는 소리야."

바보라는 말에 가필은 시무룩하게 고개를 숙였다. 그 모습에 람이 의아하다는 표정을 짓지만, 가필은 고개를 들지 못했다.

바보짓을 했다. 지레짐작이란 말을 들었다. 로즈월에게도 맥없이 패배했다고 한다.

강함도, 영리함도, 한참 부족했다. 그래서 람과 로즈월이 무슨 짓을 하는지도 몰랐고, 자신이 무엇을 착각했는지도 모르겠다.

"바보구나."

고개 숙인 가필에게 한 번 더 말한 람이 머리를 쓰다듬었다.

"……람은, 뿔을 잃어버린 오니, 뿔꺾이야. 뿔이 없으면 마나를 잘 흡수하지 못해서 몸이 힘들어. 그 보조를, 그렇게 로즈월 님께 부탁드리고 있어."

"아……."

람의 말에 고개를 든 가필은 이를 떨었다.

비밀을 털어놓아 주었다. 그러나 그 사실이 기쁘지는 않았다. 초조감이 생겼다.

람에게 아픈 기억을 떠오르게 해서 슬픈 표정을 짓게 만든 적은, 자기 자신이었다.

——싫은 기억, 잊고 싶은 과거. 그 고통은 가필도 이해한다.

그것을 가둬 두고 마음의 평온을 지키는 행위를, 다름 아닌 자신이 방해했음을.

“마, 말하면 안 된다고, 들었지만……그, 숲에 말이야. 실은, 숲에 할머니랑, 얼굴이 똑같은 녀석이 있는데…….”

“————.”

“비밀이라고, 그래서. 하지만, 람이, 비밀을 나한테. 그러니까…… 아얏.”

“이 바보 가프.”

초조감과 함께 말하던 중, 람의 딱밤이 이마의 흉터에 꽂혔다. 날카로운 충격에 몸을 젖힌 가필의 눈물 고인 눈이 휘둥그레졌다.

“딱히 비밀을 공유할 마음으로 말한 게 아니야. 앞으로도 그런 식으로 로즈월 님께 대들면 폐가 되니까 그런거지. 착각하지 마.”

“나, 난 그럴 생각이…….”

“여자 마음을 끌겠다고 가족의 비밀을 불다니 저질이야. 그런 짓은 약하고 한심한 바보 멍청이나 하는 짓이지. 가프, 약하고 한심한 바보 멍청이니?”

이마에 손을 짚은 채로 가필은 람의 물음에 숨을 집어삼켰다.

지금이 분기점이라 느껴졌다. 가필의 연심 앞에 놓인, 결정적인 분기점. 사랑이 이루어지느냐 마느냐의 문제가 아니라 자신에게 람을 좋아할 자격이 있느냐 없느냐는.

"——아냐. 나는 약하고 한심한 멍청이가 아니야."

"그래."

짧게 숨을 내뱉고 그 말만 뱉은 람의 모습에 가필은 결심했다.

약하고 한심한 멍청이라면 람을 색시로 맞이할 자격이 없다.

강하고, 어엿하며, 똑똑한 거물이 되고 싶다. 그러길 바랐다.

그렇기에——.

"야, 람! 이번에야말로 이 어르신의 색시가 돼라. 그러면 『아린벨데 궁의 대왕비』만큼은 행복하게 해 주마."

지혜를 연마하고, 자신감이 넘치는, 무엇보다 강한 남자로서 람 앞에 서겠다.

"————."

가필의 결의 표명에 람은 잠시 어안이 벙벙한 표정을 지었다.

그 뒤, 람은 못 말리겠다는 듯이 어깨를 축 늘어뜨렸다.

"싫어."

곧바로 이어지는 짧게 거절하는 말. 그러다가 결국 참지 못하고 얼굴이 풀어지며 미소를 띠었다.

그리고——.

"정말로 바보구나, 가프."

가필의 연심에, 몇 번째가 될지 모를 불꽃을 투하했다.

《끝》

『엘자와 메일리, 청부업자 자매 암약 일보 KILL1』

(12권 · 게이머즈 특전)

1

——살벌한 분위기가 팽팽한 기척에, 빈민가는 고요한 긴장 상태를 맞이하고 있었다.

"————."

검을 든 왕도 경비병들이 삼엄함 속에서 뛰어다니고 있었다.

금속 갑옷을 입은 그들이 달릴 때마다 주변에는 갑옷 걸쇠가 스치는 쇳소리가 울려 퍼졌다. 그것이 한 명이라면 몰라도 열 명 스무 명씩 되면 어엿한 소음이다. 가뜩이나 경비병에게 좋은 인상을 가지지 못한 빈민가 주민은 노골적으로 환영하지 않는 태도로 경비병들을 대하고 있었다.

한편으로, 비협력적인 빈민가 주민에게 호감이 없는 것은 경비병들도 마찬가지다.

소행이 불량하며 위생적이지 못한 주민들을 대하느라 그들 또한 심각하게 골치를 썩이고 있다. 그렇다고 강제로 굴복시키는 행위도, 아니면 억지로 퇴거시키는 행위도 환경이 용납하지 않는다.

따라서 경비병과 주민 사이에는 적극적인 협력을 바랄 수 없는 알력이 자연히 생겨 있었다.

그것은 바로 전에 일어난 대사건, 그 해결을 위해서 손을 잡지 못할 정도의 도랑.

그리고 그로써 이득을 보는 것은 경비병도 주민도 아니라, 사건의 당사자뿐이었다.

"……냄새 나아."

낡은 문을 열어젖히자 썩은 나무 냄새가 밖으로 확 흘러넘쳤다.

그 악취에 얼굴을 찌푸리고 코를 잡은 인물이 천천히 건물 안에 발을 들였다. 시간대는 이미 밤이지만 쥐 소굴이 된 폐허에 조명은 없다. 인물의 그림자는 캄캄한 와중에 창틀만 남은 창문으로 드는 별빛에 의지해서 안으로, 더 안으로 겁 없이 전진했다.

작은 인영이었다. 땋아 내린 짙은 청색의 머리카락을 좌우로 찰랑이며 서슴없이 걷는 발소리는 몹시 가볍다. 그것은 실제로 발소리 주인의 몸무게가 아이처럼 가볍기 때문이다.

——아니, '처럼' 이 아니다. 아이가 맞다. 그것도 열두세 살 안팎의 소녀였다.

"잠깐, 있는 거 맞아아?"

소녀는 그렇게 말을 건네면서 두리번두리번 폐허의 방을 둘러보았다. 방에는 벽이 뚫려 있는 곳도 많다. 다 둘러보는 데 시간은 그다지 필요 없었다.

아니나 다를까 찾는 대상은 금세 발견되었다. 단, 눈이 아니라, 코에.

"싫다아. 낡은 집에서 냄새가 나는 게 아니고 피 비린내가 진동했던 거잖아."

가장 안쪽 방에 가까워진 순간, 콧구멍에 스며드는 피 냄새에 소녀는 싫은 티를 냈다. 소녀가 문을 열어젖히자 숨이 턱 막히는 악취가 확 풍겼다.

그리하여 붉게 물든 악취 속에서 피범벅으로 바닥에 쓰러진 인영을 발견하고——.

"……이런 더러운 곳에서 자는 짓 그만둬어."

"——그런 식으로 어이없어하면 조금 섭섭한데."

"어이없을 만도 하지이. 밖은 완전히 대소동이 벌어졌으니까아. 다아들 너를 찾으러 뛰어다니고 있나 보던데에?"

어깨를 으쓱인 소녀의 말에 바닥의 시체——가 아니라 자고 있던 인영이 "그래." 하고 일어섰다. 온몸을 피로 물들인, 흑발 흑안에 요염한 미모의 여인이었다.

그 여인은 고혹적인 핏빛 미소를 소녀에게 보냈다.

"그보다 들어 봐, 아주 기쁜 만남이 있었어, 메일리."

"그래, 알았어. 들어 줄게에. 하지만 그 전에 먼저 치료해야지이, 엘자."

서로의 이름을 부르며 엘자와 메일리—— 검은 자매는 합류를 달성했다.

2

엘자가 잠복해 있던 폐허는 왕도에 준비된 은신처 중 하나다.

메일리는 몰라도 엘자는 공공연히 숙소에 묵을 처지가 아니다. 그 이유는, 경비병 대기소에 그녀의 이름과 특징이 실린 수배서가 있다고 하면 짐작할 수 있으리라.

어쨌든 그래서 준비한 은신처다. 이 방면의 은신처는 왕도와 그 근방 도시와 마을에도 여럿 준비되어 있지만, 여기는 위치상 중요시되던 곳이었다.

하지만——.

"여기도 앞으로 못 쓰겠네에. 피 냄새가 엄청나고, 어두워서 보이지 않지만 분명히 여기저기 피투성이로 만들었을 테니까아."

"어머. 마치 내가 함부로 쓴다는 소리처럼 들리는데."

"달리 또 어떻게 들린다고 그래애. 어차피 엘자가 하는 짓이니 상처투성이로 여기서 춤추기라도 한 거지이? 분명히 피가 사방에 튀었을걸."

"이 애도 참 꼭 본 것처럼 말을 하네. ——부정은 안 하겠지만."

엘자가 쿡쿡 즐겁게 웃자 메일리는 한숨을 쉬었다.

그러고 나서 소녀는 엘자의 몸——옷을 벗은 나신, 풍만한 두 언덕 중심으로 살며시 손을 뻗었다. 거기에는 몸서리쳐지는 상처가 세로로 길게 새겨져서 지금도 피를 서서히 머금고 있다.

"……아파 보여어."

"응, 아파. 멋지지?"

"그런 변태 발언에 수긍해 줄 거라 생각하지 말아 줄래애. 하지만 멋진지는 몰라도 이상한 것은 인정해애. 『축복』이 안 먹혔어?"

"그런 종류의 상처일까. 『용검(龍劍)』은 쓰지 않았으니 이것은 단순한 상처일 텐데…… 그 아마 그 남자 본인에게 그런 능력이 있었겠지."

출혈이야 멎어 가고 있지만 상처가 아물 낌새가 전혀 없다. 자연 치유력으로 따질 때 당연한 이야기지만, 그 당연함이 옳지 않다는 것은 이 자리의 두 사람이 가진 공통 인식이었다.

그 효과를 막고 있는 것이, 이 상처를 엘자의 몸에 새긴 인물의 힘――.

"그래서? 『검성』과 사투를 벌였단 거야아?"

"맞아, 그렇게 됐어. 소문대로…… 아니, 소문 이상이더라."

"흐응, 그렇구나아. 배 속에 든 것도 소문 이상이었어?"

"글쎄, 어떨까. 왜냐면 상대도 안 됐거든. 우후후."

왜 철저하게 당했는데도 웃고 있는지 메일리는 이해가 불가능했다. 하지만 메일리에게 이해가 불가능한 점은 그것만이 아니다.

"……엘자라도 죽일 수 없는 상대가 있구나아."

메일리의 장탄식에 그 사실이 의외라는 실감이 담겨 있었다.

"이러니저러니 해도, 엘자는 지금까지 상대를 죽여 왔으니까아, 틀림없이 엄마만 아니라면 다 죽일 수 있을 거라 믿었었어."

"그건 너무 높게 평가하는 거야. 나도 질 때는 있잖아? 몇 년쯤 전이지만, 볼라키아 제국에서 기모노를 입은 남자아이한테도 졌는걸."

"그 오빠는 호위였고 표적은 확실하게 죽였잖아. ……나중에 조사해 봤더니, 그 사람, 제국에서 제일 강한 사람이었다나 봐아."

"어머. 그렇다면 왕국과 제국의 최강에게는 진 거구나. 멋져, 멋지네."

뺨을 붉힌 엘자가 뜨거운 한숨을 흘렸다. 메일리는 그 모습을 흰 눈으로 보며 옷 속에서 작은 병을 꺼내고 안에 든 하얀 점액을 엘자의 상처에 바르기 시작했다.

희미하게 자극적인 냄새가 감돈다. 점액이 상처를 훑자 엘자가 "으응." 하고 콧소리를 냈다.

"이건?"

"물민달팽이의 점액이야아. 상처에 바르면 아아주 빨리 나아져. 살짝 묻어도 맹독이지만, 엘자는 딱히 죽지 않잖아."

"그러네, 부탁할게. 그게 끝나면 여기서 물러나야겠어."

"경비병에게 들키면 성가셔지니까아. 죽이면 죽일수록 귀찮아지고오."

"그런데 그렇게 하면 『검성』이 또 다시 나타날 가능성이 커지지 않을까?"

"그럼 더더욱 반대할 거야아."

정신을 못 차리는 엘자를 나무란 메일리는 점액을 다 바르자 "자." 하고 말했다. 병을 품속에 넣고 넝마나 다름없는 엘자의 옷을 발밑에서 주웠다.

"이거, 다시 입지는 못하겠지이."

"옷이 아니라 천 쪼가리니까. 나야 그래도 상관없지만……."

“천 쪼가리만 걸치겠다고? 그렇게 엉큼한 차림을 한 엘자랑 같이 걷고 싶지 않아.”

열 살은 차이가 나는 두 사람이지만 어느 쪽이 연상인지 모를 대화였다. 메일리의 지적에 벌거벗은 엘자는 잠시 생각에 잠겼다. 그리고.

“잠깐 기다리고 있어 봐.”

“——?”

그렇게 말한 엘자는 벗은 몸으로 터벅터벅 방을 나가고 말았다. 그 모습을 배웅한 메일리는 일단 방이라도 정리하며 기다리기로 했다.

일단 이곳은 은신처다. 엘자도 갈아입을 옷 한 벌쯤은 놔두었을지 모른다. 그런 메일리의 기대는, 5분 후에 배신당한다.

——멀리서 걸걸한 비명이 여럿 들려서 은신처로부터 뛰쳐나가는 처지가 되었기 때문이다.

3

“이 주변에는 위험인물이 잠복해 있을 우려가 있으니까 주의를 게을리하지 마시길. 불안하면 자택까지 바래다드리겠습니다만…….”

“아니야, 괜찮아. 일부러 신경 써 줘서 고마워. 다정하구나.”

“앗, 아뇨, 무슨 말씀을…… 부, 부디 조심해서 가시길.”

아직 젊은 경비병이 엘자의 미소에서 눈을 피하며 경례했다.

그 경비병의 목이 살짝 꿈틀거렸다. 원인은 엘자의 온몸에서 넘실대는 색향이었다. 엘자는 항상 요염한 분위기를 풍기지만 지금은 그 색향이 유난히 더 짙었다.

그것이 피 때문에 흥분했기 때문인 줄 알아채지 못한 경비병은 운이 좋았다. 만약 알아채고 지적했더라면, 그 또한 그 흥분의 일부가 되었으리라.

그렇게 운이 좋은 경비병의 배웅을 받으며 엘자는 큰길로 대범하게 나섰다.

"——기분도 참 좋으셔어. 하마터면 포위당할 뻔했는데에."

그런 엘자 옆에서 그녀와 손을 잡고 있는 메일리가 뾰로통한 표정을 지었다. 엘자는 옅게 웃고 뾰로통 부푼 볼을 손가락으로 찔렀다. 꾹꾹 하고.

"알고 있어. 의심받지 않고 넘어간 건 네 덕분. 도움을 받았지."

"맞아아, 감사하라구우."

꾹꾹 볼이 눌린 메일리가 가슴을 폈다.

소란을 듣고 은신처 부근에 모여든 경비병들을 속이느라 메일리는 최대한 수완을 발휘했다. 엘자에게 옷을 입혀 몸가짐을 정돈시키고, 자매 행세를 하며 경비병의 의혹 어린 눈길로부터 벗어날 수단을 강구했다.

물론 본래라면 옷을 갈아입고 자매 행세만 낸다고 속일 수 있을 리 없지만——.

"머리카락도 눈동자도, 수배서와 이만큼 다르면 의심할 방도가 없기 마련이구나."

"마수의 몸 일부라안, 여러 가지로 궁리하면 어디에나 써먹을 수 있어서 편리하단 말이지이. 살아 있는 마수에게만 얻을 수 있어서 나 말고 다른 사람에겐 무리겠지만."

자랑하듯 큰소리치는 메일리의 머리털 색은 파란색에서 갈색으로 변한 상태다. 같은 변화는 엘자의 흑발에도 일어나서 수배서의 특징과 지금의 그녀는 겹치지 않는다.

참고로 엘자의 현재 복장은 누추한 남자 옷이다. 조금 넉넉하지만 팔다리가 훤칠한 엘자가 입으면 나름대로 딱 맞게 보였다.

"문제는 그 옷을 구한 방법이야아. 또 소동을 일으켰는걸."

"알몸으로 걷다 보면 알아서 누군가가 다가올 거라 생각했는데…… 생각보다 수가 많았던 것이 좋지 않았어. 죄다 질 나쁜 것들뿐이었고."

"옷 얘기야아? 머릿속 얘기야아?"

덧붙여 알몸의 엘자에게 낚인 남자들은 죄다 피 웅덩이에 고꾸라져 있다.

비교적 피가 덜 묻은 옷을 찾느라 고생했다. 이러고서 옷이 전멸했으면 그야말로 본말전도일 뻔했다.

"그래서, 지금부터 어쩔 생각이야? 다른 은신처로 이동하게?"

"수배서가 나돌았고, 당분간은 왕도를 떠나는 편이 좋겠지이. 뭐, 상황이 잠잠해질 때까지는 무모하게 군 벌이라 여기며 정양하는 편이 나아."

"정양…… 아무것도 하지 않으며 지내는 것은 고통스럽긴 해."

"벌이거든, 고통스러워야 마땅하지이."

그럭저럭 알게 된 지도 오래되었다. 엘자를 괴롭히는 방법쯤은 금세 떠오른다.

기대대로 불만스러워하는 엘자의 모습에 메일리의 얼굴에 만족한 웃음이 감돌지만, 그런 기쁨은 오래 이어지지 않았다.

평민가에 들어가 메일리가 머물고 있던 숙소에서 짐을 회수한다. 그리고 왕도 밖으로 탈출── 그 예정이 꼬였기 때문이다.

"사람들 이목이 없어지면 그림자 사자를 불러다가 태워 주려 했는데에."

"어쩔 수 없어. '그 사람' 의 지시가 있었는걸. 내가 실패한 것도 알고 있나 보네. 어디서 보고 있었는지 모르겠지만."

그렇게 말한 엘자는 손가락 사이에 끼운 봉투를 팔랑팔랑 흔들었다.

그것은 숙소에서 받은 짐 틈에 끼어 있던 편지였다. 안에는 메일리 앞으로 쓰인 지시서 한 장이 들어 있었다. 그 내용을 훑어본 두 사람은 동시에 한숨을 쉬었다.

엘자든 메일리든 지시서의 명령에는 거역할 수 없다. 그렇게 교육을 받았다.

그리고 지시서에 따르면──.

"──다음 표적은, 변경백의 저택인 모양이야아."

"그래. 내 이름은 있어?"

"나뿐이네에. 엘자는 잠깐 휴식. 얌전히 자도록 해애."

메일리가 다 읽은 지시서를 흔들자 종이는 허물어지듯 재로 변했다. 그것이 바람에 휘말리는 모습을 지켜본 뒤에, 메일리는 엘자에게 손가락을 들이댔다.

"알겠어, 엘자? 착하게 자알 있지 않으면 안 된다아?"

"알아. 얌전히 뜨개질이라도 하며 기다릴게. 뭐가 좋아?"

"지금 엘자가 제일 신경 쓰고 있는 것."

"그럼 『검성』 인형을 만들며 기다리고 있을게."

"다른 아이들과 같이 두는 게 좀 망설임이 들겠네에."

콧노래를 섞으며 뜨개질 대상을 점찍는 엘자. 그 모습에 어깨가 축 처진 메일리는 외모에 맞지 않게 피곤한 한숨을 쉬었다.

그 모습을 본 엘자가 메일리에게 갸웃하며 물었다.

"같이 따라가 줄까. 이래 봬도 네 언니 대신인데."

"사양할게에. 게다가 이렇게 야무지지 못한 언니에게 동생 취급당하면 못 버티니까아."

"어머, 귀엽지 않게 굴긴."

메일리의 맹랑한 대꾸에 엘자 또한 의미심장하게 웃으며 응수했다.

그런 시답잖은 둘의 대화는 왕도 밖에서 따로 행동할 때까지 이어졌다.

——그 뒤숭숭한 자매의 자초지종을 보고 있던 것은, 밤하늘에 떠오른 달뿐이었다.

《끝》

『엘자와 메일리, 청부업자 자매 암약 일보 KILL2』

(제13권 · 게이머즈 특전)

1

"우후후후……."

요염한 분위기가 서린, 깊은 웃음이었다.

목소리는 희열에 촉촉하며 숨기지 못하는 환희에 떨고 있다. 그 심경은 목소리만이 아니라 어딘지 들뜬 발걸음에도 드러나고 있었다.

흑발을 길게 기른 묘령의 미녀였다. 땋아내려 묶은 머리카락을 꽃장식으로 꾸몄으며, 검은 의상은 그녀의 풍만한 몸매를 과시하는 것 같아서 마성적인 매력을 발산하는 인물이었다.

문드러질 줄 알면서도 손을 대지 않을 수 없는 독의 꿀단지. 그것이 이 고혹적인 미녀의 본질이며, 남자에게는 위험하기 그지없는 존재지만——.

"……그런 식으로 음흉하게 웃지 말아 줄래애? 화나게 하고 싶어?"

진즉에 그 미모를 보다 질려서 어이없는 눈초리를 보내는 소녀에게는 전혀 통하지 않았다.

아직 어린 소녀는 열두세 살 남짓의 나이로 보였다. 미녀와 마찬가지로 땋은 머리카락과, 그 나이답게 예쁘장한 용모에 나이답지 않은 요염함이 어렴풋이 배어 있다.

이름은 메일리 포트루트――. 아직 마성의 경지와는 거리가 멀지만, 언젠가는 남자를 사로잡을 장래성이 느껴지는 아름다운 소녀였다. 단, 그것은 몇 년 뒤를 내다본 기대감이며, 적어도 불만스럽게 뾰로통해진 지금의 모습에서 그 단편은 느껴지지 않았다.

메일리 옆에서 걷는 미녀도 같은 의견인 모양이었다.

"그렇게 헐떡거리며 으름장 놓아 봤자 하나도 무섭지 않은데."

"엘자가 여자애인데 기운이 너무 넘칠 뿐이야아. 왜 이렇게나 어두운데 멀쩡한 표정으로 산길을 걸을 수 있담. 믿기지가 않아."

"너야말로 그 나이에 체력이 너무 부족하지 않을까. 늘 애완동물에게만 의지하니까 그렇게 되는 거야. 조금은 걸어 다니는 편이 좋아."

악의 없는 표정으로 어깨를 으쓱인 미녀―― 엘자는 메일리에게 제안했다. 그 말에 메일리는 어린 얼굴에 지친 기색을 내비치며 대답했다.

"……아까부터 엘자는 왜 그렇게 신난 눈치야아?"

"요전에는 메일리가 나를 구하러 와 줬잖아? 그런데 이번에는 입장이 아예 역전되어서, 그게 웃겼을 뿐이야. 나쁘게 생각하지 마."

"아유우! 엘자는 참 정말 성격이 고약하다니까아!"

"그건 아주 섭섭한 의견이네."

메일리가 목청 높여 비난하자 엘자는 이상하다는 듯이 갸우뚱했다.

그런, 왠지 좌충우돌하는 대화를 주고받으며 두 사람은 험준한 산길을 나아갔다.

――두 사람은 도피행을 위해 산을 넘고 있는 중이었다.

2

엘자와 메일리, 두 사람이 산길을, 그것도 밤중에 넘으려 하는 이유는 간단하다.

일에 실패해서 적대한 관계자의 추적으로부터 달아나기 위해서다.

그 때문에 두 사람은 산을 타기에 적합하지 않은 복장으로 거친 짐승길을 뚫고 나가고 있지만――.

"……어어째서, 엘자는 그렇게 신나 보인담."

시야가 흐릿한 어둠 속에서 무릎에 손을 짚고 숨을 헐떡이는 메일리. 왠지 원망이 어린 듯한 소녀의 목소리에, 태연한 기색인 엘자는 입술에 손가락을 짚었다.

그리고 칠흑이 연상되는 검은 눈에 메일리를 비추며 고혹적인 미소를 지었다.

"말했잖아? 저번과 정반대 입장인 것이 재미있을 뿐이야. 그것 말고는, 오랜만에 메일리에게 언니다운 짓을 할 수 있어서 약간 기쁠지도 모르겠네."

"딱히 엘자가 오지 않았어도, 나 혼자서도오……."

"이 험한 산을 혼자 넘을 수 있었어? 아니면 다른 탈출 수단이라도? 그렇다면 쓸데없는 짓을 해서 미안해."

"뿌—."

비꼬는 말이라면 또 몰라도 진지하게 악의가 없는 태도에 메일리는 입술을 삐죽였다. ——분하지만 메일리가 엘자의 행동에 도움을 받은 건 사실이었다.

이번에 메일리가 맡은 임무는 어느 귀족의 저택에 혼란을 부르는 일이다.

자세한 내용은 생략하겠지만 메일리는 자신이 가진 기능으로 최선을 다했다고 생각한다. 단, 일하는 중에 장난기를 부리는 것이 그녀의 나쁜 버릇이라 이번에도 약간 그런 기색은 있었다.

그 장난기 부분이 임무 실패로 이어졌다. 그것은 부정 못 할 결과였다.

"그 바람에 주견(呪犬)도 죽어 버린 모양이고오, 망했어……."

"메일리?"

"지쳐서 그래애. 잠시 휴식, 휴식하자아."

손가락에 머리카락을 빙글빙글 감은 메일리는 근처에 쓰러져 있던 나무 위에 걸터앉았다. 엘자는 그 분방한 태도를 나무라지 않고 그 옆에 나란히 앉아 같이 휴식했다.

"주견, 다아들 불태워졌나 봐. 그 마법, 엘자도 봤어?"

"응, 멀리서지만. 들은 적이 있어. 왕국에서 제일 강한 마법사는 온갖 마법을 구사하는 괴짜라고."

"대단한 사람인데, 대단한 괴짜인 거구나아."

메일리도 그 말에는 같은 의견이다. 언뜻 본 바로, 그 마법사는 하늘을 날아 숲에다 불덩이를 빗발처럼 쏘아 댔다. 그래서는 주견도 살아남지 못할 것이다.

"어때애? 그 괴짜는 엘자의 취미에 걸려들지 않았어? 엘자는 강한 사람에 사족을 못 쓰지 않아?"

"어머, 그렇게 말하면 마치 내가 바람기 많은 사람처럼 들리잖아. 내가 흥미를 품는 것은 고운 창자야. 우연히 강한 사람에게 그것이 많았을 뿐이니까."

"그래그래, 그렇구나아."

주의사항을 달아도 듣는 메일리 쪽에서는 별로 정정할 마음이 들지 않는 차이다.

"공교롭게도 마법사는 별로 심금을 울리지 않거든. 아마 단련 방식이 전사하고 달라서 그럴 거야. 지금까지 경험상, 마법사의 배는 열어 봐도 별로 재미가 없었어."

"흐—응. 하지만 언젠가 그 괴짜에겐 복수해 주고 싶은데에. 안 그러면 죽은 주견들이 불쌍하고오."

"이번 마수는 현지 조달한 거잖아? 정이 생겼어?"

"아니, 전혀어. 말만 해 봤을 뿐이지만."

말뿐이라면 거저고. 그렇게 말을 잇자 엘자는 수긍한 표정으로 끄덕였다.

"그러면, 평소의 일행을 데려오지 않은 건 그냥 놀려고?"

"가끔 평범한 여자애 흉내를 내고 싶었거어든. 어때애? 어울려?"

메일리는 가볍게 머리를 쓸며 의상의 치맛자락을 손끝으로 잡았다. 평소와 다르게 이번 의상은 마을 소녀라는 인상에 치우친, 간소하고 꾸밈이 없는 옷이었다.

본인으로서는 자못 자신작이었지만 엘자는 그 질문에 "그러네." 하고 담백하게 응수했다.

"평소 의상 쪽이 귀여운 것 아닐까."

"귀엽냐는 말은 묻지 않았잖아. 어울리는지 물었지이."

"머리카락도, 염색한 색보다 원래 색 쪽이 좋은 것 같아."

"엘자는 정말 남의 말을 듣지 않는 애야."

생뚱맞은 엘자의 비판에 메일리는 부루퉁하게 한숨 쉬었다. 완전히 연령의 상하가 뒤집힌 것처럼 보이는 대화지만 이것이 둘의 평소 모습이다.

사이좋게 찰싹 달라붙은 것도 아니고, 상대의 기질에 이해심을 보이는 것도 아니다.

그래도 신뢰라고 부를 만한 무언가는 존재한다. 그런, 의사적인 자매 관계.

"그러고 보니, 강하니 약하니 얘기하다 생각났는데."

"뭔데에?"

"그 왜, 왕도에서 얘기했었지? 기다리는 동안 뜨개질이라도 하겠다고."

말한 엘자가 무언가를 던졌다. 반사적으로 받아낸 것은 부드러운 헝겊에 솜을 채운, 엘자가 손수 만든 봉제 인형이었다. 붉은 머리카락에 하얀 옷, 허리에 검을 찬 늠름한 모습이 재현된 것이, 변함없이 뛰어난 솜씨였다.

"그런데 지금 할 소린가아? 하는 이유도 있고오, 이건……."

"『검성』이야. 나 스스로는 잘 만들었다고 생각하지만. 눈에 새겨둔 덕분이겠어."

"죽을 뻔했는데, 엘자는 진짜 이상한 아이야아."

주는 상황도 상황이고. 메일리는 콧방귀를 뀌고 봉제 인형을 가슴에 안았다. 엘자는 그 모습에 미소 짓다가 천천히 메일리 앞에 등을 보이고 쭈그려 앉았다.

"……뭐어야아?"

"발, 아파서 못 걷겠잖아? 숨길 필요도 강한 척할 필요도 없어. 아마 신발이 좋지 않았나 보네. 심해지기 전에 산을 넘어야지."

지끈지끈 통증을 호소하는 발에 메일리는 "끙—." 하고 신음했다.

"왜?"

"엘자 생각대로 되는 것이 못마땅할 뿐이야아."

시선을 팩 돌린 메일리는 토라진 기분으로 엘자의 등에 불만을 쏟아냈다.

애당초 이곳에 엘자가 있는 것도 메일리에게는 불만스럽다.

지난번 임무 뒤에 엘자는 정양하려 은신처로 갔을 터. 그런데 지금 이렇게 여기에 메일리를 마중하러 온 것은, 정 때문이 아니라 얕잡아 봐서 그런 것이다.

자신이 실패하리라 내다보고 도주를 도우러 달려왔다는 뜻이니까.

"건방져어, 엘자 주제에."

"너야말로 애들 같은 소리나 하지 말고 어서 업혀 줄래?"

"……알았다구우."

떼써 봤자 상황은 해결되지 않는다. 메일리는 어른답게 굴기로 했다. 나무에서 내려와 이번에는 엘자의 등에 올라탔다. 허벅지를 받치며 엘자가 일어섰다.

"거친 그림자 사자보다 부드럽게 운반해 줘야 해애."

"신경 써 달란 말이지. 가능한 한 그럴게."

대답한 엘자가 사뿐히 발을 내디디고 대번에 뛰기 시작했다.

바람을 추월할 것만 같은 속도. 흘러가는 경치에 메일리는 "히야." 하고 외쳤다.

"빠, 빨라빨라빠르다니까안! 잠깐, 엘자아! 엘자아!"

"혀 깨물어. 『바람막이의 가호』가 없으니까."

"그걸 알면 더 배려를 하란 소리라구우!!"

어디가 신경 써서 운반하는 거냐고 메일리가 코앞에 있는 엘자의 목덜미에 이마를 박았다. 사실은 머리를 때려 주고 싶었지만 그러기는 불가능했다.

떨어지지 않게 매달려야 했을 뿐더러, 비어 있는 다른 한쪽 손으로는 봉제 인형을 소중히 꼭 껴안고 있었기 때문에.

"아아, 진짜! 왜 『검성』을 껴안고 있어야 하는데에!"

3

"엘자, 멈춰 봐아."

메일리가 엘자에게 그렇게 귀띔한 것은 달린 지 십여 분이 지났을 무렵이었다.

여태까지도 몇 번씩 멈추라고 외쳤지만 한 번도 멈출 기미가 없던 엘자의 발이 멈추었다. ——목소리에 담긴 감정의 차이 때문이리라.

실제로 이 호소는 장난이 아니다. 필요한 제지다.

그 증거로——.

"——주위, 포위된 모양인걸."

멈춰 선 엘자가 찌르는 듯한 주위의 적의에 나지막이 중얼거렸다. 그 말을 증명하듯 덤불이 밟히는 소리와 함께 흔들렸다.

그리고 덤불에서 모습을 보인 것은 검은 체구에 붉은 눈을 가진 네발짐승——.

"——주견의, 생존자일까아."

엘자 등 너머로 짐승을 확인한 메일리는 눈을 동그랗게 떴다.

사납게 으르렁대는 검은 마견. 그것은 한나절 전에 전멸된 줄 알았던 것과 똑같은 마수였다. 다른 무리거나, 아니면 가까스로 달아난 생존자일 수도 있다.

"————."

주견은 그 한 마리뿐만이 아니었다. 어둠에 섞인 여러 광점이 두 사람을 노려보고 있다. 많지는 않지만 생존자가 있다면 이야기는 쉽다.

"처리해 둘래?"

"그렇게 야만스러운 소리 하지 마아. 내가 있으면 습격해 오지 않아. 그런 것보다 내가 말을 나누게 해 줘어."

살벌한 엘자의 뒤통수를 때린 메일리는 주견에게 다가가라고 지시했다. 엘자는 순종적으로 지시에 따라 경계하는 주견 바로 옆으로.

주견도 나온 것은 좋지만 메일리의 존재에 행동을 결심하지 못하고 있었다. ——『마수 사역자』인 메일리에게는 마수를 따르게 하는 가호가 있다. 그들에게 메일리의 존재는 이마에 있는 뿔처럼 거역하기 어려운 본능을 자극했다.

"이번에는 피차 운이 없었네에. 하지만 지금 영역으로 돌아가 봤자 분명히 무서운 마법사에게 전부 사냥당할 뿐이야아. 그러니까 한동안은 산에 숨어 있는 게 현명할 거야아."

"————."

"무리의 수효가 회복되면, 또 다른 마수한테서 영역을 되찾으면 돼애. 가끔 가만히 참아 보는 것도 중요해애. 엘자도 듣고 있어?"

"마수의 덤으로 설교를 듣는 것은 못마땅한걸."

토라진 엘자의 음성에 메일리의 앓는 속도 조금 풀렸다. 메일리의 말을 잠자코 듣던 마수는 역시 말없이 뒤돌아서 덤불 속으로 사라졌다.

이어서 다른 무리까지 모두 물러나더니 마수는 다시 밤 속에 녹아들었다.

"저 아이들에게 복수하라고 말하지 않았구나. 너라면 무리가 전멸할 때까지 싸우라고 말해도 거역하지 않을 텐데."

마수의 기척이 멀어진 것을 확인한 엘자가 메일리의 얼굴을 들여다보았다. 그 불온한 생각에 메일리는 "농담이겠지이." 하고 입술을 삐죽였다.

뿔이 부러진 마수는 뿔을 부러뜨린 상대에게 복종하며 어떤 명령이든 따른다.

『마조(魔操)의 가호』를 가진 메일리는 마수에게 그와 비슷한 강제력을 발휘한다. 엘자의 말마따나 저 마수들에게 결사적인 각오로 동료의 복수를 시킬 수도 있었다.

그러나——.

"——그런 짓 하면 불쌍하잖아. 일에 실패한 것은 나니까 그 만회는 스스로 해야지이."

"……그러네. 나도 『검성』에게는 스스로 답례해야 직성이 풀리니까."

"그거하고 같이 취급하면 나도 좀 섭섭하네에."

산속으로 사라지는 마수를 지켜보던 메일리는 "자." 하고 엘자의 등을 탁 두드렸다.

휴식했다가, 마수와 마주쳤다가, 산을 넘는 데 방해가 너무 많다.

"빨리 제대로 쉴 만한 곳에 가고 싶어어. 신발에 쓸려서 발이 엄청 아프단 말이야아."

"침이라도 바르면 낫겠지. 핥아 주기라도 했으면 좋겠어?"

"엘자도 아닌데 그렇게 쉽게 낫지 않거어든!"

해괴망측한 배려에 언성을 높인 메일리는 엘자의 위태로움에 진심으로 기가 막혔다. 이번에는 우연히 도움을 받았지만 이런 식이라면 다음에는 또 자신이 언니를 구할 차례가 된다.

그렇게 되면 그때는 주견 인형을 요구하기로 하겠다.

——메일리는 언니가 준 인형을 껴안으며 그렇게 결심했다.

"——————."

그런 동생의 결의를 다시 산길을 달리기 시작한 언니는 옅게 미소 지으며 받아들였다.

왠지 삐뚤어지고 좌충우돌하는 것 같아도, 거기에는 그녀들 딴의 자매 관계가 존재한다.

——민폐에다 흉악한, 청부업자 자매의 피비린내 나는 자매애가.

《끝》

『엘자와 메일리, 청부업자 자매 암약 일보 KILL3』

(제14권 · 게이머즈 특전)

1

——처음으로 그녀를 본 것은, 끔찍한 피비린내가 풍기는 광경에서였다.

"————."

어린아이는 말없이 홀로 피바다가 된 초원에 엉덩방아를 찧고 있었다.

부릅뜬 동그란 눈, 아무렇게나 자라게 둔 약간 어두운 색조의 파란 머리카락. 유아기 특유의 살짝 불그스름한 살갗은 진흙과 때에 찌들었으며, 몸뚱이에는 허름하고 지저분한 넝마를 걸친 모습이다.

빗방울과 분뇨로 더러워진, 오물로 범벅된 천 조각 한 장. 그 몰골만으로도 정상적인 환경에 놓여 있지 않음을 한눈에 알 만한 아이지만, 지금 이 순간의 이상성은 더 알기 쉽다.

——그 어린아이를 둘러싼 모든 것이, 지금은 거무칙칙한 피로 빽빽하게 발라져 있으므로.

다행히 그 피는 어린아이 본인의 몸에서 나온 것이 아니다. 초원에 넘쳐흐르는 대량의 피는 이곳저곳에 흩어져 있는 혈육의 파편이 원인이었다.

——이 초원을 포함한 일대는 마수의 군생지로서 유명한 마경이다.

마수란 인류를 해치는 적이며, 본능적으로 다른 생물의 살해를 목적으로 두는 파멸적인 생물이다. 그 위험성은 야생동물과 비교가 되지 않으며, 개중에는 마법을 행사하는 마수조차 존재한다. 짐승에 다르게 사람이 길들일 수도 없으며 상호 이해는 절대 불가능하다.

따라서 마수는 인류의 적이며, 그 마수가 무리를 짓고 거처로 삼은 일대는 인간이 들어설 수 없는 마경으로 유명해지기 마련이다.

이 일대도 몇 년 전부터 부근의 주민이 퇴거하고 마경이 된 땅이다.

숲에는 마수가 다수 서식하여 힘없는 자가 들어가면 목숨이 남아나지 않는다는 장소—— 그 때문에 어린아이 주위에 시체가 흩어져 있는 것은 이상한 상황이 아니라 있을 법한 광경이다.

문제는 그 흩어진 혈육이 죄다 사람이 아닌 마수의 것이라는 점.

——그리고 그렇게 만든 것이 단 한 명의 소녀라는 점이었다.

"생각했던 것 이상의 대환영이구나. 일단 위해를 끼칠 마음은 없는데."

마수의 주검이 흩어진 초원 중심에 서 있는 인물이 어린아이 쪽으로 돌아섰다.

긴 흑발을 땋은, 하얀 피부에 키가 큰 소녀였다. 나이는 10대 중반 정도. 몸의 곡선은 여성적으로 성장하는 도중이며, 미성숙한 나이대만이 낼 수 있는 배덕적인 색향을 풍기고 있다. 그 깊이 있는 검은 눈동자가 바라보면 많은 남자들은 침을 삼킬 수밖에 없을 것이다.

그 미모와 요염한 몸짓은, 소녀가 두 손으로 흉악한 나이프를 만지작거리지만 않는다면 고급 창부로 착각한 남자가 달려들어도 이상하지 않을 수준이다.

그러나 흑발 소녀 본인은 자신의 미모에 큰 가치를 찾아낸 기색이 없었으며, 이 자리에서 대치한 어린아이도 마찬가지였다.

피를 뒤집어쓴 어린아이는, 피를 뒤집어씌운 소녀를 증오 어린 눈길로 노려보고 있다.

아이의 눈길에 마수 무리로부터 구해내 주었다는 감사는 추호도 없다. 그도 그럴 만하다. 아이에게 마수는 적이 아니었다. 가족도 결코 아니었지만.

적어도 눈앞의 소녀와는 비교가 되지 않는 정이 있었다. 따라서 아이의 눈길에 우호적인 기색은 없고, 미움과는 강한 살의가 서려 있었다.

아이가 품기에는 지나치게 살벌한 감정, 아이가 가지기에는 지나치게 흉악한 눈빛은 그녀의 짧은 인생이 얼마나 파란으로 가득했는지 증명하는 것이기도 했다.

많은 이들이 그 처지를 가엾이 여기리라. 하지만 소녀의 표정에는 아무 변화가 없다. 자비란 없으며 공감의 마음도 일절 품지 않는 정신성.

아이와 소녀는 양쪽 모두 상대의 존재를 맨 처음 새기는 정보를 무시하고 대치 중이었다.

"거처를 어지럽혀서 화내고 있니? 그러고 있으면 밖에서 듣던 것처럼 정말로 마수와 다를 게 없어 보이네. 소문으로 듣던, 마수를 거느린 여왕…… 여왕이라기보다 공주님이구나."

"훅— 훅—."

"말을 못 한다면 내가 하는 말도 전달되지 않을지도 모르겠어. 공교롭게도 데리고 돌아오라고 지시받았거든. 그러니까, 같이 와 줘야겠어. 네가 싫어해도 살려 둔 채로 데리고 갈 거야. 저항하지 않아 주면 다치지 않고 끝내겠는데."

"우우—! 우우우—!"

"들은 척도 안 한다라. 그렇다면 너는 어떤 방법으로 거절을 표현하게?"

아이가 발작하듯 아우성치자 소녀는 미소를 띠며 갸웃거렸다. 소녀의 하얀 어깨에 땋은 머리가 사락 떨어지고, 그것을 계기로 아이는 손뼉을 세게 쳤다.

——순간, 그 신호를 기다렸다는 듯이 초원에 거대한 그림자가 날아들었다.

뒤틀린 뿔에 사자 머리, 검은 체모가 자란 거구가 짐승 발톱을 대지에 박고 서 있다. 숲의 칠흑왕이라고 불리는 흉악무비한 마수—— 길티라우였다.

"크아아————!"

울려 퍼지는 포효. 폭풍 같은 숨결이 소녀의 정면을 비릿하게 휘날렸다. 마수의 출현과 압도적인 귀기에 놀랐던 소녀는 입술을 날름 핥았다.

"꽤 덩치 큰 친구가 있구나. 멋져, 멋지네."

생명의 위험을 눈앞에 두었음에도 소녀의 태도는 그저 초연했다.

그 사실이 심히 성질을 긁었는지 길티라우는 발톱을 쳐들었다가 쓸어 치는 일격을 소녀에게 날려 그 목숨을 거두려 했다. 강풍을 두른 발톱은 철판조차 찢어발길 만큼 날카로워 소녀의 살갗은 쉽게 갈라질—— 터였다.

"안 되지, 그런 식으로는. 여자아이는 더 부드럽게 대해야 해."

"칵——?!"

마수가 휘두른 오른쪽 앞발이 소녀의 미소와 함께 공중을 날았다.

자만의 대가로 오른 다리 앞부분을 잃은 마수는 얕봐서는 안 될 사냥감이라고 즉각 인식을 고치고 소녀에게 전력을 기울였다. 그 자세에 소녀는 가볍게 뒤로 뛰고 피에 젖은 나이프를 들었다.

"인간과는 비교가 되지 않을 만큼 커다란 몸…… 속이 어떨지 기대돼."

2

——무시무시한 마수가 똬리를 튼 숲에 마수를 거느리는 여왕이 태어났다.

그 소문은 몇 개월 전 목숨만 건져 숲에서 돌아온 행상인이 꺼낸 말이었다.

길을 잃고 피를 피해 숲에 들어간 그 남자는 마수의 습격을 받고, 그 무리를 통솔하는 인간 소녀를 목격했다고 증언했다. 그럴 리가 없다고 웃어넘긴 소문이지만, 그것은 점차 살이 붙으며 인근 마을들로 퍼져 농담거리의 일종으로 술자리 화제에 빈번하게 올라왔다.

그 진위를 확인할 수 있는 자가 없는 채로 몇 개월의 시간은 막연히 흐르고——.

"——이걸로 끝이구나."

미소 지은 소녀의 말대로 무너진 마수는 간신히 숨만 붙어 있었다.

너무나 일방적인 전개였다. 소녀는 사납게 포효하는 마수가 온 힘으로 후려치는 공격 전부를 피하고, 답례하는 칼질로 마수의 육체에 칼집을 냈다.

첫 공방으로 오른 다리를 잃은 마수에게 승산은 없었다. 금세 꼬리를, 뒷발을, 등과 허리가 칼날에 베이고 마지막에 터트린 가냘픈 울음소리는 죽음을 청하는 것 같기까지 했다.

그 호소가 닿은 것은 아니겠지만 마수의 목숨은 흉인(凶刃)이 앗아갔다.

"색이 좋지 않은 것은 식사 환경 문제 때문일까. 아니면 이 아이 특유의 사정? 냄새도 고약한데 같은 마수하고 비교해 보고 싶네. ……다른 아이를 불러낼 수 있어?"

참살한 마수의 배를 뒤지며 나이프 끝으로 내장을 들쑤시던 소녀가 아이에게 물었다. 아이는 대답하지 않았다. 소녀는 그저 변함없는 증오를 보내고 있었다.

——아이에게는 그 이상의 반항 수단은 남지 않았기에.

"그래, 끝이구나. ……그건 아쉽네."

말 없는 증오에서 답을 본 소녀는 노골적으로 낙담했다.

소녀가 천천히 걸어오자 아이는 몸을 굳혔다.

그러나——.

"——아으."

"걱정할 것 없이 데려간다고 말했잖아? 네 내용물에 흥미가 없는 것은 아니지만 지시를 어길 만한 매력은 없어. 안심해."

"우우! 우우우! 우— 우—!"

"……그렇게 싫어하니 상처받네. 마음의 상처가 낫는 속도는 그다지 빠르지 않아서."

안긴 아이는 필사적으로 몸을 틀며 저항했다. 하지만 영양 상태가 좋지 못해 깡마른 어린아이의 저항쯤이야 소녀의 발길을 멈출 요인이 되지 못한다.

결국 아이는 등에 업히는 모양새로 소녀를 붙잡고 말이 되지 못하는 소리를 지르는 것이 한계였다.

"가우, 우우우."

"나를 죽이고 싶은 마음은 알겠지만, 체력이 그래서야 도저히 무리야. 목 뒤를 깨물어도 간지럽기만 할 뿐. ……우선 건강해지는 쪽을 우선하는 편이 나아."

하얀 목 뒤를 아이가 물어뜯지만 약해진 턱으로는 이빨 자국이나 남기는 게 고작이다.

말한 대로 간지러운 듯 어깨를 움츠린 소녀는 아이를 업은 채로 피에 젖은 초원을, 마수의 숲을 뒤로했다.

그사이에도 아이는 소녀의 목에 이를 박고 있었다.

끝나지 않는 증오, 흐려지지 않는 살의를 품고 소녀의 생명을 입으로 으스러뜨리고자 필사적으로, 필사적으로.

마냥, 목숨이 붙어 있는 한 물고 늘어지겠다고——.

3

"아그으."

"——? 갑자기 왜 그래?"

느닷없이 목 뒤에 입술이 부딪히자 흑발 여자—— 엘자가 갸우뚱했다.

그 몸짓에 찰랑인 머리채가 코를 간지럽혀서 메일리는 얼굴을 뒤로 뺐다. 그러고 나서 아직 이상하다는 표정인 엘자에게 "딱히이." 하고 말했다.

"그냥 잠깐 옛날 생각이 났을 뿐이야아. 엘자하고 처음 만났을 때, 이런 식으로 엘자를 물어 죽이려고 했었구나아 해서."

"……아아, 그런 일도 있었던 것 같아. 어차피 너는 조그마니까 강아지가 엉기는 것처럼 간지러웠을 뿐이지만."

"어린애 딴에 필사적이었다구우. 그도 그럴 게, 틀림없이 끔찍하게 죽을 거라 생각한 데다아, 내 마수들도 몰살시켰는걸."

뾰로통해진 메일리는 소파에 폴짝 엉덩이를 싣더니 무릎을 끌어안았다. 반발하는 듯한 그 시선에 같은 소파에서 쉬던 엘자는 섭섭하다는 듯이 어깨를 으쓱였다.

"죽이러 온 게 아니라고 처음에 양해를 구했을 텐데 말이야."

"마수를 잔뜩 베어 죽인 뒤에 엘자가 그런 말을 해 봤자 대체 누가 믿을 수 있다고오? 엘자는 진짜, 그 시절부터 하나도 변하질 않았다니까안."

"그 말을 하면 메일리는 많이 변했지. 처음 만났을 적에는 제대로 말도 하지 못했는데, 지금은 이렇게나 달변인걸."

"……남이 신경 쓰는 점인데, 악의가 없는 게 엘자의 치사한 점이더라."

"——?"

메일리의 불만 어린 눈치에 엘자는 또다시 잘 모르겠다는 표정. 남의 마음에 눈치가 어두운 엘자더러 타인의 속내를 짚어 보라 그래도 무리일 뿐이다.

다만 엘자의 말은 틀리지 않았다.

실제로 엘자와 만났을 무렵—— 사람 사는 곳으로 끌려 나오기

전의 메일리는 짐승이나 마찬가지, 사람의 말을 못하는 상태였다. 몰랐던 것이 아니라 잊은 것이다.

어린아이가 어른의 힘을 빌리지 않고 야생에서 살아간다. 그러기 위해서 필요한 것은 언어가 아니라 힘이다. 그리고 그것은 다행히 날 때부터 메일리 안에 있었다.

물론 그것이 구원인지 저주인지, 메일리 본인도 판단할 수 없었다.

"이 힘이 없었으면 엄마의 주목을 받을 일이 없었을지도 모르고오."

"하지만 그 힘이 없었으면 내가 너를 맞으러 갈 일도 없지. 외톨이인 채로 남겠네."

"그 이전에, 아마 마수에게 물려서 죽었을걸."

키득거린 메일리는 "엘자는 정말로 바보구나." 하고 눈웃음 지었다.

"어머, 얘가 입버릇은. 게다가 배배 꼬아서 받아들이네."

"그래애? 그러면 달리 무슨 의미가 있다는 건데에."

"내가 맞으러 가지 않았다는 건, 너와 만날 수 없다는 얘기잖아? 그건 나도 외로워. 메일리는 동생이나 다름없는걸. 그러니까 그 사람의 명령도 꼭 나쁜 것만이 아니야."

"────."

예상 밖의 말에 눈이 동그래진 메일리는 멍하니 엘자를 쳐다보았다. 그 눈초리에 엘자는 "왜 그래?" 하고 자각이 없는 기색으로 갸우뚱했다.

"……그렇게 괴상하게 만났는데, 이번에는 이런 소리를 한단 말이지. 엘자는 역시 엄청 이상한 아이야아."

"평범하지 않다는 자각은 하고 있고, 평범하지 않으니까 여기에 있을 수 있는 거야. 나와 너는 닮은꼴, 닮은 자매지."

"바보 같아아."

고개를 팩 돌린 메일리가 엘자에게 그리 내뱉었다. 메일리의 태도에 미소를 띤 엘자는 살짝 손을 뻗어 메일리의 파란 머리채를 만졌다.

"머리, 잘 땋았네. 처음 만났을 때는 머리도 산발하고 있었는데."

"유일하게 이것만 잘 가르쳤잖아. 엘자도 슬슬 같이 있을 때는 나한테 시키는 버릇을 고치라니까아."

"뭐 어떠니? 메일리가 더 잘하는데."

"무방비하게 목을 보여주면 이번에야말로 물려 죽어도 모르거어든."

메일리는 엘자가 만지는 대로 머리채를 방치한 채 볼을 부풀렸다.

"괜찮아. 이젠 물지 않잖아?"

"아까 깨문 지 얼마나 됐다고오?"

"그건 장난쳤을 뿐. 그때하곤 달라."

"……엘자도 달라졌어? 이젠 내 배를 열어 보고 싶지 않은 거야아?"

복수할 생각에 나온 말이지만 참으로 기묘한 소리였다. 그 말에 엘자는 "그러네." 하고 잠시 생각에 잠겼다가 대답했다.

"너의 내용물에 흥미가 없는 건 아니지만—— 이 느긋한 시간을 망가뜨릴 만한 매력은 없어. 안심해."

"……흐—응, 그래. 호—오."

엘자의 답변을 건성인 척 받은 메일리는 그 뒤에도 길게 끄는 맞장구를 반복했다.

다만 소파에 나란히 앉은 거리는 약간 줄어들고, 시시한 대화가 이어졌다.

멀리서 보면 피비린내도 느껴지지 않는, 자매의 훈훈한 한때였다.

《끝》

『엘자와 메일리, 청부업자 자매 암약 일보 KILL4』

(제15권 · 게이머즈 특전)

1

땋은 머리의 소녀가 전소하여 무너진 저택의 잔해 앞에 우두커니 서 있었다.

탄 냄새 나는 바람에 짙은 파란색 머리카락이 휘날리고, 소녀의 시선은 검게 탄 잔해를 오가고 있다. 몸을 숙여 뭔가를 찾지는 않으며, 오직 시선만을 방황하고 있다.

"——그렇게 해서 뭘 찾을 수 있겠냐."

갑자기 소녀의 등에 그런 목소리가 닿았다.

목소리는 난폭하지만 왠지 모르게 염려하는 기척을 띠고 있었다. 그 사실에 소녀는 돌아보지 않은 채 입만 가지고 웃었다. 그 목소리의 배려가 소녀에게는 우스꽝스럽게 느껴졌다.

여하튼 소녀와 목소리 주인과는 바로 조금 전까지 사투를 벌이던 사이이다. 그런 관계인데 배려라니, 싸움이 끝나자마자 지나치게 긴장을 풀고 있지 않나.

"……이봐, 묘한 생각 하지 마라. 이상한 짓 하면 이 어르신의 손톱은 상대가 꼬마라도 봐주지 않아."

"그건, 호랑이 오빠의 거짓말이라고 봐아."

"아앙?"

"오빠, 여자하고 애들에게는 다정한 사람이지이. 그러니까 나 같은 여자애를 봐주지 않는다는 생각은 하지도 못할 사람일걸."

소녀의 지적에 이를 딱 부딪친 상대가 불만스러운 표정을 지었다. 반론을 하지 않는 것은 정곡을 찔렀기 때문일까, 상대할수록 시간만 낭비된다고 포기했기 때문일까. 아마도 그런 게 아니다.

공사를 나누어야 하는데 그러지 못하는 점도 귀여운 맛이 있다고 할 수 있다.

"하지만 안심해 줘어. 나, 나쁜 짓을 할 생각은 없거든. 마수들을 모으는 데에도 준비가 걸리고오, 불러 봤자 오빠한테 금방 죽을 거야아."

"켁, 『전언은 알료샤에서』 정도로 다 안다는 양 말을 하셔."

"그런데도, 오빠가 내 상대를 해 주고 있단 말이지이."

"이 어르신 말고 널 만족스럽게 감시할 수 있는 녀석이 우리 식구 중에 없어서 말이다."

심각한 인원 부족을 털어놓으면서 팔짱을 낀 인물――가필이라는 소년은 지면을 걷어차고 원래 정원이었던 불탄 공터에 털썩 주저앉았다.

그리고 소녀와 마찬가지로 불탄 저택――로즈월 저택의 잔해로 눈길을 돌렸다. 그 녹색 눈에 스친 감정을 훔쳐본 소녀는 고혹적으로 미소 지었다.

"호랑이 오빠는, 아아주 불편해 보이네에."

“이유는…… 젠장, 뻔히 알 거 아니냐. 징그러운 꼬마구만.”

“말이 심해. 그리고 오빠랑 나는 말처럼 나이 차가 안 나지 않아? 그, 눈매 사나운 오빠가 그러더라아.”

“대장 자식, 붙잡은 적이랑 잡담이나 하지 말라고.”

불탄 잔디에 책상다리로 앉은 가필은 떨떠름한 표정이었다. 그의 뇌리에는 흑발 소년의 태평한 표정과, 눈앞에 있는 소녀의 얄미운 미소가 번갈아 떠오르고 있으리라.

그건 그렇다 치고.

“……우리 쪽을 따르겠단 조건으로, 이런 곳 보러 왔는데 말이야.”

“응, 그렇지이.”

“이런다고 조금은 니 속이 풀리긴 하냐.”

지긋지긋한 척하는 것과 반대로 또 상대의 속마음을 염려하는 말. 철두철미 무뚝뚝한 배려를 접한 소녀는 또다시 입으로만 웃었다.

“글쎄, 어떠려나아.”

방금 얼버무리는 말투는 의식한 것은 아니지만 언니와 닮았던 느낌이었다.

그런 감상에 소녀── 메일리 포트루트가 웃고, 눈을 가늘게 떴다.

검게 탄 잔해 속에서 찾는 사람은 발견되지 않는다.

그런 거야 이렇게 여기 오기 전부터 알고 있었을 텐데.

2

"——엘자는, 혹시 죽지 않는 거야아?"

쭈그린 무릎에 팔꿈치를 실어 머리를 받친 메일리가 그런 의문을 입에 담았다. 그 질문에 상대는 눈썹을 찌푸리고 뺨에 묻은 남의 피를 손등으로 닦으며 대꾸했다.

"또 꽤나 뜬금없는 질문 같은데."

"뜬금없는 것도 아니잖아? 여러 명에게 둘러싸여 피범벅에다…… 배에 그렇게 굵은 창이 꽂혀 있으면서도 태연하게 보이는데에."

메일리의 손가락이 가리킨 상대의 복부에는 비유가 아니라 창이 꽂혀 있었다.

복부를 관통해 등으로 나온 깊은 부상이다. 중요한 내장이 여럿 훼손되고 흘러나오는 피의 양은 진즉에 치사량—— 누가 봐도 명백한 치명상. 그래야 했다.

그런 상처를 입었음에도 불구하고 흑발 여자는 태연한 태도를 고수하고 있다. ——아니, 태연하지는 않았다. 그 뺨은 상기되었고 뱉는 숨결에 열기가 서려 있다.

아픔도, 실혈의 고통도 있다. 하지만 그녀—— 엘자는 그것을 흥분으로 바꿔치고 있었다.

"그거, 어쩐지 불결해애."

"어머, 평소부터 마수에게 둘러싸인 아이가 그런 소리를 하니 뜻밖이야."

"그 아이들은 잘 목욕시키고 있거어든. 그리고 몸이 아니라 마음의 문제라고오. ……보는 쪽이 아프니까, 빨리 그 창 뽑아 봐아."

우거지상인 메일리 앞에서 엘자가 복부에 꽂힌 창을 뽑았다. 비정상적인 축축한 소리에 귀를 막으며 메일리는 주위에 퍼진 피의 참상으로 눈길을 돌렸다.

어둡고, 지저분한 폐가 이곳저곳에 흩어진 것은 내력 하나 모르는 20구 가까운 주검이었다.

오늘도 어김없이 메일리는 엘자와 둘이서 임무로 내몰려서 왜 죽어야 하는지도 잘 모르는 상대를 매장하고 피바다에 빠트렸다.

메일리가 예비대, 주력으로 적을 제물로 올리는 것은 엘자의 역할. ——완전히 정착한 역할 분담이지만 애초에 둘이서 한 조가 된 계기도 우연이나 다름없었다.

"이런 식으로 일을 하고 있지만 나는 엘자에 대해 별로 모른단 말이지이."

"딱히 감출 일도 아니니 물어보면 대답하겠는데."

"그러면 묻겠는데, 어째서 배에 난 상처, 그렇게 금방 아무는 거야아?"

호의에 따르는 메일리 앞에는 뽑은 창을 바닥에 박아 세우고 기댄 엘자가 있다. 피로 물든 복부를 엘자가 손바닥으로 어루만지자 거기에는 벌써 상처가 없이 아름답고 반지르르한 하얀 살갗이 엿보일 뿐이다.

"그런 거, 아무리 그래도 부자연스러워어."

"그러네. 이게 평범한 게 아닌 건 인정할게. 이건…… 저주의 결과니까."
"저주?"
"축복이라고 말하며 둘러대는 나라도 있나 보지만."
상처가 사라진 배를 어루만지는 엘자의 목소리에 웬일로 희미하게 독기가 담겼다. 그 느낌을 민감하게 알아차린 메일리는 이것이 들려주기 싫은 화제임을 깨달았다.
깨닫고서, 잠시 고민했다. 그래도 궁금한 것은 궁금하다.
"그, 저주인지 축복인지 모르겠지만 그거 태어날 때부터 그런 거야아?"
"아니, 그렇지 않아. 나도 너만한 나이가 될 때까지는 평범한 몸이었어. 하지만 고향에서 도둑질을 했을 때에 실패한 바람에 잡혀서, 노예가 되었거든."
"그래서?"
"팔린 상대의 머리가 조금 이상했던 모양이야. 소녀를 밝히는 점도 못마땅했지만…… 가장 큰 문제는 주술의 재능이 있었다는 점이었을까."
주술이란 말에 메일리는 긴 속눈썹으로 꾸며진 눈을 내리깔았다.
『마수 사역자』인 메일리의 부하에는 주술과 비슷한 특성을 무기로 삼은 마수도 많다. 그러나 주술이란 기본적으로 타인을 해치기 위한 술법, 외법(外法)의 부류다.
그것이 엘자가 지닌 불사의 특성에 기여한다고는 생각하기 어려운 점이 있지만.

“구스테코에 전해지는 주술에, 『저주 인형』이라는 술법이 있어. 알고 있니?”

들은 적 없는 술법이라 메일리는 고개를 가로저었다.

“간단히 말하면, 상대를 해치는 주술의 응용이야. 죽이고 싶은 표적을 정하고, 그것을 의도한 주인(呪印)을 저주 인형으로 삼고 싶은 인간에게 새기는 거지. 그러고 주술이 발동하면 저주 인형이 된 인간은 표적을 죽일 때까지 절대로 죽지 않는, 불사의 인형이 돼.”

“……그거 굉장한 것 아니야아? 그도 그럴 게, 그러면 죽지 않는 인간을 수두룩하게 만들 수 있어서 우리가 할 일이 없어지잖아.”

“응, 그렇지. 하지만 그렇게 편리한 주술도 아니야.”

순수하고 잔혹한 메일리의 감탄에 엘자는 울적하게 미소 지었다.

“첫째로, 저주 인형이 된 인간의 자아는 없어지고, 표적을 죽이기 위한 행동 말고는 못 하게 돼. 둘째로, 표적을 죽인 저주 인형은 그 자리에서 목숨이 다해. 죽어 버리는 거지.”

“아— 그러면 쓸모가 없겠네에. ……어라? 그런데, 잠깐?”

엘자의 설명에 입술을 삐죽였던 메일리는 금세 위화감을 깨달았다.

방금 엘자가 한 이야기는, 그녀 본인이 그 『저주 인형』이라는 것에 관한 설명이었을 터다. 하지만 그 설명에 따르면 엘자에게는 자아가 없으며 표적을 죽이는 일밖에 못 해야 하는데.

“그런데 엘자는 문제없이 말을 나눌 수 있는데…… 아니면 역시 엘자는 제정신이 아니었던 거야? 대단해라아, 납득."
"그 말로 납득하면 섭섭한데…… 나는, 예외적인 『저주 인형』이야."
"예외?"
"말했잖아? 나를 산 인간은 머리가 이상하고 주술의 재능이 있었어."
그 '구입자' 에 대해서 자세히 말할 생각은 없는지, 엘자는 거기서 설명을 끊었다. 그녀는 길게 땋은 머리채를 흔들고는 말했다.
"나처럼 죽지 못하는 신세의 저주 인형은 그 밖에도 있어. 그리고 그 여자들은 죽기 위해서 여러 가지를 시험했는데…… 가슴에 말뚝을 박거나, 사람의 피를 빨아보기도 한 바람에 흡혈귀라는 악명으로 불리기도 하나 봐."
"죽지 못하는 저주 인형……."
그렇게 나직이 입으로 말해 본 메일리는 그 어감에 등줄기가 싸늘해지는 감각을 느꼈다.
메일리는 죽지 않는 거냐고 물었다. 엘자는 그 말에 죽지 못한다고 대답했다. 그 자그마한 표현의 차이가 엘자가 살아가는 모습의 근간을 구성한다고 느껴졌다.
"엘자도, 그 사람들과 똑같이 죽고 싶은 거야아?"
문득 의문스러워서 물었다. 온몸에 칼날이 박히고 배를 창에 관통당하거나, 혹은 불로 내장을 태워도 죽지 않는 그녀에게, 남과 같은 죽음을 바라느냐고.
그런 메일리의 물음에 엘자는 어리둥절한 표정을 짓더니.

"어째서?"

진심으로 이상하다는 듯이 갸우뚱했다.

"……어째서냐니, 말을 하는 느낌이 그런 식이었잖아?"

"그래? 그렇다면 오해하게 만들었네. 나는 죽고 싶다는 생각은 해 본 적 없어. 그건 흡혈귀라고 불리는 사람들만큼 오래 살지 않아서 그럴지도 모르지만…… 가장 큰 이유는 이 몸이라면 여러 가지로 사정이 좋아서 그래."

"사정?"

"나는 피와 살과 내장의 향기 속에서 삶의 실감을 얻을 수 있어. ……이 몸이라면, 그것을 확인할 수 있는 기회가 많으니까. 나는 이 몸에 만족하고 있어."

엘자는 그렇게 말하고 미소 짓더니, 기대던 창에서 몸을 떼어 메일리 쪽으로 걸어왔다. 그리고 쭈그린 소녀에게 "그러니까." 하고 말을 이었다.

"그렇게 걱정스러운 표정을 하지 않아도 돼."

"걱정? 내가? 엘자를?"

"응. 내가 죽고 싶다고 바라면 어쩌지 해서 외로워진 거잖아. 메일리는 정말로 외로움을 잘 타는구나."

"바, 바보 같은 소리 하지 말아 줄래애!"

머리를 쓰다듬는 손길에 메일리는 얼굴을 붉히며 반론했다.

외로움을 탄다는 소리는 생트집이고, 애초에 엘자의 손은 피범벅이라 머리카락이 끈적끈적해졌다. 정말 그런 면에 전혀 무디다니까.

"아유우, 머리카락이 더러워졌잖아. 그리고 엘자도 자기 머리카락…… 아아, 진짜아! 어째서 그렇게 대충 살고 다녀? 못 믿겠어!"

난전 중에 다 풀린 땋은 머리를 잡은 메일리는 목청 높여 규탄했다. 그 머리는 메일리와도 똑같고, 일하기 전에 땋아준 것은 자신인데.

이만큼 단정하게 생겼는데 자신의 용모에 무덤덤한 구석은 믿기가 어렵다.

"몸의 상처는 나아도 칠칠치 못한 몸가짐은 회복되지 않으니까 잘 챙겨 봐아."

"그 부분은 뭐, 항상 같이 있는 네가 신경 써 주는걸. 그만큼 일하는 것으로 갚을 생각이니까 쌤쌤이구나."

"아주 까불지이!"

이렇게 피비린내 나는 곳에서는 얌전히 머리 손질도 못 해 준다. 일은 진즉 끝난 지 오래다. 엘자의 상처가 아물었으면 속히 떠나야 마땅하리라.

일어난 메일리는 기지개를 쭉 켰다가 엘자의 손을 잡고 걷기 시작했다. 이렇게라도 하지 않으면 이 단짝은 이목이 있는 곳을 걷다가 소동을 일으킬지도 모른다.

그런 상황을 피하기 위해서다. 그것 말고 손을 잡을 다른 이유도 없으니까.

"똑바로 하고 다녀어. 그러지 않으면 죽지 못하는 몸인 엘자보다 내 쪽이 언젠가 꼭 먼저 죽을 테니까아."

얼굴을 쳐다보지 않고 메일리는 엘자에게 그리 말했다. 복수

같은, 해코지 같은 한마디. 그 말에 엘자는 한순간 눈이 동그래졌다가, 바로 미소 지었다.

"글쎄, 어쩌려나."

그리고 그렇게 말한 것이었다.

3

"엘자는 바보……. 내 쪽이 먼저 죽는 게 맞았는데 말이야아."

언젠가 나눈 대화를 회상한 메일리는 그런 감상을 말로 꺼냈다.

전소되어 무너진 저택의 잔해. 엘자는 거기에 깔려서 불꽃으로 재가 될 때까지 불탔을 것이다. 메일리가 알기로, 토막이 나거나 목이 잘리거나 심장이 터진 모습까지는 보았지만 재가 된 다음의 소생까지는 확인하지 못했다.

엘자는 죽을 곳을 찾고 있었다. ——아마 자각은 없었을 테지만.

삶의 실감을 타인의 혈육에서 찾던 것은 자기 자신의 '삶'이라고 부를 만한 당연한 충족을 상실했기 때문이다. 지금은 그런 생각이 들었다.

그리 생각하면 엘자가 여기서 죽을 수 있던 것은 그녀에게 행복이지 않은가.

적어도 엘자는 죽을 때에 기개 없이 흐느껴 울 기질은 아니었고.

"호랑이 오빠, 이제 됐어. 고마워. 만족했으니까."

포로가 되는 대신에 메일리는 엘자가 최후를 맞은 저택을 눈에 새기러 왔다. 그러는 것이 한때만의 자매로서 함께한 메일리의 책임처럼 느껴져서.

그것도 충분히 역할을 완수했다. 나머지는 그것을 떠안고 이후 상황을——.

"딱히 말이다, 이 어르신은 신경 쓰지 않는데."

"——?"

메일리의 말에 불탄 공터에 책상다리로 앉은 가필이 대꾸했다. 그는 메일리로부터 시선을 뗀 채로, 왠지 모르게 성질을 내는 표정으로 뒷말을 이었다.

"울고 싶을 때는, 울어도 뭐라 할 사람 없다."

무뚝뚝한 어조에 메일리는 얼떨떨해졌다가, 웃으려고 했다.

웃지 못했다.

어째선지 뜨거운 것이 눈에서 넘쳐서 메일리는 얼굴을 손으로 가리고 하늘을 쳐다보았다.

"————."

소녀는 그렇게 얼굴을 가린 채로 하늘을 향해 입을 크게 벌렸다.

입술에서 넘쳐 나온 말에 가필은 아무 말도 하지 않았다.

아무 말도 하지 않는 채로, 둘은 한동안 그 불탄 공터에서 흑발의 망자를 애도했다.

——그리고 이날 있던 일을 누구에게든 필요 이상으로 말하지 않았다.

《끝》

『엘리오르 대삼림 팀 ~눈 녹을 계절을 기다리며~』

(제14권 · 토라노아나 특전)

1

——나이 일곱 살이 되는 에밀리아는 인생 최대의 궁지에 서 있었다.

에밀리아는 이른바 장난꾸러기라는 낙인이 찍혔다.

숲속의 벽에 그녀의 낙서가 지워지지 않고 많이 남아 있으며, 저녁 먹기 전에 남의 집에서 간식을 대접받은 적도 흔하다. 자기 전에 깜빡하고 안 한 양치질을 아침 먹기 전에 몰래 한 적도 있어서 그 방약무인한 행동에는 어른들도 골머리를 앓는다.

에밀리아는 그야말로 불세출의 천재, 희대의 장난꾸러기였다.

그런 에밀리아라도 정말 뒤로 물러설 수 없는 상황은 알 수 있다.

예를 들면 그것은——.

"——큰일이야! 큰일 났어, 다들! 중대 사건이야!"

낯빛이 바뀌어 황망하게 떠드는 여성── 짧은 은발에 늠름하고 날카로운 눈매를 가진 미녀, 포르투나가 황급히 숲의 촌락에 뛰어 들어왔다.

평소부터 냉정침착, 차분한 태도와 언행을 염두에 두는 포르투나가 이렇게나 평정을 잃는 일은 흔하지 않다. 자연히 광장에 모여 있던 사람들── 마을의 엘프들과 마침 촌락을 방문했던 검은 옷 집단의 이목이 그녀에게 집중되었다.

"포르투나 님, 그렇게 허둥대시며…… 무슨 일이십니까?"

숨을 헐떡이는 포르투나에게 맨 처음 말을 건넨 사람은 키 큰 녹발의 남자── 검은 옷 집단의 대표이자 포르투나와도 돈독한 사이인 쥬스였다.

쥬스가 묻자 포르투나가 고개를 들었다.

그 순간 포르투나의 표정을 본 쥬스의 얼굴이 굳었다. ──그 정도로 포르투나의 표정은 깊은 슬픔에 차 있었다.

당찬 포르투나가 평정을 잃고 이런 표정을 짓게 할 수 있는 것은 딱 한 명뿐이다.

"설마 에밀리아 님께 무슨 일이 있는 겁니까?!"

"────."

크게 동요한 쥬스의 말에 포르투나가 말없이 등을 보였다. 거기에는 작은 몸을 웅크린 어린 소녀가 매달려 있었다.

긴 은발에 깜찍한 생김새. 그러나 지금은 괴로운 듯 표정을 찡그리며 헐떡거리듯 밭은 호흡을 하고 있다.

"이건…… 에밀리아 님, 대체 무슨 일이!"

"빠, 빵빵이."

"빵빵이……!"

"빵빵이가, 아파……."

"빵빵이가, 아프다……!"

힘들어하는 답변에 쥬스의 얼굴이 창백해졌다. 그런 뒤에 창백해진 얼굴로 포르투나 앞으로 돌아간 쥬스가 말했다.

"포르투나 님, 빵빵이란 대체…… 제가 과문하여 모르겠습니다만."

"빵빵이란 것은, 배를 말하는 거야. 즉……."

"빵빵이란 배! 즉, 배가 아픈 것입니까, 에밀리아 님!"

"으, 응, 맞아……."

포르투나의 답변에 쥬스가 놀라고, 이어서 에밀리아에게 사실 확인. 그의 말에 에밀리아가 끄덕였다. 빵빵이가 아프고 아파서 못 참겠다고.

——순 거짓말이었다.

2

애초에 에밀리아가 왜 배가 아프다는 거짓말을 하는 처지가 되었는가.

그것은 짧게 설명하면 에밀리아가 장난꾸러기이기 때문이지만, 근본을 짚으면 쥬스가 이끄는 검은 옷 집단, 혹은 쥬스의 존재 그 자체에 원인이 있다.

에밀리아가 '공주님 방' 에 구류된 동안, 광장에서 어른들이 몰래 물건의 수수를 하고 있던 것은 이미 주지의 사실이다. 또한 다른 기회에 몰래 쥬스와 접촉한 에밀리아는, 서로 비밀을 교환한 친구 사이라 여기고 있다.

포르투나도 그 사실을 알고 있을 텐데, 여전히 쥬스 일행이 숲에 올 때는 에밀리아를 따돌리고 있었다.

그 분개와 울분이 원인으로 계획된 것이 이번 작전. ——즉, 배가 아픈 척을 하면 포르투나 어머니도 당황하며 양보해 줄 거다 작전이다.

작전 내용은 '공주님 방' 에 남겨지기 전에 배가 아픈 척을 하고, 당황한 포르투나가 '뭐든지 해 줄게' 라고 말하면 '쥬스랑 만나게 해 줘' 라는 약속을 받은 다음 비밀을 밝히는 것이었다.

하도 주도면밀해서 에밀리아 본인부터 몸서리칠 수밖에 없는 작전이었지만, 실제로 실행에 옮기자 예상 밖의 사태로 발전했다.

포르투나가 생각하던 것 이상으로 당황했고, 어머니의 동요에 에밀리아까지 놀라서 그만 비밀을 밝힐 기회를 놓친 것이다.

그 결과, 포르투나가 에밀리아를 광장까지 데리고 나오는 바람에 에밀리아의 용태를 숲에 있던 전원이 알고 말았다.

이제 와서 거짓말이었다고 말하면 에밀리아의 명성은 땅에 떨어진다. 에밀리아는 기필코 이 거짓말을 끝까지 관철해야 했다.

"끄응, 끄응……."

"에밀리아, 정말 배가 아픈 거야? 꾀병이 아니고?"

"읏——!"

필사적으로 연기하는 에밀리아가 당치도 않게 대뜸 진실을 꿰뚫는 질문. 그 의문을 던진 것은 어른들 속에 끼어서 어른 행세를 하고 있는 어린이 아치였다.

아치는 '공주님 방'에 에밀리아를 두고 갔을 뿐만 아니라 에밀리아의 기특한 연기조차 간파하고, 곤란하게 만들려는 심보 같다. 이렇게 잔혹할 수가.

"아치, 무슨 소리를 하고 그러니. 꾀병이라니, 이렇게 힘들어 보이는데."

"하지만 포르투나 님, 에밀리아는 감기도 걸린 적이 없지 않습니까. 조금 상한 삼과 때문에 마을 모두가 고생할 때 에밀리아 혼자만 팔팔하던 적도 있고요."

"그렇게 튼튼한 에밀리아라도 괴로울 만큼 빵빵이가 아픈 거야."

광장 중앙에 눕혀져 열심히 연기하고 있는 에밀리아를 둘러싼 어른들이 이렇다저렇다 말을 주고받았다. 현재 가장 무서운 포르투나는 완전히 에밀리아 옹호파다. 적대 파벌의 급선봉은 아치지만, 그도 포르투나에게는 좀처럼 대들지 못한다.

"딱하기도 하시지, 에밀리아 님. 제가, 제가 대신해드릴 수만 있다면……."

그리고 그런 대립에는 끼지 않은 쥬스가 무릎을 꿇고서 에밀리아의 손을 잡고 있었다. 그는 눈에 슬픔을, 표정을 걱정으로 채우고 에밀리아의 손을 두 손으로 다정하게 어루만졌다.

"쥬스……."

"에밀리아 님은 저를 위해 다정하게 말을 걸어 주셨습니다. 하다못해 이번에는 제가 에밀리아 님을 위해서 기도를 올리게 해 주세요."

"기도, 하게……?"

"네. ——그 이상, 저희가 할 수 있는 일은, 이미 없기에."

느릿느릿 고개를 가로저은 쥬스의 초연한 말에 에밀리아는 눈을 크게 떴다. 그리고 힐끔 어른들에게 눈길을 주니 누구나 침통한 표정으로 침묵하고 있었다.

조금 전까지 말다툼하던 포르투나와 아치도 지금은 말이 없다. ——아니, 포르투나는 끝내 참지 못한 슬픔으로 입가를 가리고 살짝 어깨를 떨고 있다.

그 충격은 어린 에밀리아 마음속에서 천지가 뒤집힌 거나 다름없었다.

——설마 조금 장난치려던 것이 이 정도 사태로 파급될 줄은 몰랐다.

어머니에게 슬픔을 주고, 쥬스에게 걱정을 끼치고, 모두를 괴롭히는 건 완전히 예상 밖이다. 아니, 그게 아니다. 이것도 고려를 했어야 했다.

안이하게 사람의 관심을 끌고 자기만 편해지자고 획책한 결과가 이것이다.

"에밀리아, 어머니가 같이 있을게. 최소한 마지막까지 편안히……."

"어? 어?"

"더 많이 놀아 줄 걸 그랬어. 미안하구나, 에밀리아."

"어라? 잠깐, 저기요."

"에밀리아 님, 당신께 정령의 축복이 있기를. 그렇게 기도할 자격이 이런 저에게 있을지는 모르겠으나, 기도를 바치겠습니다."

"——으."

포르투나가 다정히 뺨을 어루만지고, 아치가 자신의 눈시울을 가리며, 쥬스가 진심을 담아 묵례하는 모습에 에밀리아는 완전히 두 손 들고 말았다.

도리어 자신이 진짜 병에 걸려 죽는 것이 아니냐는 생각마저 든다. 자연히 눈물이 치솟아서 에밀리아는 끝내 눈물을 뚝뚝 흘렸다.

"가엾은 에밀리아. 울 정도로 엄—청 배가 아프구나……."

"아, 아프지, 않아……. 아프지, 않아요……."

"에밀리아?"

"빵빵이, 아픈 거, 없어졌어. 없어졌어요. 그러니까……."

죄의식과 죽음의 공포에 견디다 못한 에밀리아는 마침내 자신의 거짓말을 고백했다.

혼날 것은 각오한 바지만 어쩔 수 없다. 자신이 죽을지도 모르는 것과 모두를 울리는 것을 저울질하면 어느 쪽이 무거운지는 명확했다.

"————."

에밀리아의 고백에 사람들이 일제히 얼굴을 마주 보았다.

아마도 에밀리아와 똑같이 다른 사람들도 천지가 뒤집힌 기분일 것이다. 설마 그렇게 힘들어하던 에밀리아의 말이 거짓말이라고는 믿을 수 없으리라.

어쩌면 모두에게 걱정을 끼치지 않으려는 거짓말이라 여길지도 모른다. 한두 번 더 반복해서 전하는 편이 나을지도 모른다는 생각마저 들었다.

"저기, 어머니, 배는 이제……."

"아프지, 않은 거지?"

"——응, 네."

포르투나의 되물음에 에밀리아는 구형을 기다리는 죄인의 심정으로 끄덕였다.

이만한 대죄다. 어떤 벌이 내릴지 몸도 마음도 얼어붙었다. 어쩌면 며칠 동안 간식을 못 먹고 자는 시간이 당겨질지도 모른다.

그러나 에밀리아의 그런 최악의 상상은 빗나갔다.

"다행이다, 에밀리아! 엄—청 다행이야!"

"와."

처분을 기다리던 에밀리아의 겨드랑이에 손을 넣은 포르투나가 그 몸을 들어 올렸다. 갑작스러운 상황에 에밀리아는 놀라지만, 그 목소리는 어른들의 환성에 삼켜져서 사라졌다.

포르투나만이 아니라 아치와 검은 옷을 입은 어른들도, 모두가 에밀리아가 무사한 것을 기뻐하고 있다. 물론 거기에는 쥬스의 모습도 있었다.

그는 포르투나에게 안긴 채 눈이 휘둥그레진 에밀리아의 머리를 부드럽게 쓰다듬고 말했다.

“건강하셔서 천만다행입니다, 에밀리아 님. ──앞으로는 이제 포르투나 님과 저희를 걱정시키지 않게 이불은 꼭 덮고 주무세요. 제발 부탁드립니다.”

“으, 응, 알겠습니다. ……미안해, 쥬스.”

“미안이 아니라, 감사의 말을. 소중한 사람을 걱정하는 것은 폐를 끼치는 게 아닙니다. 그리고 뭔가 친절한 대우를 받았으면, 사과가 아니라 고맙다는 말을.”

“──고마워, 쥬스.”

부드럽게 웃은 쥬스의 말에 에밀리아는 사죄가 아니라 감사를 돌려주었다.

미안이 아니라 고맙다고 말하자. 쥬스의 그 말은 어째선지 마음에 남았다.

그러고 싶다. 그래야 한다고 어린 마음에 강하게 새겨질 만큼.

그렇기에──.

“어머니도, 고마워. 걱정해 줘서…….”

“──그래, 정말로 그러게. 엄—청 걱정했어. 앞으로 그러지 말렴.”

“응. 긍정적으로 검토할게요.”

“……얘도 참, 어디서 그런 말을 배운 거람.”

사랑하는 딸의 대답에 포르투나는 곤란한 듯 눈썹을 휘었다가, 아름답게 미소 지었다.

3

"이상한 연극에 어울리게 해서 미안해, 쥬스."

"아뇨, 아뇨. 당치도 않은 말씀입니다. 포르투나 님과 에밀리아 님을 위해서라면 얼마든지 저를 부려 주십시오. ……처음에는 잠시 숨이 멈추는 줄 알았습니다만."

쥬스는 옆에서 걷는 포르투나에게 쓴웃음을 보낸 뒤에 가볍게 허리를 들썩여 등에 업은 에밀리아의 위치를 수정, 떨어뜨리지 않게 주의했다.

넓은 등판에 몸무게를 내맡긴 에밀리아는 지쳐서 잠에 푹 빠져 있었다. 지금은 귀여운 숨소리를 내며 쥬스의 검은 법의에 침을 바르느라 바쁜 눈치다.

"아, 에밀리아 얘가 침을…… 갈아입을 로브가 집에 있던가."

"이쯤이야 별일 아닙니다. 그리고 에밀리아 님의 침이라면 저희에게는 축복이나 마찬가지. 신성한 것이라 해도 과언은 아니지 않을까요."

"엄—청 과언이고, 뭐하면 엄—청 기분 나쁜 발언이라 생각하는데……."

미묘하게 맥락이 엇나간 쥬스의 의견에 포르투나가 쓴웃음을 섞으며 갸웃거렸다. 그 뒤에 그녀는 남보랏빛 눈에 편안한 딸의 자는 얼굴을 비추었다.

"이걸로 반성해서 이상한 짓을 하지 않으면 좋겠는데."

"크게 반성하며 본인을 돌아보시긴 했을 겁니다. 그리고 뭘 숨기지 못하는 모습도 흐뭇하더군요. 저는 이대로 건전하게 자라주시길 바라마지 않습니다."

"자라도 이 상태라면 걱정되어서 눈을 떼지 못할 것 같아서 무섭네. 지킴이의 역할을 아치에게 양보해도 옆에서 떨어지지 못할 성싶어. ……그건 지금도 그런가."

딸이 귀여워서, 걱정되어서, 곁에 있고 싶어 못 견딜 지경이다.

포르투나의 말에서 그런 친애를 느낀 쥬스는 말없이 그저 입에 미소를 머금었다. 그대로 잠시 침묵을 선택하는 두 사람.

하지만——.

"어머니, 울보……. 쥬스랑, 똑같이……. 아이 참—."

"————."

에밀리아가 음냐음냐 더듬거리는 잠꼬대로 그런 소리를 떠들었다. 그 내용에 무심코 두 사람은 얼굴을 마주 보다가 웃음을 터트렸다.

"꿈속에선 어느 쪽이 보호자인지 모르겠네."

"분명히 듬직하게 크실 겁니다. 포르투나 님도 어릴 적에는 이렇게 개구쟁이라……."

"그렇게 몇십 년이나 전 얘기를 꺼내지 마! 이러니까 남의 어릴 때를 아는 사람이란! ……언제까지고 어린애 취급하지 말아줘."

쥬스의 한마디에 포르투나가 항의하고 얼굴을 팩 돌렸다. 그 행동에 쥬스는 당황하며 "아뇨, 그럴 생각으로 한 말이." 하고 변명하기 시작했다.

심사가 꼬인 포르투나에게 쥬스가 변명을 늘어놓느라 애를 먹고.

"싸움은, 그만……."

잠꼬대로 중재하는 에밀리아의 말에 두 사람이 다시 웃음 지을 때까지 그 상황은 이어졌다.

《끝》

『클레말디 숲 팀 ~다시는 돌아오지 않는 나날~』

(제14권 · 멜론북스 특전)

1

몸속 깊은 곳에, 자기 스스로는 어떻게도 못할 무언가가 꿈틀대는 감각이 있었다.

얼어붙을 만큼 뜨겁고, 불탈 만큼 차갑다. 짓뭉개질 만큼 가볍고, 갑갑할 만큼 빙빙 휘둘린다. 눈부실 만큼 탁하고, 거무칙칙한 빛 속으로 떨어진다.

“——크, 아, 후.”

어금니를 깨물어 엄습하는 그 충동을 필사적으로 참으려 든다.

단순한 고통이라면 울고불고 호소하면 된다. 그러나 이것은 그냥 고통이 아니다.

숨이 막힐 정도의 고양감이, 상쾌할 정도의 폐쇄감이, 온갖 감각이 육체의 중심에서 소용돌이를 그리며 동시 진행으로 정상과 이상을 오간다.

의사를 찾아가도 헛걸음이었다. 이 고통은 아무도 이해하지 못한다.

전례가 없으며 이해가 닿지 않는 것에 인간은 무섭도록 냉혹해질 수 있다. 상상이 미치지 않는 고통이 존재하기는 하느냐는 것처럼 생각하기에, 자신은 가족에게도 골칫덩이 취급이다.

능력은 있다. 재능에도 축복받았다. 하지만 유일한 결점이 치명적이라고 누구나 이야기한다.

정기적으로 찾아오는 이 고통은 시간도 장소도 가릴 줄 모른다.

소중한 식전, 남과의 약속, 집안의 장래에 관한 상황이더라도 고통은 구분 없이 찾아온다. 그리고 육체와 정신을 좀먹고 시야를 붉게 물들이는 것이다.

그 상태에 빠지면 자신은 평정을 잃고 짐승이나 다름없이 날뛰며 몸부림친다. 침을 흘리고 마냥 신음하는 인간을, 같은 인간으로서 대등하게 대할 수 있는 이는 소수다. 적어도 여태까지 부모형제 중에도 그런 마음을 가진 사람과 만난 적은 없다.

따라서 이 고통은 누구에게도 전해지지 않는다. 그저 자신의 팔자로 받아들인다.

고통은 해마다 심해질 뿐이라, 예조를 느끼자마자 인기척이 없는 곳으로 달려가는 것이 상례였다. 이번에도 우연히 자신의 방이 가까워서 다행이었다. 이로써 몇 시간은 혼자가 될 수 있다. 고통 자체는 며칠 동안 이어지지만 한나절만 있으면 일상으로 돌아갈 수 있다.

그러기를 기다리고——.

"——과연, 이건 중증이군. 참 용케도 여태까지 홀로 버텨 왔어."

"——누, 누구죠?!"

문을 잠그고 침대에 쓰러지기 직전이었다. 거칠게 오르락내리락하는 시야에 뛰어들려던 침대에 앉은, 낯선 인물과 눈이 마주쳤다.

"아——."

그 모습에 갈라진 숨이 새어 나왔다. 놀란 것이 아니다. 아마도 환희다.

눈처럼 아름다운 백발을 길게 기르고, 검은 드레스를 걸친 여성이었다. 날카로운 검은 눈을 가늘게 뜬 채 주의 깊게 관찰하는 얼굴 생김새는 상궤를 벗어나게 아름다웠다. 그것은 친숙해진 고통이 새로운 자극으로 환각을 보여 주기 시작했는지 착각할 정도로 현실감이 없는 미모였다.

하지만 그 미모는 자신이 환상이 아님을 증명하듯이 일어나서 뻣뻣하게 서 있는 자신의 가슴을 하얀 손가락으로 살며시 건드렸다.

그리고——.

"——쌓인 마나를 발산할 방법도 모르다니, 낮은 이해도는 한탄스럽군."

"어, 헉……."

여성이 무슨 말을 중얼거리고 눈썹을 찌푸렸다. 그 순간 참아내지 못한 충동이 위장을 타고 치솟았다.

직후, 충동은 위액과 반쯤 녹은 점심 식사가 되어 넘쳐 나오고, 가슴에 닿은 여성의 팔과 자신의 옷을 요란하게 더럽혔다. 신맛이 나는 냄새가 차오르고 수치심에 얼굴이 화끈해졌다.

고통보다 먼저 부끄러움이 있었다. 그것은 남 앞에서 토한 일이 아니라, 눈앞의 여성을 더럽힌 행위에 대한 수습할 수 없는 후회의 마음이었다.

바로 사과하려 했다. 하지만 여태까지 배운 예의범절 중에는 이만한 무례를 사과할 방법은 포함되지 않아서 창졸간에 말이 나오지 않았다.

따라서 이어진 여성의 행동에 사고는 이미 완전히 날아갔다.

"———."

숨이 바로 닿을 거리에—— 아니, 숨조차 끼어들지 못할 거리에, 여성의 얼굴이 있었다.

——그것은 입맞춤이었다.

여성은 구토한 입술에 그 분홍빛 입술을 붙이고, "음." 하는 쌍방의 날숨이 섞였다.

갑작스러운 상황에 미동도 하지 못한 채 여성의 입술을 무방비하게 받아들였다. 뜨겁고 부드러운 혀가 치열을 가르며 침입하는 미지의 체험에 뇌수가 저릿해지며 타들어 갔다.

한순간일까, 몇 초일까, 혹은 몇십 초일까. 이윽고 둘의 입술이 천천히 떨어졌다. 떨어진 입술 사이를 타액의 실이 잇자 여성은 슬쩍 손가락으로만 실을 끊고 물었다.

"어떻지? 조금은 편해지지 않았나."

"어……."

갑작스럽고 느닷없이 덧붙인 물음에 순간 대답하지 못했다.

바보처럼 멀거니 선 모습에 여성은 "흠." 하고 갸웃하다가 다시 가슴에 손바닥을 붙였다.

"심장 박동이 빠르군. 하지만 쌓아 둔 마나는 직접 빨아냈을 텐데……."

"무, 무슨 짓을 하시는 겁니까! 여성이, 이런 짓을……."

"어이쿠."

가슴에 닿은 팔을 떼고 그 경솔한 행동을 나무란다. 여성은 그 행동에 뜻밖이라는 듯이 눈썹을 세우더니, 잡힌 팔과 잡은 상대의 얼굴을 번갈아 쳐다보았다.

"아무래도 방금은 내가 조금 경솔했던 모양인걸. 그나저나 남을 걱정할 여유가 있다는 말은, 네 고비도 넘긴 모양이야."

그 지적에 눈썹을 찌푸렸다가 금세 깨달았다. 그 고통이 지금은 어디에도 없다.

지금부터 몇 시간과 며칠을 들여 서서히 가라앉힐 고통이었다. 그것이 어느 틈에 사라졌을 뿐만 아니라 기묘한 상쾌감에 심신이 끓어오르고 있었다.

"체내의 마나를 적절하게 조정하면, 그것은 영혼의 충족으로 연결되지. 과하면 어떤 것이든 독이 되는 건 말할 필요도 없어. 네 경우에는 특히 현저했지."

"마나…… 그건, 아마, 마법과 관련된……."

"이 근방에서는 그 정도밖에 모르는…… 아니, 마법과 관련된 줄 아는 사람만 해도 드물려나. 그렇다고 해도 그게 목숨에 관련되면 좋지 않지."

느릿느릿 고개를 가로저은 여성은 실망을 숨기지 못한 기색이다.

그런 그녀를 앞에 두고서, 방금 그녀가 설명해 준 내용을 고찰했다. 그것이 말실수나 잘못 들은 것이 아니라면.

"당신은, 제가 앓는 이 지병의 원인을 아시는 겁니까?"

"먼저 말해 두겠지만 네 증상은 병이 아니야. 지극히 한정적인 재능을 가진 이에게 한정적인 상황에 찾아드는 불행――『발마기(發魔期)』라는 것이지."

"발, 마기……."

"매우 희귀한 사례야. 그렇기에 오늘까지 아무도 너를 이해하지 못했을 테지."

기억에 없는 단어. 그러나 묘하게 가슴에는 수긍되는 감각이 있었다. 여성의 맑은 음성에는 자연히 마음의 긴장이 풀린다. 어째선지 그 말이 사실이라고 믿을 수 있었다.

――아니, 어쩌면 단지 믿고 싶었을 뿐일지도 모른다.

아무도 이해하지 못하고 알아주지 못하리라 믿던 고통을, 그것을 안다고 말해 줄 누군가를 만나고 싶었을 뿐인지도 모른다.

왜냐면, 그 증거로――.

"저는……."

"나는 너와 같은 고통을 알고 있어. 어릴 적에는 게이트 다루는 재주가 서툴렀거든. 지나치게 쌓인 마나에 시달리면서, 주위의 몰이해를 억울하게 여겼더랬지."

"――아."

그 말을 계기로 마지막 둑이 무너져 눈물이 흘렀다.

파란 두 눈에서 끊임없이 눈물이 흐르며 몸을 가누지 못했다. 무릎을 꿇고 얼굴을 가린 채 흐느끼는 어깨를, 몸을 숙인 여성이 자상하게 토닥여 주었다.

"다, 당신은, 대체……."

"나는 마녀야. 가끔 선행도 하는 나쁜 마녀지. 너는?"

"저는……."

마녀라 자칭한 여성의 질문에 조용히 숨을 들이마시며 대답하기를 망설였다.

친가에서는 골칫거리 취급받으며 집안에 있을 자격이 없다며 쉬쉬하고, 본인도 그 말이 맞지 않나 믿고서 성씨를 밝히는 행위에 죄책감조차 품고 있었다.

하지만 이 순간, 이때만큼은, 그 부끄러움조차 용납되지 않을 기분이 들었기에.

"저는——."

2

"——그것이, 내가 처음으로 선생님과 만났을 때의 일인데 말이야."

쑥스럽게 웃으며 쪽빛 머리카락의 소녀—— 로즈윌은 뺨을 손가락으로 긁었다.

그의 이야기에 귀를 기울이던 것은 분홍 머리 소녀와 호화로운 롤 머리 소녀——각각 류즈와 베아트리스 2인조였다.

장소는 클레말디의 숲, 결계 촌락에 있는 세탁장 한구석이었다.

나무 사이에 친 밧줄에 걸린 빨래가 햇살과 바람에 마르는 모습을 지켜본다. 그런 자그마한 여유 시간에 로즈월은 둘에게 추억을 들려주고 있었다.

일의 발단은 호기심이 왕성한 류즈가 "로즈월 님은 에키드나 님과 어떻게 만나신 건가요?" 하고 별생각 없이 질문한 것이었다.

그 질문에 대답하고자 로즈월은 스승과의 만남을 털어놓았다. 그 자리에 본인이 말하기로 우연히 베아트리스도 동석해 있었고.

정말 베아트리스는 솔직하지 못하다고 로즈월의 쓴웃음이 흘러나왔다.

"저, 저기, 로즈월 님, 죄송합니다."

"응?"

쓴웃음 짓는 로즈월에게 죄송스러운 눈치로 류즈가 고개를 숙였다. 그녀는 사랑스러운 얼굴 이곳저곳을 굳히며 "그도 그럴게." 하고 말을 이었다.

"그렇게 소중한 이야기를 함부로 여쭈다니…… 자기 자신이 부끄러워서."

"뭘, 그럴 만한 게 아니야. 말하기 싫었으면 둘러댈 일이지. 그러지 않은 것은 단순히 내가 선생님을 자랑하고 싶었을 뿐이라 그렇고. 나 자신의 미숙한 과거를 부끄러워하지 않아도 될 만큼, 선생님과의 만남은 특별했었지."

과거를 돌아보고, 스승——에키드나와의 만남이 없었을 때를 생각하면 섬뜩하다.

그녀의 말이 없었으면 로즈웰은 지금도 자신의 게이트가 특별한 줄 모른 채 부풀어 오른 마나의 고통을 원인불명의 병이라 믿으며 고독하게 투병 중이었을 것이다.

아니면 더 일찍 세상을 비관하며 성급한 방법으로 끝을 보았을지도 모르고.

"그런 일이 생기지 않고 부모와 형제를 후회시키며 메이더스 가문을 장악한 것도, 다 선생님 덕분이야."

"그런가요. 그건 정말…… 어라? 장악……?"

불온한 어감에 솔직하게 감탄하려던 류즈가 당황한 표정을 지었다. 그런 귀여운 반응에 웃음을 띠다가 로즈웰은 류즈의 옆으로 눈길을 돌렸다.

그쪽에는 짧은 팔로 팔짱을 낀 채 시치미 떼며 딴청을 피우는 베아트리스가 있었다. 아마도 이야기를 듣지 못한 척 가장하고 있는 것이리라. 전혀 가장을 못 하고 있지만.

"어땠어, 베티. 나와 선생님의 첫 만남 이야기는."

"어떻든 말든, 전혀, 하나도, 조금도 듣지 않은 것이야. 그리고 베티라고 부르지 마. 게다가 첫 만남이라니 어머니께도 너무 스스럼이 없는 표현이지."

"그렇지, 그냥 계기일 뿐이야. ──하지만 나는 그때 선생님이 하신 말씀을 전부 기억하고 있어."

원하던 말을 선사받고 바라던 구원을 얻은 경험이다. 무엇보다 에키드나는 그냥 구하기만 했을 뿐이다. 보답은 아무것도 요구하지 않았다.

선행이라고 에키드나는 말했었다. 그리고 그것은 정확히 행동으로 증명되었다.

"그러니까 됐다고 하시는데도 어머니께 헌신하려고 들지. 어머니께도 폐가 따로 없는 것이야. 물론 베티에게도 그래."

"베아트리스 님, 그런 식으로 말씀하시면……. 그리고 로즈월 님의 기분은 저도 이해가 갑니다. 저도 에키드나 님께 구원받은 사람이니까요."

"끙……."

얄밉게 말하던 베아트리스가 류즈의 타이름에 입술을 삐죽였다. 그렇게 말한 류즈의 손가락은 본인의 귀—— 남보다 약간 긴, 아인족의 증거를 만지고 있었다.

그녀의 경우, 그 귀의 특징이 가진 의미는 약간 남보다 크다. 몸에 흐르는 피도 그다지 길지는 않은 류즈의 인생에 많은 고난을 선사한 원인일 것이다.

그 씻어내지 못한 비탄이, 이곳에서 조금이라도 걷힌다면 좋겠다.

그렇다면 로즈월도 자신이 에키드나의 제자라며 가슴을 펼 수 있다.

——그때, 에키드나가 자신에게 해 준 것과 같은 일을 할 수 있으면.

"흥, 뻔뻔한 남자인 것이야. 감사를 강요하다니 어쩜 기개가 없는지 모르겠어. 그래 갖고 어머니께 접근하겠다니 백 년은 이른 것이야."

"하지만 베아트리스 님도 곧잘 '똑바로 감사하도록 해' 하고 말씀하시는데요……."

"너, 베티하고 로즈웰 중 누구 편이야!"

기대가 빗나간 베아트리스가 덤비자 류즈는 움츠리며 사과하기 시작했다.

호기심에서 나온 질문도 그렇지만, 신중한 시각으로도 류즈는 의외로 말주변이 좋다. 아마 그런 점이 베아트리스에게 기죽지 않는 이유일 것이다.

좋은 친구 관계로 보인다. 그 부분에서 로즈웰은 베아트리스에게 완패하고 있다.

자신을 구원해 준 에키드나. 그녀에게 도움이 되게, 그녀의 힘이 될 수 있게, 몇 년에 걸쳐 로즈웰은 이만한 토양을 쌓아 올렸다. 덕분에 친가를 장악하고 명문 귀족의 당주에 부끄럽지 않은 지위는 얻었지만, 인간관계까지는 손을 뻗지 못했다.

부모는 멀리하고 형제와도 소원해졌으며, 연고가 아니라 능력으로 사람을 뽑았다. 그 결과, 로즈웰은 확고한 연결이 있는 상대 말고는 지금도 거리를 좁히지 못한 것일지도 모른다.

그렇기에 베아트리스와 류즈의 관계가 로즈웰에게는 흐뭇했다. 선망은 하지만 그 이상으로 기쁘다.

어머니가 있고, 친구가 있고, 요구받는 역할이 있어서 그녀는 고독하지 않다. 로즈웰 본인도 그 인연 중 하나라면 좋은 일이다.

"……그, 묘하게 뜨뜻미지근한 눈매는 뭐야. 마음에 안 들어."

침묵하며 둘의 대화를 지켜보던 로즈월에게 베아트리스가 트집을 잡았다. 예쁘장한 얼굴이 새침해진 그녀는 팔짱을 끼고 가슴을 폈다.

"하고 싶은 말이 있으면 하지 그래. 받아주겠어!"

"나는 너를 사랑해, 베아트리스."

"토 나오는 소리 하지 마——!!"

"어이쿠야, 이거 무섭네, 무서워."

받아주겠다고 한 말은 즉각 취소한 베아트리스가 언성을 확 높였다.

그 모습에 로즈월이 벌떡 일어나 도망치자 노발대발한 베아트리스가 매섭게 쫓아 달리기 시작했다. 빨래를 신경 쓰면서도 류즈가 그 뒤를 따라갔다.

"하하하하! 어디, 나 잡아 봐라—!"

"이, 이게 바보로 보고 있는 것이야! 반드시 붙잡아서 뜨거운 맛을 보여 주겠어!"

"베아트리스 님! 로즈월 님! 기다려…… 후훗, 아핫."

시끄럽게 떠드는 세 사람이 일을 내팽개치고 촌락 안에서 술래잡기를 벌였다.

그런 모습을 멀리서 바라보던 마녀가 홀로 나직이 중얼거렸다.

"……남매 싸움이 요란해지지 않게 말려야겠군. 나 원."

《끝》

HAHAHA

『에밀리아 진영 대반성회』

(제15권 · 토라노아나 특전)

1

“늘 그렇지만 작은아버지는 너무 제멋대로 구셔요!”

목청 높여 분노의 잔소리를 퍼부은 것은 팔짱을 낀 어린 소녀였다.

소녀는 짙은 쪽빛 머리카락을 매듭지어 머리 위에 땋아 올리고 늠름한 인상을 주는 포멀 드레스를 걸치고 있었다. 부드럽고 단정한 이목구비는 미려하다고 표현할 수밖에 없지만, 그것이 지금은 눈썹을 바짝 세우며 분노를 드러내고 있어 섣불리 칭찬하는 말도 던질 수가 없었다.

그리고 그런 소녀의 분노를 받으며 쓴웃음 짓는 것은 같은 머리색에 키가 크고 좌우의 색이 다른 눈을 가진 광대 같은 풍모의 남자였다.

“폐를 끼쳐서 미안하아—게 됐어, 안네로제. 하지만 너까지 『성역』에 발길을 옮길 필요는 없었는데. 오느라 고생했지?”

“제가 이렇게 발길을 옮기지 않았으면 대체 누가 작은아버지께 똑바로 불만을 표할 수 있겠어요. 정말이지! 다들 작은아버지께 무르니까 이렇게 제멋대로 폐를 끼치는 태도가 되는 거예요. 다 큰 어른이니 반성해 주세요."

"이건 또 참, 너에게는 늘 체면이 말이 아니야아—. 하지만, 그래. 미안하다."

쓴웃음이 깊어진 남자—— 로즈월은 어깨의 힘을 빼고 소녀에게 순순히 고개를 숙였다.

사과하는 로즈월의 모습에 소녀의 눈이 동그래졌다.

"안네로제? 왜 그러지?"

"그야, 작은아버지께서 이렇게 얌전히 사과하시다니…… 무슨 일 있으셨나요? 혹시 뺨이 새빨간 것과 관계가 있나요?"

자신의 분홍빛 뺨을 만지던 소녀가 로즈월의 뺨—— 붉게 부은 곳을 손가락으로 가리켰다. 그 기적에 로즈월은 "아아, 응." 하고 수긍했다.

"보다시피 대차게 따귀를 맞고 나동그라져서 말이야."

"세상에! 작은아버지의 얼굴을?! 대체 어느 분이 그런 짓을 하셨대요!"

놀라서 입에 손을 댄 소녀가 묻자 로즈월은 등 뒤로 고개를 돌렸다.

그러자 그곳에는 소녀와 함께 찾아온 용차 대열을 앞두고 소란스러운 집단이 있었다. 로즈월은 그중에 서 있던 금발 소녀—— 가필을 손가락으로 가리키고 대답했다.

"저 친구야. 아니, 나를 때린 것은 저 친구만이 아니지만 가장 세게 친 것은 저 친구거든. 아예 집의 벽을 뚫고 지나갈 만큼 날아갔지.”

“어떻게 그런 일이……! 제가 잠깐 한마디하고 오겠습니다!”

소녀가 충격을 숨기지 못한 표정으로 쌩하니 가필에게로 뛰어갔다. 소녀의 접근을 알아챈 가필이 약간 경계한 표정을 지었다.

“오오? 뭐냐, 꼬맹이.”

“당신! 작은아버지께서 날아갈 만큼 때렸다면서요!”

안네로제가 척 손가락질하며 외치자 가필은 눈을 크게 떴다. 그러던 가필은 “핫.” 하고 이를 딱 부딪쳤다.

“그래. 무슨 불만이라도…….”

“장래가 아주 유망해요, 당신! 만약 작은아버지께 무슨 말 들으면, 언제든 저에게 이르러 오세요! 제가 당신 편이 되어드리겠어요!”

“오? 오, 오오…….”

안네로제는 그런 말로 가필을 곤혹에 빠트렸다.

“이거야 원…… 정말로 체면이 말이 아니군.”

거기에다 더더욱 로즈월의 입지가 좁아지게 만들기까지 했다.

2

“안네로제 밀로드라고 한답니다. 작은아버지의 메이더스 가문에는 분가에 해당하는…… 일단 먼 친척인 셈이 되지요. 잘 부탁드리겠습니다.”

그렇게 당당히 소개한 안네로제는 완벽한 예법에 따른 인사를 선보였다.

행동 구석구석까지 두루 미친 자의식이, 아직 열 살에도 못 미치는 연령의 소녀가 가진 귀족의 풍격과 그 높은 순도를 주위에 쉽게 주지시켰다. 짙은 쪽빛 머리카락이 안네로제의 설명대로 로즈월과의 혈연을 증명하고 있지만――.

"로즈월의 친척 같지 않을 만큼, 멀쩡한 애네……."

"가장 가까이 있는 거야 알겠지만 변경백을 귀족의 기준으로 삼으면 옳지 못한 게 아닐까요. 메이더스 변경백이 별종이란 건 유명하고요."

"하긴 그야 그런가. 왕성에서도 웬만한 귀족들은 상상대로였으니."

깊이 공감하며 스바루가 중얼거리자 오토가 애매한 표정으로 "그렇겠죠." 하고 수긍했다.

그런 대화를 아랑곳하지 않은 채 안네로제가 마중을 위해 데려온 집단은 속속 『성역』에―― 촌락에 들어와 백 명 이상이 되는 승객들을 나누고 있었다.

경사롭게 해방된 『성역』이지만, 그 상태는 참담한 몰골이다.

여하튼 일단 대토(大兎)의 습격을 부른 폭설이 있었고, 그 마수를 섬멸하기 위해 에밀리아의 분전, 스바루와 베아트리스의 첫 출전이 잇따른 것이다.

로즈월도 크게 지쳤으며 에밀리아도 족쇄가 풀린 자신의 힘을 제어하느라 당황한 와중이라 제설(除雪)은 자연의 힘에 의존할 수밖에 없었다. 따라서 『성역』은 계절을 잘못 찾은 한파가 잔류

한 상태여서 한때라 해도 시급한 피난이 필요했다.

"거기서, 멋진 타이밍에 와 준 것이……."

"——주인어른의 지시를 받아 사전에 준비를 갖추고 있던 저희지요. 황공."

"우와와아아학?!"

자연스러운 흐름으로 대화에 끼어들어서 스바루와 오토가 동시에 펄쩍 뛰었다. 놀란 둘의 모습에 파란 머리 청년이 "이거 실례를." 하고 고개를 꾸벅 숙였다.

청년은 짙은 파란색 머리카락을 정돈하고 냉철한 인상의 얼굴을 왼쪽 눈에 쓴 단안경으로 꾸미고 있었다. 검은 집사복을 두른 몸은 말랐지만, 육체는 완벽하게 탄력적으로 단련되어 문외한이 보아도 한 치의 틈도 없는 분위기를 살펴볼 수 있었다.

"으, 으음, 당신은 분명히……."

"안네로제 님의 가령을 맡고 있는 클린드라고 합니다. 이전에는 주인어른…… 로즈월 L. 메이더스 님 밑에서 역시 가령을 맡고 있었습니다. 외람."

"가령이라면…… 집사나 메이드 중에서 가장 높은 사람 비슷한 직책이지?"

"예, 맞습니다. 총명."

끄덕인 클린드의 답변에 스바루는 등줄기에 찌르르한 감촉을 느꼈다.

안네로제의 몸짓에도 감탄했으나 클린드의 거동은 그 이상이었다. 뭐라고 말해야 할까, 과도하게 반듯해서 되레 기분이 나쁘다.

Clind
Annerose

"실례합니다, 클린드 씨. 방금 사전에 준비하셨다고 말씀하셨나요?"

"예. 주인어른께는 사전에 연락을 받았었습니다. 내정관이신 오토 스웬 님이시군요. 이미 이야기는 들었습니다. 유능."

"그 이야기, 제가 미묘하게 방치되고 있어서 납득이 못할 부분이 있는데 말이죠!"

신변의 진퇴에 오토가 떠드는 모습을 힐끔거린 스바루는 "진짜냐." 하고 작게 중얼거렸다.

이, 안네로제가 이끄는 구원대가 사전에 수배된 거라면, 그것은 당연히 로즈월의 『예지의 서』의 내용을 실현한 뒤 필요하다고 판단했다는 의미다.

결과적으로 적힌 내용과 다른 미래로 진행한 상황이지만, 참 얄궂은 구세주였다.

"——덕분에 주인어른의 주박(呪縛)도 일부 풀릴 테지요. 감사."

"헤? 방금, 뭐라고?"

"슬슬 공복을 느끼실 때가 아닌지? 식사를 드시지 않겠습니까, 라고. 반복."

"아니, 그런 소리 절대 안 했거든?! 왠지 훨씬 중요할 법한 소리 했었거든?!"

명백하게 얼버무리는 소리에 항의하지만 클린드는 눈썹을 찌푸리며 어깨를 으쓱였다. 못 말리겠다는 듯이 한숨을 쉬며 스바루의 추궁에 응답할 자세를 전혀 보이지 않았다.

그 태도를 보자마자 로즈월 저택의 관계자라는 말에 설득력이 생겼다. 그리고 그런 식으로 스바루가 클린드에게 현혹되고 있는 와중에.

"또 그렇게…… 남을 놀리는 고약한 버릇, 슬슬 고치지 그래요, 클린드."

"프레데리카는 구면인가……. 아, 당연하긴 하네."

두고 보다 못해 다가오는 프레데리카의 스바루의 말에 "네." 하고 심히 못마땅한 표정으로 끄덕였다.

"안타깝지만 오랜 관계지요. 클린드는 주인어른을 오래도록 모시고 있었기에…… 저도 신인 시절에는 신세를 졌답니다."

"그렇게 오랜 관계의 선배치고는, 유독 신랄한걸……."

"그렇지요. 확실히 능력으로 치면 가령에 어울린다고 평가할 수 있습니다만…… 이 남자에게는, 그것으로 메꾸지 못하고도 남을 만한 결점이 있으니까요. 특히……."

관계가 긴 만큼 푸념이 쌓였는지, 프레데리카가 이것저것 불만을 늘어놓으려 했다. 하지만 그 전에 작은 인영이 달려왔다.

"프레데리카 언니! 광장에, 마을 사람들은 다 모였어요. 다음은 어떻게 할까요."

"페, 페트라! 안 돼요, 지금 이리로 오면!"

"네?"

마을 사람 모두를 용차로 유도한 페트라가 다음 지시를 원하며 프레데리카에게 달려왔다. 그런 페트라의 모습에 프레데리카가 안색을 바꾸었지만, 늦었다.

깨달았을 때에는 이미 놀라는 페트라 바로 앞에 그 남자—— 클린드가 서 있었다. 눈으로도 잡지 못할 속도에 전원이 경악한 가운데, 그는 페트라를 내려다보다가 끄덕였다.

"——과연. 이것은 매우, 현재 유망한 아이입니다. 합격."

"혀, 현재……? 장래가 아니고요?"

"예, 현재입니다. 가능성의 화신인, 어린 지금이야말로 당신에겐 최고의 가치가 있습니다. 과거에는 프레데리카도 그랬습니다만, 지금은 저 꼬락서니…… 낙담."

"적당히 하시어요, 이 변태!"

거리를 좁힌 프레데리카가 자못 가차 없는 발차기를 클린드에게 날렸다. 클린드는 등 뒤에서 날아오는 발차기를 보지도 않고 회피, 미끄러지는 듯한 움직임으로 페트라 뒤로 돌아갔다.

"우히약."

"비, 비겁해요, 비열한! 당당히 승부하시어요!"

"승부라니 이상한 소리를. 나는 단지, 이 현재 유망한 소녀—— 그래, 페트라의 업무 활동에 대해 여러 가지로 조언하고 싶을 뿐. 선의. 어찌하여 너는 훼방을? 불가해."

"이 인간이……!"

끝까지 태연한 클린드에게 프레데리카가 매섭게 공격을 가하지만 그는 모조리 페트라를 사이에 끼고서 회피했다. 폭풍우 속에 삼켜진 페트라는 "와와와왓." 하고 정신을 차리지 못하지만, 전투는 더욱 과격해질 뿐이었다.

"아— 나츠키 씨. 저건 제가 어떻게든 해 둘 테니 에밀리아 님

계신 곳에 갔다 오는 편이 낫지 않을까요."

"그건 진짜 고마운데, 어떻게든 하겠다니 뭘 어쩌게……."

"어떻게든 말이죠. 뭐, 앞날을 감안하면 일단 이 정도 난제는 돌파해 둬야겠단 걸까요."

어깨를 으쓱인 오토의 말에 스바루의 눈이 동그래졌다. 그리고 곧 친구의 배려와 결단에 시선을 피하고 그 등짝을 거칠게 두드렸다.

"아파! 잠깐, 뭐 하는 거예요, 갑자기!"

"신경 쓰지 마. 그럼 뒷일은 맡겼다, 내정관님."

그 말을 끝으로 스바루는 급히 그 자리를 뒤로했다.

뒤에서 "그 얘기는 수긍하지 못했거든요!" 하는 소리가 들렸지만, 그건 여태까지와 똑같이 흘려들었다.

그런 식으로 스바루는 발 빠르게 광장 쪽으로. 묘소 앞, 계단이 있는 곳에 문제의 에밀리아가 안네로제와 대화를 나누는 중이다. 거기로 달려간다.

"음, 스바루, 늦었어. 뭐하던 것이야."

그런 스바루를 가장 빨리 알아챈 것은 계단 위에 앉아 있던 베아트리스였다. 그녀는 치마를 털고 일어서더니 다가오는 스바루 옆에 자연히 붙었다.

"오오, 미안, 미안. 잠깐 오토랑 잡담하던 중에 이상한 태풍에 말려들어서 말이야……. 베아코, 너, 단안경 쓴 집사에겐 절대 접근하지 마라."

"——? 왜 그런 소릴? 그 집사가 대체 무슨 짓을……."

"무조건. 부탁한다, 베아코. 나는 네가 소중해. 상처받지 않길 빌어."

"아, 알겠어. 그, 스바루가 그렇게까지 말한다면 어쩔 수 없이 따라야지."

진지한 표정으로 호소하자 베아트리스는 붉은 얼굴로 끄덕끄덕 수긍했다. 이걸로 일단 베아트리스가 위험한 상황에 처할 우려는 줄었을 것이다.

나머지는 이후 클린드와 그녀의 접촉을 어떻게 회피하는지 애쓰기에 달렸다.

"……눈치를 보니 클린드와 마주친 모양이구나."

안도와 흐뭇함에 스바루가 베아트리스의 머리를 쓰다듬고 있으려니, 람이 말을 건넸다. 그녀는 자신의 팔꿈치를 안은 평소의 자세로 연홍빛 눈을 가늘게 뜨며 말했다.

"람은 한동안 얼굴을 보지 못했지만 그 구제할 길 없는 성격은 건재한 모양이야."

"아— 당연한 거지만 너도 구면이겠어. 그렇게 나이스 가이인데 로리콘이라니, 신은 잔혹한 짓을 하더라……."

" '나이스가이' 도 '로리콘' 도 뭔지 모르겠지만, 저건 진성이니까. 람도 어리고 총명하던 시절에는 유난스럽게 친절한 대우를 받았어. 아마……."

"아마?"

"——아마 렘도 그랬을 테지."

살짝 눈을 내리깐 람은 확인하듯이, 혹은 자기 자신에게 타이르듯이 말했다. 그 말에, 스바루의 가슴에도 둔통이 스쳤다.

렘의 존재, 그녀의 기억, 그것은 지금도 사라진 상태다. ——저택에서 무사히 데리고 나온 렘과 람의 재회는 역시 복잡한 결과가 되었다.

이전에도 스바루는 람의 기억에 렘이 없다는 사실에 상처를 받았지만, 그것은 이번에도 마찬가지였다. 다만 전과 다른 점은, 이 세계에는 람과 렘에게 이후가 있다는 것.

렘을 되찾는 것을 전제로, 람은 그녀의 존재를 자각까지는 못해도 여동생이라고 인정하며 받아들여 가까스로 수용할 태도를 보이고 있다. 그 점만이 위안이었다.

"아무튼 간에. 클린드 씨하고도 잘 지내야만 하니 그쪽 방면 지도편달 잘 부탁해, 언니분."

"그러네. 하나만 말해 두자면, 그 작자의 표적은 어리다면 남녀 구별이 없어."

"그 소리를 듣고서 나더러 어쩌라고?!"

한없이 업이 깊은 이야기만 파고들어도 곤란하다. 그 사실에 스바루가 비명을 지르자 람은 별안간 얼굴이 부드러워지며 그녀답고 늠름한 웃음을 띠었다.

그 미소에 스바루 또한 쓴웃음을 지었다.

그리고——.

"잠깐 거기 당신! 당신이 에밀리 얘기에 나오던 스바루예요?"

"엇차차."

누군가가 갑작스럽게 눈앞에 뛰어드는 바람에 스바루는 얼떨

곁에 한 발짝 물러섰다. 그런 스바루에게 삿대질한 사람은 안네로제 밀로드였다.

그녀는 유난히 매서운 눈초리로 스바루를 보며 입술을 와들와들 떨고 있었다.

"그렇긴, 한데…… 어? 내가 왜 그렇게 적의로 가득한 시선을 받고 있어?"

"당연한 일이잖아요! 당신, 에밀리가 귀여운데 무방비한 점을 기회 삼아 억지로 뽀뽀했다면서요! 책임질 수 있어요?!"

"야, 너……?!"

안네로제가 던진 탄핵의 질문에 스바루는 순간 말문이 막혔다. 그런 스바루와 안네로제의 언쟁에 에밀리아가 당황한 표정으로 끼어들었다.

조그만 안네로제의 어깨를 잡더니 뺨을 붉히고 고개를 가로저었다.

"아, 아니야, 안네! 하나도 억지가 아니었어. 싫으면 피하라고 그랬는걸. 그래도 피하지 않은 건 내 쪽이니까…… 그러니까, 으음, 합의하고 한 거야!"

"잠깐, 에밀리아땅! 그런 표현도 왠지 묘하게 합의 같지 않은데, 그리고 에밀리? 이 애랑 무슨 관계야?"

"에밀리는 에밀리, 이 아이의 애칭이에요. 우리는 서로 애칭으로 부르는 깊은 관계랍니다. 알았으면 훼방꾼은 빠져 있으세요."

쉭쉭 하며 손을 내젓는 안네로제의 태도에는 처음에 보여 준 어린 귀족으로서의 기품은 종적도 없었다. 있는 것은 연적을 마주한 강력한 적의와 선전 포고할 의지뿐.

“아니, 연적이라니 이상하잖아! 에밀리아땅, 세계 제일로 귀여운 여자애라고?!”

“그—러—니—까— 뭔데요? 에밀리 배의 아기는, 저랑 둘이서 소중히 키울 거예요. 그러니까 도둑고양이는 얼른 어디로 가기나 하시죠.”

“읏! 가만히 듣고 있을 수 없겠어! 이 계집애, 베티의 계약자에게 감히 그런 말버릇을! 당장 그 입을 막아 줄 수도 있는 것이야!”

“뽀뽀로 말일까. 베아트리스 님도 대담한 말씀을 하시네.”

“복잡해지기만 하니까 베아코랑 언니분은 잠시 조용히 해 줘!”

안네로제의 생뚱맞은 적의에 스바루가 바보 취급당했다고 베아트리스가 화내고, 그 상황을 람이 휘젓는다. 그런 상황을 정리하느라 스바루는 기를 쓰고 있었다.

그 모습을 바라보며 에밀리아는 남보랏빛 눈을 동그랗게 떴다가, 문득 미소를 머금었다. 손가락은 살며시 목에 걸린 마수정(魔水晶)—— 팩이 잠자고 있는 그것을 만지면서.

“엄—청 소란스럽지만…… 후훗. 이것이, 내 소중한 사람들이구나.”

에밀리아의 속삭임은 소란에 묻혀서 아무도 듣지 않았다.

그저 마수정만이 한 번 강하게 빛나서, 사랑하는 딸의 속삭임에 맞장구를 친 것처럼 보였다.

《끝》

『마녀의 애프터 티파티』

(제15권 · 멜론북스 특전)

1

뱉은 숨은 하얗고, 내리쬐는 햇빛을 받아 하얀 눈이 환상적으로 반짝이고 있었다.

그 빛이 눈에 부셔서 가늘게 실눈을 떴다. 옆에 우뚝 선 수목에 손을 짚으니 손바닥에는 꺼끌거리는 나무껍질의 감촉이 느껴졌다. 가상의 것이 아닌, 실물의 감촉이.

손바닥을 꽉 움켜쥐고 환한 빛 때문에 눈을 감은 채, 차가운 공기로 폐를 부풀렸다가 내뱉었다.

"역시 수백 년 만에 육체를 가지면 여러모로 느낌이 다르기 마련이군."

그 소녀는 분홍색 머리카락을 선선한 바람에 나부끼며 나이 같지 않게 어른스러운 어조로 중얼거렸다.

귀엽고 예쁘장한 용모를 가진 소녀였다. 파란 눈동자에는 깊고 이지적인 빛이 깃들어 있으며, 깜찍하다고 해야 할 이목구비에선 기품과 우아함이 느껴졌다.

언뜻 봐도 예사롭지 않은 분위기를 풍기는 소녀라고 해야 할까.

어리고 미성숙한 몸에 얇고 하얀 관두의만을 두른 채 속옷조차 입고 있지 않았다. 작은 맨발이 대지를 밟는 모습은 참으로 무방비했다.

남의 눈에 띄는 상황에 무방비함과 동시에, 그 이상으로 기후에 대해 무방비했다. 여하튼 소녀가 걷는 주위 일대의 숲에는 눈이 쌓여서 그 속을 걷는 작은 몸은 시시각각 체온을 잃으며 점점 크게 떨고 있기 때문이다.

솔직히 말해 소녀의 여행 복장은 생각 없는 대실패였다고 말할 수밖에 없으리라.

「그토록 고생해 놓고, 하아. 추위에 얼어 죽으면 웃음거리지, 후우.」

떨고 있는 소녀의 뇌리에 갑자기 요염하고 나른한 여자의 목소리가 울렸다.

당연히 그것은 소녀의 목소리와는 전혀 특징이 달렀다. 고막이 아니라 직접 의식에 닿은 그 음성에 소녀는 고운 눈썹을 찌푸리고 한숨을 쉬었다.

"별로 유쾌하지 않은 상상인걸. 하지만 그렇게 되진 않을 거야. 여차하면 일대를 불태울 정도의 화력은 확보할 수 있어. 나를 깔보지 말아 줘."

「그래서, 모처럼 살금살금 야반도주해 왔는데에, 큰 소동을 일으키고 들킨단 말인가요오? 그거, 드나드나가 보기엔 납득이 가는 전개예요오?」

"———."

「그러면, 안 돼……. 다프네. 에, 키드나도…… 악의는, 없고…… 약간, 말이야? 응, 그렇잖아, 되살아나서, 안심, 하고, 있을 뿐……이야.」

달짝지근한 비아냥과 더듬거리는 옹호가 잇따라 들렸다. 그 두 종류의 목소리는 소녀의 것도 아니거니와 처음에 들린 나른한 여자의 목소리와도 달랐다.

각기 다른 세 목소리가 번갈아 가며 소녀에게 던져졌다. 하지만 목소리 전부에는 소녀에 대한 친밀감과, 그에 필적하는 복잡한 감정이 무늬를 이루고 있었다.

그 사실에 소녀── 모습이 바뀐 『마녀』 에키드나는 웃음을 머금었다.

백발에 검은 눈, 흑백의 미모로 알려진 마녀의 모습은 그 원형을 잃고, 현재는 소녀의 육체를 그릇 삼아 정신을 깃들여 불가능한 부활에 성공했다.

이 소생을 위해서 치른 수고는 헤아릴 수 없으며 구축한 상황의 추이에 마음도 많이 졸였지만, 에키드나는 어려운 조류를 멋지게 다루어 성공했다.

그 사실은 감동이 희박한 본인도 드물게 자화자찬했지만──.

"영혼만 가지고 400년이나 보내면, 외부의 환경에 주의를 기울일 의식을 잃는 법이지……."

「아주 신났으니까─. 드나, 어린애네─. 못 쓰겠네─.」

"너한테 어린애 소리를 듣는 것만은 피하고 싶었지만, 지금은 할 말이 없군……."

의식에 울리는 앳된 목소리에 반박하지만, 그 말에 설득력이 없음은 본인도 안다. 어차피 이대로는 소생한 즉시 얼어 죽을지도 모른다.

마지막 수단이라고는 생각했지만 부득이한 상황이라며 에키드나는 손가락을 딱 튕겼다.

추워서 곱은 손끝에 희미한 소리가 울리자 에키드나 주위에 붉은빛이 틱틱 발생했다. 하늘하늘 흔들리는 그것은 주먹보다 작은 불덩이로, 그 크기로는 상상할 수 없는 화력을 발휘해 눈 덮인 숲의 한기를 몰아내어 얼어 죽을 위험을 물리쳤다.

"게이트 차이가 신경 쓰이지만 마법은 문제없이 쓸 수 있었나. 이걸로……."

「이걸로 이번에는 마법을 쓰다가 실패해서 숲이 불타면 폭소감이지.」

"잇따라서 참 용케도 나에 대한 비아냥이 끊임없이 나오는걸. 계획을 고심하며 연기까지 벌여서 간신히 데리고 나온 것을 후회하겠어."

뇌리에 울리는 목소리도 이로써 다섯 명. 마지막 인원에 이르러서 에키드나는 한숨을 쉬었다.

그 손이 무의식적으로 뻗는 곳은 맨살에 관두의를 걸쳤을 뿐인 목——. 그곳에 유일하게 존재를 주장하는 파란 휘석이 달린 목걸이였다.

에키드나는 휘석의 딱딱한 표면에 손톱을 세우고 잠시 생각에 잠겼다.

안목이 있는 자라면 그 목걸이가 상식을 초월한 힘을 간직한 물건임을 한눈에 알리라.

그것은 비상식적으로 순도가 높은 마수정 결정이며, 그 어마어마한 마력적 허용량을 다 써서 내부에 압도적인 힘을 담았다.

수준 높은 마법사가 천 명 있어도 다 쓰지 못할 마나 허용량. 그것을 고작 한 조각 안에 수용한 마수정도 상식 밖이지만, 실제로 다 써 버린 사실 또한 일반인의 상상을 벗어난 일이었다.

하물며 그것이 고작 다섯 명의 영혼을 넣을 곳으로 쓰이고 있다고는 아무도 믿지 못하리라.

이 마수정의 확보와 자신의 정신을 넣을 곳을 찾느라 가장 애를 먹었다. 영혼만이 남은 지 400년. 계획을 조금씩 구체화하기를 10년── 비로소 찾아온 순간이다.

「에키드나, 저기 에키드나! 얘기 듣고 있어?」

"──듣고 있어. 너무 귓가에다…… 아니, 이 경우에는 귓가라고 말하기 어렵나. 너무 의식에다 세게 부르지 말아 줘. 두통이 분명히 느껴져."

「그렇게 느긋한 소리나 할 때가 아니라고! 너, 옆을 봐, 옆!」

"옆……?"

사색의 바다에서 의식을 인양해 목소리에 따라서 미심쩍게 옆을 보았다. 그러자 그곳에는 벌건 불길에 휩싸인 나무들이 있으며, 잇따라 옆의 나무로 옮겨붙는 광경이 있었다.

힐끔 보니 에키드나가 만들어 낸 불덩이 중 하나가 수목에 불을 붙여 산불의 계기를 만들었음을 알 수 있었다.

"아차."

「느긋하긴, 하아.」

"아니 뭐, 까짓것, 당황할 필요는 없어. 확실히 화재는 예상 밖의 사태이긴 하지만……."

거기서 말을 끊은 에키드나는 불타는 나무들 쪽에 손바닥을 겨누고 눈을 감았다. 입술에서 "꺼져라." 하고 언령(言靈)이 흘러나온다. 눈을 떴다.

"불타고 있어……."

「저기이, 다프네 생각인데요오……. 거기는 드나드나가 만든 꿈의 세계하고는 다르니까아, 정신 집중만으로 현상에 간섭하긴 불가능하지 않아요오?」

"큰일 났군."

「크, 큰 오산……이지?」

「드나, 방화한 거냐—? 드나, 악인이냐? 튀폰의 적이냐—?」

「떠들기나 할 때야! 빨리! 빨리 꺼, 어서!」

"물론이다. 여기선 당장에라도…… 큭."

머릿속에서 아우성치는 마녀들을 도로 밀어내고 산불을 진화시키기 위한 술식을 짜내려던 순간 에키드나는 현기증을 일으켰다. 도중까지 그리던 술법이 풀리며 구성이 흩어졌다.

무슨 일이냐며 마녀들이 난리를 일으키는 중에 에키드나는 금세 사태를 이해했다.

"마법으로 홍수를 만들어 내기에는, 아직 이 몸이 전혀 길들지 않았군."

즉──.

“불은, 끌 수 없어.”

「지금 당장 도망치지 않고 뭐해──!!」

동사(凍死) 다음에는 소사(燒死)의 위기에 처한 에키드나는 고함에 얻어맞은 것처럼 달리기 시작했다.

산불은 범위를 넓히며 머잖아 피신할 길이 사라진다. 그리되기 전에 숲 밖으로. 에키드나는 익숙하지 못한 몸과 400년 만의 육체노동에 허덕거리며 열심히 달렸다.

“내가 상상하던 것과, 바깥 세계의 가혹함에는, 약간 차이가 있는데……!”

몸은 무겁고 찬 공기는 들러붙으며 잠시만 달렸는데 숨이 차다.

그런 자신의 몸에 악전고투하는 감각. 이것도 수백 년 만에 맛본다 생각하니──.

“아니, 힘든 건 힘들어……!”

2

다행히 필사적으로 도주한 보람이 있어 에키드나는 무사히 타죽는 꼴을 면했다.

숲을 태우는 불길의 기세는 대단한 축에 속했지만, 다소의 마나를 응용해 바람을 일으켜서 가까스로 불이 번지는 방향을 유도, 도주로를 확보한 것이 결정타가 되었다고 할 수 있다.

이렇게 위험한 삼림 화재로부터도 벗어났으니 남은 것은 입은 옷 한 벌만 챙긴 여행길로 돌아갈 뿐——이라고 말할 수 있었으면 마음이 편했겠지만.

"계절을 잘못 찾은 폭설에 산불……인 줄 알았더니 이런 천 쪼가리를 한 장 걸친 계집애를 발견하다니, 독기 때문에 내 눈이 맛이 가기라도 했나?"

"안심해라. 나도 똑같은 게 보이거든. ……꿈이 아니라면 말이지."

"흠……."

그루터기에 앉은 상태로 에키드나는 골똘히 생각하듯 턱에 손을 짚었다. 그 외면은 어린 소녀의 모습이지만 내면이 자아내는 풍격 때문에 매우 그럴싸하게 보였다.

따라서 심상치 않은 감각에 남자—— 아니, 남자들은 곤혹감을 띠며 서로 얼굴을 쳐다보았다.

험상궂은 생김새에 산적 같은 복장의 뒤숭숭한 분위기를 띤 집단이다. 인원은 육안으로 보아 18명, 각자가 쓴 지 오래된 무기를 들고 한 소녀를 둘러싼 광경은 우스꽝스럽기까지 하다.

다만 그런 겉모습은 신경 끄고 자신들의 직감에 따르는 면이 이 남자들의 강점일 것이다. 그 사실은 풍모와 상상 가능한 생업을 보아도 짐작이 된다.

"짐작건대, 너희의 목적은 대토…… 즉, '뒷청소부' 라는 말이로군."

"뭐?"

"흠? 지금 시대에는 호칭이 다른가? 그 사람의 지식에 따르면 불난 집 도둑인 셈이 되는데, 이것도 적당하지 않을 테고…… 뭐라고 말을 해야 하나."

갸웃거린 에키드나의 말에 남자들은 섬뜩한 것을 보는 눈으로 얼굴을 실룩거렸다.

'뒷청소부' 라는 400년 전에도 있던 어엿한 직업—— 요컨대 마수가 난장판을 벌인 마을에서 가재도구 등을 수습해 환금하는 일이다. 특히 대토 같은 마수가 어지럽힌 다음이라면 생물 말고는 고스란히 남아 있기 마련이라 '뒷청소부' 에게는 절호의 사냥터일 것이다.

"만에 하나 마수가 먹다 남긴 것이 있어도 마수 피해인 척하며 처리하기 쉽지. 실로 영리한 사냥이라고 할 수 있어. 너희에게는 하이에나가 천직이야."

"하이에나…… 엽견인(鬣犬人)을 말하나? 넌 대체 무슨 소릴…… 아니."

제일 앞에 있던 남자가 고개를 가로젓고 도끼칼을 한 손에 들고 에키드나를 노려보았다. 그 눈에선 강한 악의와 정체 모를 소녀에 대한 두려움이 엿보였다.

건드려서는 안 될 것을 건드리지 않는다는, 빠른 상황 판단이 엿보인다.

"네 사정은 모르지. 하지만 우리도 먹고살아야 하거든. 무슨 사정인지 토끼의 흔적이 뚝 끊겼어. 덤으로 화재까지 일어나서…… 그럴 때 네가 나왔지."

"그렇군. 계속 말해 봐."

"기분 나쁜 계집애지만 겉모습은 나쁘지 않아. 게다가 뭐니 뭐니 해도 그 귀지."

천박한 웃음을 지은 남자가 자신의 귀를 가볍게 튕겼다. 그 몸짓이 가리키는 바는 에키드나의 현재 몸의 특징── 그릇이 된 소녀가 하프엘프였음에 기인한다.

반마라고 간파한 것은 아닐 것이다. 애초에 그들에게 중요한 것은 상품 가치이지 피의 농도가 아니다. 순혈이든 혼혈이든, 취급은 마찬가지다.

"엘프는 이 시대에도?"

"그렇게 말하는 걸 보니 어지간히 오래 숲에 은둔하던 할망구인가? 엘프는 겉보기로 나이를 알 수 없으니 무섭구만. 그런데 그 말이 맞아. 지금도 엘프는 비싸게 팔리지."

「────.」

"──오?"

그 순간, 피부에 소름이 돋는 감각에 남자가 꿀꺽 침을 삼켰다. 다른 남자들도 느꼈는지 모두가 방금 그건 무슨 일이냐며 술렁거렸다. 유일하게 그 원인을 짐작하는 에키드나만이 자기 목에 걸린 휘석을 만지며 『분노의 마녀』의 격노를 달래려고 했다.

"이봐, 애인지 할멈인진 아무튼 너, 이상한 짓은……."

"그래. 상황을 보니 양쪽 의견은 평행선이겠어. 너희는 내 신병을 확보해서 조금이라도 생활에 보태고 싶지. 한편, 나는 이대로 자유롭게 여행하고 싶고. 그래서 절충안을 제안하고 싶은데, 어떨까."

"절충안? 네가 그런 제안을 할 수 있는 처지냐."

"한번 생각해 주었으면 좋겠군. 그러는 편이 그나마 서로 무사한 채로 넘어갈 가능성이 있어."

미소와 함께 갸우뚱한 에키드나가 남자에게 요망했다. 소녀의 미소에 남자는 한 차례 숨을 크게 집어삼키고 기가 눌린 듯 뒤로 한 발짝 물러섰다. 그리고 본인의 그 반응을 믿지 못한 표정을 지었다가 바로 "일단 들어보기는 하마." 하고 말했다.

"다행이야. 내 제안은 간단해. 앞으로 30초면 충분해. 내 앞에 30초 동안 아무 일 없이 서 있으면 얌전히 너희에게 따르지. 흥미로우니 말이야."

"하. 그게 뭔 소리야. 그런다고 우리가 겁을 먹기라도……."

"——그러면, 지금부터 30초다."

조건을 수용했다고 판단한 순간, 에키드나는 긴 백발을 쓸어 넘기고 검은 눈을 가늘게 뜨며 남자들을 노려보고 있었다.

"————."

남자들은 일제히 무슨 일이 일어났는지 알지 못하는 표정이었다. 그들의 눈에는 갑자기 열 살 안팎의 어린 소녀의 모습이 백발의 미소녀로 변모한 것처럼 보일 뿐이었으리라.

그리고 그 의문에 답을 얻기 전에, 남자들은 잇따라 엄습하는 이변에 굴복했다.

"컥, 윽……"

도끼칼을 쥔 남자가 털썩 무릎을 꿇었다. 그 눈은 초점을 잃고 허공을 맴돌다가 입가에 대량의 하얀 거품을 물기 시작했다.

비슷한 이변은 그 혼자만이 아니라 둘러싸고 있던 인원들 전원에게 찾아들었다. 육안으로 확인한 18명 전원이, 에키드나——『마녀』의 독기에 견디다 못해 몸부림치고 있었다.

목을 쥐어뜯고, 눈을 허옇게 뒤집고, 거품을 물고, 경련하고, 말려든 혀에 목이 막히고, 무기로 자기 머리를 깨고, 눈 속에 목을 파묻고. 남자들은 다양한 방법으로 고통 속에 죽어 간다.

"——정확히, 30초."

약속한 30초를 모두 센 에키드나가 주위를 둘러보았다. 그러자 그곳에는 피와 토사물에 쓰러져 움직임을 멈춘 남자들이 나뒹굴 뿐. 공교롭게도 30초의 지옥을 견뎌서 멋지게 여섯 마녀를 수중에 넣을 자격을 얻은 현인은 존재하지 않은 모양이다.

"안타깝게 됐는걸. 하지만 약속은 약속이지. 나는 자유로운 여행을 속행하기로 할까. 그 김에 대충 옷과 신발 정도는 빌려 가도 벌 받지는 않겠지."

말한 에키드나는 쓰러진 남자들 속에서 비교적 체격이 비슷한 옷을 벗기고 신발을 빌려 착용했다. 그때에는 이미 원래의 어린 소녀 모습으로 돌아와 있었다.

"오래 버티지는 못하나. 지금은 길이 들기를 기다릴 뿐이겠어. 그건 그렇고……."

고개를 돌려 쓰러진 남자들을 바라본 에키드나는 눈꺼풀 뒤에 흑발 소년을 그렸다.

독기로 범벅된 마녀에게 둘러싸이고서 태연한 상태를 유지하던 소년——. 그 사람은, 그것이 얼마나 상식를 벗어난 일인지 전혀 깨닫지도 못했겠지만.

“노잣돈도 조금은 마련했고, 이젠 빨리 도시에 도착하고 싶은 걸. 몇백 년이나 지났으니 차 맛에도 조금은 변화가 있기를 기대하고 싶지만…… 과연 어떨지.”

긴 옷자락을 펄럭이며 에키드나는 다시 정처 없는 여행길에 오르기 시작한다.

떠날 적에 문득 옷과 신발, 그리고 노잣돈을 넘겨준 남자들에 대한 감사가 가슴에 싹텄다.

“알몸에 천 조각 한 장이라는 최악의 인상으로 남 앞에 나설 처지였어. 정말이지, 나란 작자가 웬 추태야. ——너희에 대해서는 은인으로서 결코 잊지 않겠어.”

중얼거린 말은 절대로 기만 따위가 아닌 사실이리라.

에키드나는 그들에게 입은 은혜를 잊지 않는다. ‘뒷청소부’ 로서 활동하다가 여기서 『마녀』와 조우해 스러진 그들에 대해, 자신의 영혼이 사라지는 그 순간까지.

“아아, 알아, 알아. 시끄럽네, 너희는. 적당히 해 줘.”

마녀는 머리에 울리는 목소리에 대꾸하며 자신의 여행길을 나아간다.

——하늘은 드높고, 바람은 미지근하게, 빛은 몇백 년 만의 귀환자를 축복하는 것만 같았다.

《끝》

『마녀의 애프터 티파티 ~마녀들의 반성회~』

(단편집 제6권 · 멜론북스 특전)

1

"——난 그 애들을 같이 데리고 다니는 거, 반대야."

팔짱을 끼고 붉어진 볼을 부풀리며 반짝거리는 눈에 노기를 띠고서 말한 것은 금발 벽안의 아름다운 마녀—— 미네르바였다.

하얀 탁자를 둘러싼 여섯 개의 의자, 그중 하나에 앉은 미네르바의 호소에 맞은편에 앉아 있던 에키드나는 "흠." 하고 작게 목울대를 울렸다.

그리고 에키드나는 탁자 위의 따뜻한 김이 오르는 찻잔을 들어 바라보면서 물었다.

"행선지는 현재 정하지 않았지만, 가능하다면 이 400년 동안 세계가 얼마나 변했는지 봐두고 싶은걸. 너희는 어떻게 생각하지?"

"잠깐 너! 내 얘기 들었어?! 왜 대수롭지 않게 무시하고 그래! 이상하잖아. 이상하지 않니?!"

직전의 호소를 무시하고 다른 화제로 진행하려는 에키드나에게 미네르바가 발끈했다. 얼굴이 붉어진 그녀가 멱살을 잡자 에키드나는 입가의 미소가 깊어지며 반응했다.

"농담이야, 농담. 그렇게 금방 욱하지 말아 줬으면 하는데."

"너 · 진 · 짜……!"

"——미네르바, 그렇게 찌릿찌릿 날 세울 것도 아니지, 하아."

부드러운 눈썹을 세우며 노기를 더하는 미네르바의 옆얼굴에 나른한 목소리가 닿았다. 목소리 주인은 의자 위에 무릎을 안고 앉은, 방대한 양의 머리카락을 두른 여성이었다.

좋든 나쁘든 무기력한 눈매의 세크메트였다.

"에키드나의 장난은, 후우. 어제 오늘 일도 아니지 않나, 하아. 일일이 반응하다간 까불기만 할 뿐이지, 후우."

"그렇다고 내버려 둬도 된단 거야?! 난 반대거든!"

울먹이며 난 틀리지 않았다고 외친 미네르바가 그 자리에 쭈그려 앉았다. 그런 미네르바의 머리를 좌우 양쪽에서 조그만 손이 쓰다듬었다.

"미, 미네르바는, 자, 잘못한 게…… 없다고, 생각, 하는데?"

"그렇지—. 르바 잘못 없지—. 드나 쪽이 훨씬 악인이다—. 부술까—?"

카밀라와 튀폰이 좌우에서 그런 말로 미네르바를 위로했다.

카밀라는 몰라도 어린 튀폰의 말에는 표리가 없다. 내버려 두면 정말로 권능을 발휘할 수도 있으니까 에키드나는 그건 사양하겠다며 어깨를 으쓱였다.

"그러지 말았으면 해. 너희를 모두 적으로 돌리면 힘없는 나는 잠시도 못 버틸걸. 게다가 숙주인 내가 쓰러지면 너희도 나랑 같이——."

"――그것이 협박으로 성립한다면, 다프네들이 드나드나랑 이렇게 같이 있는 것 자체가 좀 이상하죠오?"

"……그렇게 말하면 약해지지."

에키드나 바로 옆에서 관에 구속된 상태로 자신의 의자를 '다 먹어 치운' 다프네가 웃었다. 그녀는 입가 침을 달고서 탁자에 차린 다과를 탐닉하고 있었다.

그런 다과회 참가자―― 친구인 마녀들의 모습에 에키드나는 쓰게 웃었다.

"내가 말하기도 뭐하지만, 언제 봐도 너희는 참 개성적인 집단이야."

"진짜, 네가 말하니 뭐해!!"

2

――과거, 세계를 혼돈과 공포의 도가니로 떠민 『마녀』가 있었다.

『질투의 마녀』라고 불린 그 존재 때문에 세계는 암흑의 시대를 맞이했다. 후세에 그 마녀는 입에 담는 것도 꺼리는 공포의 대상으로 전해지게 되었다.

하지만 같은 시기에 존재하던 『질투의 마녀』 외의 여섯 마녀. 그녀들의 존재와 이름은 놀랍도록 알려지지 않아서 여섯 대죄마녀의 소행도 인격도 이미 역사의 어둠 속――.

"——이 아니라, 정확히는 나에게 영혼을 수집당해 이 꿈의 성 안에 있지."

"전부, 머, 멋대로 한 짓……이지만, 말이야."

입가로 옮긴 잔을 놓고 미소 지은 에키드나를 카밀라가 게슴츠레한 눈으로 쳐다보았다.

항의의 시선은 깜찍하지만, 깜찍함도 지나치면 해롭다. 여하튼 카밀라는 그저 상대를 빤히 보며 조르기만 해도 상대가 인생을 바치게 할 수 있다.

대죄마녀 중에 자진해 목숨을 버리도록 만든 인원수로 카밀라를 능가하는 이는 없다.

물론——.

"제일 많이 죽인 미네르바와 비교하면, 그것도 사소한 숫자지만."

"————."

"오—. 르바가 울먹인다! 또 드나냐—? 진짜 질리지 않는 녀석이네—."

에키드나의 술회를 듣자 침묵한 미네르바의 눈에 굵은 눈물이 고였다. 하지만 반론하지 않는 것은 그녀에게도 자신이 대량 학살자라는 자각이 있기 때문이다.

자신이 지닌 파괴의 에너지를 치유의 힘으로 강제 변환하는 것이 미네르바의 권능. 그 주먹과 발은 이 세상에서 가장 다정한 힘이지만, 대가는 결코 가볍지 않다.

그녀가 가진 힘의 강제 변환은 이 세계의 근원인 오드 라그나와 강제로 접속해 그 법칙을 뒤틀어 실행시킨다. 그렇게 개념을 뒤튼 대가를 세계는 전혀 무관한 곳에서 일어나는 천재지변이라는 형태로 치르게 한다.

미네르바는 많은 사람을 구했다. 동시에 천재지변으로 많은 사람을 죽였다.

세계에서 가장 많은 사람을 구하고, 그와 비슷하게 많은 사람을 죽인 마녀. 그것이 미네르바다.

그러나 목숨을 앗아간 숫자가 본인의 다정한 심성을 부정하지는 않는다. 그렇기에 미네르바의 지적은 지극히 정당하며 성실했다.

"——그 두 사람을, 콜렛과 팔미라를 언제까지 데리고 다닐 셈이야?"

미네르바가 올린 의제의 초점은 두 소녀의 향후 처우였다.

에키드나가 쌓은 꿈의 성에는 영혼만 남은 상태로 수집된 마녀들이 모인다. 물론 그곳은 성이라는 명목의 푸른 언덕이며, 다과회라 칭한 티타임을 벌이는 양상이다.

그런 곳에서 나누는 화제가 여행지에서 만난 두 소녀에 관한 내용.

콜렛과 팔미라 두 사람은 현재 꿈의 성 밖—— 쉽게 말해 현실 세계에서 에키드나가 빙의한 오메가와 행동을 함께하고 있다. 마녀인 에키드나와 접해도 정신에 이상을 일으키지 않는 걸 보면 소녀들의 독기 내성은 일반인보다 뛰어나기야 하지만——.

"그것도 완벽하지 않아. 애초에 위험하잖아. 어떻게 할 거야?"

"예전에 말한 바와 같아. 그 소녀들은 고향에서 쫓겨난 신세야. 부모의 유품인 『수호륜(獸護輪)』도 제대로 활용하지 못하고 있고, 최소한 살아갈 만한 지혜와 기술은 주고 싶군."

"그건 또 퍽이나, 하아. 친절하게 굴지 않나, 후우. 이것저것 구실을 달아 여러 나라를 혼란에 빠트린 너답지 않아, 하아. 열이라도 있나, 후우."

"아아, 생각보다 오오래 차가운 물에 잠겨 있었으니까요오. 마녀가 물에 빠져 죽는 건 전대미문이지 않을까요오, 아하하아."

꿈속 세계인 만큼, 바라면 바란 만큼 과자가 나타난다. 항상 채워지지 않는 기아가 덮치는 다프네는 그것들을 탐닉하며 즐겁게 비웃었다.

다프네의 말에 어린 퓌폰이 "오—?" 하고 갸우뚱했다.

"프네, 그 말 틀렸다. 퓌폰, 물이 잔뜩 흘러와서 가라앉았어! 꼬르륵 꼬르륵 하다가 죽었으니까 드나보다 퓌폰이 훨씬 더 먼저다—?"

"그렇지. 익사 경험으로는 퓌폰 쪽이 나보다 선배야. 경의를 표해야지."

"표하지 마! 그런 일 가지고!"

가볍게 웃음을 나누는 에키드나의 퓌폰에게 미네르바가 이를 드러내며 고함쳤다.

대죄의 마녀들이 날뛰던 시대로부터 수백 년, 이미 마녀들은 죽은 몸이며 당연히 저마다 죽은 원인이 있다. 퓌폰의 익사는 그중 하나다.

어쨌든——.

"이, 이야기가, 엇나갔네……. 응, 엇, 나갔어?"

"그랬었지. 참고로 열은 없어. 밖의 몸도 마찬가지지. 따라서 그 두 사람을 데리고 다니는 판단은 정상적인 상태로 내린 거라고 할 수 있겠어."

"그렇다면 아까 한 말이 진심이라는 건가요오?"

"현재, 빈말 없이 내 몸은 빈약하니까."

다프네의 물음에 대꾸한 에키드나는 밖의 육체—— 오메가의 소체를 언급했다.

현재 에키드나가 방의한 오메가의 육체는 유사 오드를 핵으로 삼아 만들어진 류즈 메이엘의 복제체 중 하나다. 그 몸은 올바르게 피와 살로 만들어진 것이 아니며, 구성상 정령과 비슷할 정도로 부자연스러운 것이었다.

"그것을 본래 용도와 다른 형태로 이용하고 있어. 이 그릇에 나 자신을 넣기 위해서 꽤 다양한 요소를 빼야만 했을 정도지."

"그런 짓을 하다가, 후우. 또 옛날처럼 네 실패작이 나돌면, 하아. 이번에야말로 세계가 멸망하는 것 아닐까, 후우."

"이런, 뜻밖인걸, 세크메트. 네가 세계의 존망을 걱정한다고?"

"내가 걱정하는 건, 하아. 세계의 멸망 여부가 아니지, 후우. 그저, 세계가 멸망하면 네가 아끼는 대상도 힘들 테지, 하아. 그 점이 문제지, 후우."

"————."

"이전부터 누누이 말한 대로야, 하아. 나는 다른 누구보다 네가 이 세계에 흥미를 잃는 것이 무서워, 후우. 무슨 짓을 저지를지 알 수가 없으니까, 하아."

웬일로 오래 떠든 세크메트가 말을 마친 시점에서 심히 지친 한숨을 쉬었다. 그런 뒤에 끌어안고 있던 무릎에 머리를 실었다.

"이만 지쳤어, 후우. 나는 더 이상 아무 말도 하지 않을 거야, 하아."

"엄마? 엄마, 자는 거냐—? 튀폰이 자장가 불러 줄까—?"

뻗어 버린 세크메트를 튀폰이 뭔가 바지런히 챙겨주고 있다. 낯익은 뒤죽박죽 꼬인 모녀 관계를 슬쩍 본 에키드나는 한쪽 눈을 감았다.

"방금 세크메트의 의견은 흥미로웠어. 다만 그 염려는 불필요해. 이전의 실패는 반복하지 않아. 이전의 실패는 나를 그릇에 맞추느라 영혼을 깎아낸 것이 문제였지. 그러니까 이번에는 다른 부분을 깎았어."

"다, 다른 데라면…… 어디, 를?"

"힘이야."

오메가라는 그릇에 맞추어 에키드나라는 물의 양을 조절한다.

이번에 에키드나는 자신을 유지하기 위해서 별 집착이 없는 힘을 버렸다. 덕분에 자아를 확립한 채로 『성역』 밖으로 뛰쳐나오는 데에 성공한 것이다.

대신에——.

"아무래도 마녀로서 키운 힘과 기술 태반을 잃은 모양이야. 지식은 남아 있지만, 이전의 힘을 되찾기는 쉽지 않을 테지."

"아아, 혹시 그래서 그런 거예요오? 무덤에 나오자마자 숲을 가볍게 불태웠었죠오. 하나도 제어 못 하던 것 같던데요오."

"——그래, 그런 거야."

"잠깐, 왜 잠깐 머뭇거렸어? 그거 진짜로 힘이 부족해서 그랬어?"

다프네가 지적한 것은 오메가로서 『성역』을 나선 직후의 실패였다.

꿈의 성과 같은 요령으로 마법을 썼더니, 불을 끌 의도였는데 끄지 못했다. 그 결과, 숲 일부가 불타 버려 하마터면 연기를 마시고 죽을 뻔했다.

"당연하지. 달리 무슨 이유가 있다는 소리지?"

"네가 띨띨하게 실수했을 가능성이 있잖아! 애당초 옛날부터 너란 애는 여러 가지로 경솔한 점이 많거든! 숲을 몇 번이나 태워 먹었어?!"

"그렇게 여러 번 태우지 않았어. 아무 말이나 하지 말아 주지 그래."

"자, 잠옷 바람으로 남 앞에 나오는, 것도…… 늘, 있는, 일이었지……?"

"카밀라, 너는 누구 편이지?"

과거의 실패를 거론하자 에키드나는 불만스럽게 카밀라를 바라보았다. 그러나 그 눈총에 카밀라는 이상하다는 듯이 갸웃거렸다.

"나, 나는, 내 편……인데?"

“……그렇지. 너는 그런 애였지.”

주저 없이 자기 보신을 첫째로 내세우는 카밀라의 말에 에키드나는 자신의 이마를 눌렀다.

확실히 숲의 화재도, 심심하면 남 앞에 깜빡하고 잠옷 바람으로 나간 것도 사실이지만, 그런 일들과 지금 오메가를 둘러싼 환경하고는 직접적인 관계가 없다.

중요한 것은 힘을 잃은 오메가는 몹시 빈약하며 나약한 존재라는 점뿐.

“물론 짧은 시간이지만 실체화하면 꼭 그렇지만은 않아. 독기 덕분에 웬만한 상대는 나를 보기만 해도 정신이 파탄 나서 죽어 버리기도 하고. 다만 그리 자주 쓰고 싶지 않군. 여하튼——.”

“——드나, 들키고 싶지 않은 녀석이 있으니 말이지—?”

튀폰이 에키드나의 결론을 가로채서 천진난만하게 말했다. 에키드나는 어린 마녀의 지적을 부정하지 않았다.

그 말은 사실이다. 그리고 그 사실은 꿈의 성에 있는 마녀 전원이 알고 있었다.

왜냐하면 에키드나에게만 해당하는 말이 아니기에. ——마녀 전원의, 공통적인 적이므로.

“아무튼, 그런 이유로 눈에 띄고 싶지 않다는 말이야. 그래서 내가 혼자 현대의 마녀 전설을 만들어 내며 돌아다니기보다는…….”

“소녀 여행자 3인조로, 왁자지껄한 편이 편하다는 소리야?”

“뭐, 그런 셈이지. 다른 위험을 불러들일 가능성은 있지만, 설마 마녀가 누군가와 함께 행동하고 있다는 생각은 못 하겠지. 이건 좋은 눈속임이 되지 않을까."

"……그런 셈으로 쳐 둘게."

콜렛과 팔미라와 동행하는 핑계로서 그럭저럭 논리적인 설명이었을 텐데, 미네르바를 비롯해 오래 알고 지낸 친구들에게는 좀처럼 먹히지 않는다.

이들은 호감이 가는 존재지만, 가끔 이럴 때가 있어서 곤란해진다.

"참고로 힘이 돌아올 때까지 얼마나 걸릴 거라 보고 있어?"

"그렇지. 대충 2년에서 3년이면 괜찮은 상태가 되지 않을까. 어디까지나 지금의 내가 봤을 때의 어림짐작에 불과하지만."

"그래. 그러면, 2년이 기한이야."

소녀들과의 교류에 기한을 설정한다. 그것이 미네르바의 타협점이었다. 그리고 최단 시간을 기한으로 삼는 점이 참으로 선량한 그녀답다.

에키드나도 그 말에는 이견이 없었다. 2년, 그 시간을 길다고 볼지 짧다고 볼지, 그것은 죽어서도 소멸하지 않은 마녀들에게는 어리석은 질문이리라.

"그래서어, 드나드나는 어디로 가고 싶은데요오?"

"그렇지. 이런저런 전망은 있어. 뭐, 일단 루그니카에서는 멀어지고 싶군. 이 나라에는 너희의 종착점이 많아서 조금 우울해서."

"다, 다들…… 여기서, 죽었으니, 까……."

"당시의 정세를 감안하면 어쩔 수 없는 일이야. 그렇긴 해도 구스테코는 애초에 제외한다 치면, 볼라키아나 카라라기인데…… 여기서 간다면 카라라기일까. 건국을 거든 인연도 있고, 그 나라가 현재 어떻게 되었는지 흥미가 있어."

소녀들의 처우가 결정 나자 에키드나의 흥미는 다음 화제로 넘어갔다. 어딘가 생기가 넘치는 에키드나의 모습에 마녀들이 얼굴을 마주 보고 어깨를 으쓱였다.

호기심의 화신, 지식욕의 권화. 다름 아닌 본인이 그렇게 큰소리치지만 친구의 눈으로 보면 그런 것은 단순히 '궁금병 환자'일 뿐이었다.

"그 궁금병 환자가, 하아. 세계를 멸망시킬지도 몰라서 무서운 거지, 후우."

"엄마? 더 이상 말하지 않는다고 하지 않았냐—?"

피곤한 기색의 세크메트가 중얼거린 말을 들은 튀폰이 악의 없이 갸웃거렸다. 세크메트는 그런 튀폰의 머리를 거칠게 쓰다듬어 딸과 다름없는 소녀의 입을 막았다.

미래의 전망을 말하는 에키드나와, 불만스러운 표정임에도 맞장구를 치는 미네르바. 듣는지 마는지 모를 다프네와, 가끔 독설을 뱉는 카밀라가 있었다.

——세상에 풀려나온 마녀들의 다과회, 그것은 한동안 더 이어지는 것이었다.

《끝》

『페트라가 본 연심적 세계』

(단편집 제3권 · 멜론북스 특전)

1

"으—음."

소녀가 고운 눈썹을 모으고 심각한 표정으로 신음하고 있었다.

단정한 용모의 귀여운 소녀였다. 붉은 기가 감도는 갈색 머리카락을 어깨 부근에서 치고, 머리에는 크고 붉은 리본이 살랑대고 있다. 복장은 간소한 소재 속에 개성과 멋을 잊지 않았으며, 화장기와 인연이 없는 어린 귀여움이 충분히 돋보이는 요령을 염두에 두고 있었다.

페트라 레이테——. 그것이 소녀의 이름이며, 장래에는 아람 마을 으뜸가는 미인이라 유명해질 미소녀이기도 하다.

그것은 페트라의 자만이 아니라 객관적인 평가 또한 동일하다. 그리고 페트라는 타고난 용모에 의존하지 않으며 자기 자신을 더욱 키우는 노력도 빠트리지 않았다.

한때의 페트라는, '귀여움은 모든 것에 통한다' 를 지론으로 내세웠다.

지금에야 '귀여움은 일부에 통한다' 고 약간 생각이 변했으나,

여전히 자신의 귀여움은 무기다. 이를 게을리할 수는 없었다.

단, 귀여움이 만능의 무기가 아니게 된 것, 이 점은 페트라에게 심각한 타격이었다.

왜냐하면——.

“그냥 귀여운 것만으로는, 스바루의 눈에 들어갈 수가 없겠지…….”

고민 많은 나이의 페트라에게 현재 가장 큰 고민거리는 이 작은 가슴에 깃든 연심—— 이른바 첫사랑의 고민이라는 감정이었다.

자신이 귀엽다는 자부심이 있는 페트라지만 여태까지 사랑을 한 적은 한 번도 없다.

아람 마을은 작은 마을로, 또래 남자아이와는 소꿉친구 관계에 해당한다. 그야말로 콧물을 흘리며 요에 지도를 그리던 시절을 알고 있는 관계다. 그것은 연애 대상이 아니라 형제 같은 가족 관계에 가깝다. 그렇다고 나이 터울이 있는 청년단의 젊은이들은 아예 오빠 내지는 아버지 격이다. 더더욱 연심의 대상이 되지 못한다.

그리고 아람 마을 밖을 모르는 페트라에게 사랑이란 거리가 먼 존재로 남았다. 물론 귀여운 페트라에게 마음이 있는 소꿉친구도 있기야 있지만, 그건 이미 흘려 넘기는 데에 이골이 난 흰소리로서 마음에 두지도 않았다.

그런 이유로, 이것은 페트라의 첫사랑, 첫 큰 무대, 첫 대승부라고 할 수 있었다.

그리고 귀엽기만 한 게 아니라 똑똑하기까지 한 페트라는 자신의 용모에 안주하는 짓은 하지 않는다.

"언뜻 봐선 알 수 없어도, 스바루랑 같이 있으면 금방 알 수 있는걸."

좋아하는 사람의 이름과, 그 만만치 않은 매력을 떠올린 페트라는 연거푸 끄덕였다.

아람 마을 바로 근처, 영주인 변경백의 저택에 얹혀사는 사용인── 나츠키 스바루야말로 페트라가 아련한 마음을 보내는 인물이다.

태도는 경박하고 함부로 친한 척하며, 보기 드문 흑발에다 눈매가 고약하다. 복식에 관심이 있는 페트라의 눈으로 보면 사용인 제복이 도무지 어울리지 않는다. 그러나 그런 첫인상을 빼면 스바루는 사람됨이 매우 진국에다 다정했다.

이것은 연심이 페트라에게 콩깍지를 씌운 게 아니다.

페트라는 첫사랑의 열병에 걸렸음에도 스스로 냉정함을 잘 알았고 있었다. 이 싸움은 냉정함을 잃으면 이길 수 없다. 타고난 승부사 기질이 페트라에게 그런 확신을 주었다.

"그러니까 먼저 적을 알아야 해. 그러지 않으면 대책도 뭣도 못 세우는걸."

소기의 방침을 세운 페트라가 힘차게 끄덕였다.

──천품에 안주하지 않으며, 자신을 연마하는 노력을 게을리하지 않고, 적을 앎으로써 최선을 다한다.

그것이 페트라의 결론이며, 무릇 승부에 앞서서 최선의 마음가짐이었다.

“……페트라, 고민, 끝났어?”

“아, 미안해, 메이나. 계속 기다리게 해서.”

“아냐, 괜찮아. 그런데 되게 진지하더라.”

고민한 끝에 방침을 정한 페트라에게 말을 건 사람은 사실 계속 같이 있던 메이나였다. 페트라의 소꿉친구이며 한 살 어린 동생이기도 한 소녀. 곧 동생이 태어나는 것도 있어서 요새는 페트라에게 어리광부리지 않는 것이 살짝 섭섭하다.

그런 메이나의 말에 페트라는 “맞아.” 하고 끄덕인 다음 말했다.

“절대로 지기 싫은 싸움이 있어서……. 그러고 보니 메이나는 스바루의 다리 붕대에 뭐라고 썼어? 류카랑 다른 애들은 이상한 말 쓰던 것 같은데…….”

“나? 나는 좋아한다고 썼어.”

“조, 좋아해?!”

생각지 못한 방향에서 얻어맞은 페트라는 큼직한 눈을 동그랗게 뜨며 놀랐다. 페트라의 화들짝 놀라는 반응에 메이나도 놀라고, 동생 같은 친구는 “으, 응…….” 하고 고개를 아래위로 흔들었다.

“구해 줘서 고맙다고 쓰려 했는데…… 그런데 같은 말 다른 애들도 다 썼어. 그리고 류카네가 너무 크게 써서, 내가 쓸 데가 조그매졌거든.”

“그, 그래서 한마디만…… 그, 그 좋아한다는 말은 어느 정도 좋아하는 건데?”

"어느 정도라니?"

"예를 들어, 나랑 스바루라면 누구를 택할래?"

"어어어?"

난제가 떨어지자 메이나가 무지무지 심각한 표정을 지었다.

그러나 질문한 페트라는 초조한 속내를 얼굴에 티 내지 않으려 필사적이었다. 만약 동생의 마음이 진짜라면, 그때는 인정머리 하나 없는 가혹한 싸움이 막을 열게 된다.

그런 일이 벌어지면 어쩌냐고 페트라는 전전긍긍했다. 하지만 ──.

"페트라랑 비교하면, 페트라 쪽이 좋아……."

"휴……."

"류카랑 비교하면, 곤란하지만……."

"그렇구나─. 류카랑…… 응?! 메이나, 류카 좋아했었니?"

예상 밖의 고백에 페트라가 눈을 크게 뜨자 메이나의 얼굴이 확 붉어졌다. 무심코 말실수한 눈치인 동생의 반응에 페트라는 가슴에 뜨거운 감정이 치솟았다.

즉시 귀여운 동생을 껴안고는 머리카락을 두 갈래로 묶은 머리를 이리저리 쓰다듬었다.

"메이나, 귀여워! 우리 귀염둥이……. 류카한테는 아깝네!"

"크, 큰 소리로 말하지 마! 페트라는 바보!"

직전의 공포도 까맣게 잊은 페트라의 말에 얼굴이 붉어진 메이나가 빽 소리쳤다.

2

“요전에는, 돌아갈 때 인사도 없이 저택을 뛰쳐나가서 죄송해요.”

“――딱히 람에게 사과할 일은 아니야. 사과하러 온 건 칭찬해 주겠지만.”

예의 바르게 고개 숙인 페트라의 말에 분홍 머리 메이드는 불손한 표정과 태도로, 그러나 알기 어려운 친절함을 말에 실어 대답했다.

메이나의 연심을 알고 동생뻘 친구가 연적이 아니라는 사실에 안도한 직후의 일이다. 얼굴이 빨개진 메이나에게 쫓겨나 마을을 산책하던 페트라는 낯익은 메이드의 제복을 목격했다.

영주님 저택에서 일하는 메이드의 제복이다. 마을에 장을 보러 나온 그녀에게는 며칠 전에 자그마한 폐를 끼쳤다. 방금 사과는 그 일에 관한 것이었다.

물론 분홍 머리 메이드――람이라고 자칭한 소녀의 태도는 쌀쌀맞아서 살짝 용기를 발휘한 페트라도 놀람을 숨기지 못했다. 그런 람을 대신해 묻는 사람이 있었다.

“언니, 이 아이가 말하는 건……?”

“전에 한 번, 아이들이 개에게 물린 바루스를 문병하러 온 적이 있어. 그때, 바루스의 지독한 추태를 보다 못해 이 아이만 먼저 돌아갔거든.”

“저, 저는 스바루가 이상해서 돌아간 게…….”

"농담이야."

무심코 꺼낸 페트라의 항변에 람은 악의 없는 무표정으로 어깨를 으쓱했다. 그 태도에 헛물켠 느낌을 맛본 페트라는 "우―." 하고 입술을 앙다물었다.

"장난스러운 점도 언니의 매력이죠. 하지만 처음에는 알기 어려울지도 모르겠네요."

그렇게 말하며 페트라 앞에 나선 것은 람 옆에 서 있던 인물이었다. 그녀와 같은 메이드 제복을 입은 소녀, 그 이목구비는 람과 똑 닮았다.

그녀 또한 마을에서 여러 번 보았던 얼굴이다. 영주님의 메이드로, 이렇게 말을 나눈 적은 지금까지는 없었지만.

"언니의 동생, 렘입니다. 당신 성함을 여쭈어도 될까요?"

"아…… 페트라 레이테예요. 으음, 영주님께는 항상 신세를 지고 있습니다."

파란 머리 메이드―― 렘이 묻자 페트라는 약간 기가 죽으면서도 간신히 대답했다. 그 말에 렘은 연청빛 눈을 동그랗게 뜨더니, "후훗." 하고 미소 지었다.

"방금 한 말, 로즈월 님께서 들으시면 분명히 좋아하시겠어요."

"그리고, 렘 씨도 감사드릴게요. 스바루랑 같이 저희를 숲에서 구하러 와 주셨다고, 나중에 들어서……."

"――아뇨, 당치도 않아요. 그건, 스바루 군 덕분이니까요."

페트라의 감사하는 말에 렘은 어쩔 줄 몰라 하다가 풍만한 가슴을 자랑하듯 폈다. 그 뒤에 렘은 기분 탓인지 콧대가 높아진 눈치로 말했다.

"당신들이 숲에 있는 것도, 그 장소에 있는 것도, 간파한 것은 스바루 군의 공적이에요. 렘은 아주 조금 거들기만 했을 뿐. 그리고 그다음에 스바루 군과 언니께는 폐를 많이 끼치고 말아서요……."

렘의 눈썹이 처지며 본인의 실패를 언급했다. 그러나 페트라는 그 희미한 반성의 표정이 아니라 직전에 보여 준 변화가 풍부한 표정 쪽에 눈길을 빼앗겼다.

볼을 붉히고 입가에 미소가 감돌며, 눈꼬리를 내리고 뜨거운 얼굴에 손바닥을 대고서 그날 이야기를 하는 렘——. 그 태도 곳곳에서 페트라는 뚜렷한 정열을 느꼈다.

그리고 그 정열의 방향은 방금 발언의 경향을 보건대 한 곳밖에 없다.

"스바루 군은……."

스바루에 대해 기운차게 이야기하는 렘의 혀가 유창하게 움직이는 것. 그 말의 폭풍우는 바로 옆에 서 있는 람의 떫은 표정이 여실히 증명하고 있었다.

페트라를 놀라게 한 것은 그 정열은 물론이거니와 뺨을 붉히고 있는 렘의 표변이었다.

일방적으로 멀리서 보고만 있던 관계지만 페트라와 렘 사이는 그럭저럭 오래되었다. 다만 저택에서 쓸 물건을 갖추러 마을에 들르는 그녀와 친하게 말을 나눈 적은 없었다. 그것은 렘에게 타인이 접근하지 못할 차가운 인상이 있던 이유가 크다.

그런데 그 차가운 인상은 현재 사르르 녹아서 렘에게는 인간미 있는 소녀의 사랑스러운 면이 있었다. 그 모습을 어린 몸임에도 흐뭇하게 느끼는 한편, 위기감이 치솟았다.

왜냐하면 명백하게 렘은 스바루를 특별하게 느끼는 눈치이기 때문이다.

"빤히~~~."

첫 충격을 받아 흘린 페트라는 조용히, 조용히 렘의 모습을 관찰했다.

짧게 자른 부드러운 머릿결의 파란 머리, 투명한 보옥 같은 연청빛 눈동자, 예쁜 것이 아니라 귀엽게 생긴 얼굴 조형에, 휙휙 변화하는 표정——. 하얗고 가는 팔다리에 풍만한 가슴, 노출이 많은 개조 제복을 멋지게 소화한 모습. 강적이 바로 여기 있다고 주장하는 듯하다.

"람은 관계없어."

한편, 부드러운 렘과 비교해 날카롭고 늠름한 미모라는 인상의 람은 페트라의 적을 품평하는 눈초리에 선수 치며 그리 대답했다. 마치 페트라의 속마음을 파악한 것만 같은 발언에 순간 흠칫했지만, 아마 우연히 나온 말이리라.

아무튼 람의 태도에 스바루에 대한 그 뭐시기는 없다.

즉——.

"——다시 인사할게요. 페트라입니다. 잘 부탁드리겠습니다!"

"——? 네, 정중한 인사 고맙습니다. 스바루 군의 렘입니다."

내민 손을 맞잡자 페트라는 굳은 결심과 함께 부드럽게 미소 짓는 렘을 노려보았다. 그런 어린 소녀의 귀여운 적의에 렘은 추호도 깨닫지 못한 표정으로 갸웃거렸다.

이번 자기소개에서는 자기 마음을 털끝만큼도 숨기지 않은 채로.

3

"하나둘, 셋, 넷. 하나둘, 셋, 넷."

라디오 체조의 구령이 아람 마을 광장을 중심으로 하늘로 뻗어 나간다.

마을 사람에게도 완전히 아침 습관이 된 라디오 체조. 일찍 일어나 광장에 모인 마을 사람들 앞에서 나츠키 스바루가 구령을 붙이며 큼직하게 몸을 움직이고 있다.

마수 소동 때 입은 상처도 회복되어 팔팔해진 스바루는 매일 아침 이렇게 아람 마을에 발길을 옮겨서 마을 사람들과 라디오 체조를 하며 여가 시간을 보내고 있다.

이것은 페트라에게도 매일 스바루와 얼굴을 볼 수 있는 절호의 기회. 본심을 말하자면 라디오 체조는 창피하지만 그걸 참을 만한 가치가 있다.

"이게 없었으면 매일 만나는 렘 씨한테 져 버리는걸."

렘을 연적으로 인정한 페트라는 일방적으로 건투를 맹세하며 하루하루를 보내고 있다. 이렇게 굳게 의식을 가지지 않으면, 스바루와 동료인 렘의 유리함은 부정할 수 없다.

물론 만나는 빈도가 연애를 성취하는 절대적인 조건은 아니지만, 마음이 과격해지는 것은 참 곤란하다. 승패와 상관없이 좋아하는 사람과 매일 만나고 싶은 것은 당연한 욕구다.

그러므로 라디오 체조는 페트라에게도 쓸모가 있었다.

이 때문에 부모를 포함한 어른들, 이장님까지 일으켜서 동원한 보람이 있었다.

결국 마을 사람들의 습관이 된 덕분에 지금은 페트라가 일으키지 않아도 전원 집합, 상쾌한 아침이 시작한다.

"좋—아, 빅토리하고 집합이다! 자, 오늘도 모인 사람들에게 상이 있다고—."

마지막으로 입을 모아 합창한 구령 뒤에, 스바루가 힘차게 손을 들고 마을 사람을 집합시켰다.

스바루가 손에 든 것은 감자로 만든 도장. 참가한 마을 사람들에게는 참가비로 이것을 찍어 준다. 모은다고 무슨 일이 생기는 건 아니지만, 매일 다른 감자 도장이 나와서 의외로 기대하는 사람들도 많다.

페트라도 그런 이들 가운데 한 명으로, 스바루가 하는 일은 웬만해선 다 예쁘게 보였다.

"오, 페트라, 오늘 아침도 손발이 척척 움직이던데 장하더라."

"에헤헤, 진짜? 귀여워? 귀여워?"

"그래, 귀엽지, 귀엽지. 그리고 그렇게 귀여운 페트라한테는 덤을…… 아차."

감자 도장을 찍는 순서가 와서 신난 페트라의 말에 대답한 스바루의 손이 미끄러졌다. 고쳐 잡으려던 감자 도장이 땅바닥에 떨어져 데굴데굴 굴러간 것이다.

스바루가 허둥지둥 그 도장을 주우러 달려가니——.

"——자, 덜렁쇠라니까, 당황하면 못 써."

"덜렁쇠라니, 요즘 못 듣는 말일세."

"놀리지 말고."

스바루보다 먼저 감자 도장에 손을 뻗은 인물이 주워서 건넸다. 받아 든 스바루의 대꾸에 상대는 그 이마를 손가락으로 찔렀다.

하얀 로브를 걸치고 머리까지 후드로 가린 인물이었다. 어조와 가녀린 겉모습을 보면 여자라고 짐작된다. 저런 사람이 이 주변에 있었던가.

"저기, 스바루……."

"——응, 오, 아, 미안, 미안. 좋아, 재개하자. 찍는다—"

감자 도장이 참가표에 꾹 찍혔지만, 페트라는 그 무늬에 눈길을 주지 못했다. 페트라의 시선은 줄곧 눈앞의 스바루에게 못 박혀 있었다.

조금 전에 스바루는 왠지 기쁜 듯이 찔린 이마를 매만지며 웃음을 띠고 있었다.

그것이, 페트라의 눈에는 너무나도 행복하게 비쳐서——.

"——어라? 얘, 이거 떨어뜨렸어. 자."

감자 도장 참가표를 바람에 날린 척 일부러 하얀 로브 입은 사람 발밑으로 날렸다. 그 사람이 그것을 주워 아무렇지도 않게 페트라에게 건넸다.

그런 상대의 모습을 바로 밑에서 들여다본 페트라가 눈을 동그랗게 떴다.

거기에 있던 것은 보석 같은 남보랏빛 눈동자에, 길고 아름다운 은발을 기른 몸서리를 칠 만큼 단정한 얼굴의 여성—— 그야말로 강적 중의 강적이었기 때문이다.

"————."

페트라는 평생의 강적은 필시 렘이 되겠거니 판단했었다. 그녀에게 승리하는 것이야말로 페트라의 첫사랑에서 승리 조건——. 그것은 귀여움에 관해서는 타의 추종을 불허하는 페트라라도 고전이 필연인 치열한 투쟁이 되리라 생각했다.

그러나 여기서 갑자기 반상에 올라온 적은, 페트라의 마음에 큰 고민을 선사했다.

"——? 왜 그러니?"

악의 없이 갸웃하는 몸짓도 예쁘다. 상대는 이상하다는 듯이 페트라를 바라보고 있다. 그녀 자신이 스바루를 어떻게 여기는지는 모르겠다.

다만 페트라가 스바루를 마음에 두듯, 스바루도 그녀에게 특별한 마음이 있는 것은 명백하다.

그리고 첫사랑에 고민하는 페트라는 요령 있게 싸울 방법을 찾아내지 못하고——.

"——메롱!"

"에엑?! 어째서?!"

어린애다운 수법에 상대가 놀라고, 페트라는 그 손에서 참가표를 낚아챘다. 그런 시답잖은 술수를 소기의 선전 포고로 삼기로 했다.

——페트라의 싸움은 이어진다. 귀여움만으로는 이길 수 없다. 세계는 아주 넓은 것이다.

《끝》

『검귀연담——신부의 아버지 편』

(Ex 제3권 · 게이머즈 특전)

1

——빌헬름은 긴장이라는 현상과 인연이 없었다.

긴박감 및 경계심, 그런 식으로 몸도 마음도 팽팽해지는 감각은 이해가 간다. 그 감각들과 전장을 떼어놓기란 불가능하며, 그 감각들이 둔한 사람은 오래 살 수 없다.

따라서 단순한 긴장 상태라는 의미라면 빌헬름은 일상적으로 느끼는 감각이다. 그렇기에 현재 상태로는 빌헬름 본인부터 고개를 모로 꼴 수밖에 없었다.

"————."

손발에 느껴지는 희미하게 저린 감각, 목을 축이고 싶다고 목구멍에서 호소하는 충동. 그것들은 돌발적으로 빌헬름의 육체에 발생하며 심신을 좀먹고 있었다.

"결국에는 나도 사람이었단 뜻인가……."

"빌헬름? 저기, 빌헬름, 괜찮아?"

빌헬름이 목에 손가락을 넣어 목깃을 풀고 뜨거운 숨을 내쉬고 있을 때 말이 걸려 왔다. 걱정이 드러나는 목소리의 주인은 아름다운 파란 눈에 염려를 띤 채 들여다보고 있었다.

그 불안해하는 눈초리에 빌헬름은 자신의 마음을 일으켜 세우며 고개를 가로저었다.

“아무 일도 아니야. 잠깐 목이 말랐을 뿐이지.”

“정말? 하지만 아까부터 자꾸 차를 마시고 있는데…… 설마 긴장했어?”

물어보는 말에 빌헬름은 작게 숨을 죽였다.

긴장하느냐고 물으면 부정할 요소가 없다.

“……아항, 그렇구나. 빌헬름, 긴장하고 있구나.”

그러나 침묵이 물음을 긍정하자마자 소녀── 테레시아의 표정이 돌변했다. 불안해하던 표정은 왠지 모르게 즐겁게 바뀌고 장난기 어린 눈초리가 날아왔다.

그 시선에 불편해진 빌헬름은 혀를 찼다.

“아, 혀 찼네. 그거, 절대로 보여주면 안 돼. 나랑 그림은 신경 쓰지 않지만, 처음 보는 사람은 엄청 마음에 둘 테니까.”

“노력은 하겠어. ……아직 시간이 안 됐나?”

“그렇게 안달하지 마. 곧 올 테니까…… 아.”

시선을 피한 빌헬름의 물음에 입가의 웃음을 손으로 가린 테레시아가 말했다.

응접실 문이 열리고 기다리던 사람이 모습을 드러낸 것은 그 직후였다.

“어머니, 아버지.”

앉아 있던 소파에서 일어나 눈을 빛낸 테레시아가 그렇게 불렀다. 그 말을 듣는 상대는 응접실에 발을 들인 두 인물이었다.

한 명은 아름다운 황갈색 머리를 묶은 품위 있는 여성. 이목구비가 뚜렷한 미녀로, 기장이 긴 팔랑거리는 드레스를 멋지게 소화하고 있다. 시험하는 듯한 눈초리가 인상적이다.

그리고 다른 한 명은 붉은 머리에 파란 눈을 가진 남성── 그 신체적 특징은 테레시아와 일치하여 한눈에 특별한 핏줄의 계승자임을 알 수 있다.

친룡왕국 루그니카에 계승되는 『검성』의 계보, 그 특징적인 혈통의 증거다.

"────."

그들을 보던 빌헬름도 테레시아보다 한순간 늦게 일어섰다. 모습을 보인 두 사람에게 더더욱 딱딱해지는 몸을 의식하면서도 인사했다.

둘이 등장한 순간, 몸이 한층 더 부자유스러워진 감각이 있었다. 그것도 당연하다면 당연한 상황이라 할 수 있으리라.

왜냐하면──.

"잘 돌아왔구나, 테레시아. 그리고 잘 와 주었어, 빌헬름 경."

그렇게 말한 것은 붉은 머리 남성── 벨톨 아스트레아라는 이름으로 알려진 아스트레아 가문의 당주다. 하지만 빌헬름에게는 더 적절한 호칭이 있다.

"중요한 이야기가 있다고 전해 들었는데…… 대체 그게 무슨 용무인가? 나로서는 전혀, 한 톨도, 추호도 상상이 가지 않는다만."

미소와 함께 벨톨은 거듭하는 말에 서서히 힘을 주었다.

그 이마에 핏대를 세우며 파란 눈은 전혀 웃지 않은 모습. 이것은 까다로운 적수다 싶어 빌헬름은 벨톨── 장래의 장인어른을 앞두고 살짝 속이 쓰렸다.

2

빌헬름과 테레시아 두 사람이 발길을 옮긴 곳은 루그니카 왕국 남부에 있는 아스트레아령── 그 땅에 있는 테레시아의 친가, 아스트레아 저택이었다.

테레시아에게는 귀향이며, 빌헬름에게는 사랑하는 여성의 고향을 방문하는 셈이지만, 이 여행에는 더 중요한 의미와 역할이 있다.

짧게 말하자면 빌헬름은 테레시아의 양친에게 결혼 인사를 하러 왔다.

즉, 아수라장이라는 소리다.

"하지만 정말 빌헬름 씨라 다행이야. 성실해 보이는 분이잖니. 이 아이는 옛날부터 내성적인 면이 있다 보니 어떤 남성과 정분이 날지 불안했는데."

"어, 어머니도 참…… 그렇게 창피한 말 하지 마요."

탁자를 끼고 마주 앉은 어머니와 딸이 그런 대화로 꽃을 피우고 있다.

처음 간단한 인사를 마친 이후로 테레시아와 그녀의 모친── 티슈아 아스트레아는 홍차를 들고 과거와 미래 이야기를 소박하게 나누었다.

화목한 분위기를 보니 티슈아는 빌헬름의 존재를 환영하는 것 같다. 아직 직접적으로 '결혼' 이란 한 마디는 언급하지 않았지만, 말 곳곳에 기쁨이 배어 나오고 있다.

신부의 어머니가 한편이다. 그 사실에는 솔직하게 안도감이 느껴졌다.

단──.

"그래서, 빌헬름 경. 자네는 대체 어느 정도 작위에 계신 처지신가?"

"죄송합니다. 작위는 기사, 이것도 갓 서훈받은 참이라."

"맙소사! 기사 칭호뿐인가! 흠흠…… 오호라."

빌헬름과 정면으로 마주한 벨톨이 의미심장하게 말끝을 흐렸다.

수염을 풍성하게 길러서 표정에 위엄을 드러내는 미래의 장인어른은 빌헬름이 딸의 상대로 어울리는지 가늠하느라 여념이 없다.

그리고 적어도 작위에 관해서는 성에 차지 않은 눈치다.

"물론 아무 비호도 없는 신분으로 기사로 출세하기란 쉽지 않지. 그 노력은 인정하겠어. 다만 다소 시기상조라는 생각도 든다만. 자네를 기사로 임명한 것은 누구인가. 그 생각에는 다소 못마땅……."

"아버지, 빌헬름에게 기사 서훈을 하신 분은 지오니스 폐하셔."

"과연 폐하께서는 눈이 밝으시군! 이거 참, 감탄할 도리밖에 없겠어!"

테레시아가 첨언하자마자 벨톨이 의견을 싹 뒤집었다.

그러고서 눈빛을 흐리고 "폐하도 쓸데없는 짓을……." 하고 입 안으로만 중얼거렸다. 하지만 미묘하게 소리가 새어 나와서 잘만 들렸다. 숨기는 재주가 없는 양반이다.

지극히 짧은 시간 동안 접촉했지만, 빌헬름은 몇 가지 알아낸 사항이 있다.

그것은 벨톨이 딸을 끔찍하게 아낀다는 점과, 벨톨이 딸의 결혼을 환영하지 않는다는 점, 벨톨이 숨기는 재주가 없는 인간이라는 점, 벨톨이――좌우지간 벨톨에 관해서는 제법 많이 알았다.

"――――."

힐끔 옆의 여성진을 살펴보니 테레시아는 왠지 모르게 조마조마하게 남성진의 대화를 지켜보고 있고, 티슈아는 감정을 엿볼 수 없는 미소로 빌헬름을 알쏭달쏭하게 만들었다.

적으로 돌렸을 경우, 실질적으로 속내가 짚이지 않는 티슈아 쪽이 강적이었으리라. 그 점에서 파악하기 쉬운 벨톨이 상대인 것은 그나마 다행이라고 여겨야 할 것이다.

그렇지만 신부의 부친이 적대시하는 상황이 바람직하다고는 못 한다. 그리고 빌헬름에게는 이것 말고도 불안한 점이 아직 남아 있었다.

――온몸을 옥죄는 긴장, 그것은 시간이 지남에 따라 더욱 고역이 되고 있었다.

"왜 그러지, 빌헬름 경? 약간 안색이 좋지 못한 듯싶은데?"

갈증을 호소하는 목, 육체를 착착 좀먹는 긴장감——. 그에 시달리는 빌헬름에게 벨톨이 염려하는 말을 건넸다.

하지만 그 말에 넘어가 솔직하게 자신의 긴장을 털어놓을 수는 없다. 그런 짓을 하면 자신의 심신도 멀쩡히 다루지 못하느냐고 헛웃음이나 들을 것이다.

벨톨의 주장은 틀린 말이 아니다. 빌헬름은 빈손으로 찾아왔다. 작위도 없거니와 확약받은 장래도 없다. 오히려 테레시아로부터 『검성』이란 장래를 빼앗았다.

그렇다면 남은 것은 이 몸을 내세워 증명할 수밖에 없는 것이다.

"벨톨 공, 티슈아 부인, 두 분께 드릴 말씀이 있습니다."

"자네한테 아버님 소리를 들을 이유는 없어!!"

"여보, 지레짐작이야. 빌헬름 씨는 아직 아버님이라 부르지 않았어."

빌헬름이 진지하게 꺼낸 서두에 성급하게 짐작한 벨톨이 기선을 제압하려 들었다. 거기에 끼어든 티슈아는 미소와 함께 "하지만." 하고 말을 이었다.

"저는 언제나 어머님이라 불러 주셔도 상관없답니다."

"뭐?! 티슈아, 당신은 대체 무슨 소리를 하는 거야?!"

티슈아의 말에 벨톨이 창백한 낯으로 일어섰다. 그는 눈을 가만두지 못하고 사랑하는 아내와 딸을 번갈아 쳐다보다가 외쳤다.

"지금 우리 집안은 바야흐로 일가 해산의 위기에 처해 있어! 여기서 하나로 뭉치지 않고서야 어떻게 테레시아를 악한으로부터 지키려고 그래?"

"아버지! 악한이란 말은 취소해요! 빌헬름은 전혀 그런 사람이 아니에요! 그러면 아버지는 지오니스 폐하의 판단이 틀렸다는 말씀이세요?"

"아, 아버지는 그런 말 하지 않았다! 테레시아, 그 발언은 불경해! 그런 발언을 하는 딸은 따끔하게 다시 가르쳐야겠군. 한동안 시집도 못 보내겠어……."

"아·버·지!"

사악한 표정을 지은 벨톨의 말에 얼굴을 붉힌 테레시아가 사납게 대들었다. 두 사람의 기세에 빌헬름은 살짝 기가 죽은 눈치다.

"미안해요, 빌헬름 씨. 이 두 사람, 늘 이런 식이에요."

그런 빌헬름에게 눈꼬리를 내린 티슈아가 사과하는 말을 건넸다. 그 뒤에 빌헬름 앞의 찻잔이 비었음을 깨닫자 말했다.

"어머, 찻잔이 비었네. 눈치채지 못해서 미안해요. 마실 것을 더……."

"——엇! 기다려, 티슈아! 여기서 내가 손수 따라 주지."

그렇게 말하며 갑자기 대화에 끼어든 벨톨은 급히 일어나 식사 운반용 카트로부터 찻주전자를 가져오더니 빌헬름의 찻잔에 두 번째로 따랐다.

따뜻한 김과 농후한 찻잎의 향이 감돈다. 빌헬름이 자랑하듯 수염을 만졌다.

"자, 많이 마시게. 사양하지 말고. 우리가 준비하느라 시간이 걸렸으니 자못 마음을 졸였을 테지? 마시게, 마셔."

유난스럽게 차를 자꾸 권하자 빌헬름은 눈썹을 찌푸렸다.

확실히 응접실에 벨톨과 티슈아가 올 때까지는 꽤 시간이 걸렸다. 덕분에 한동안 차나 마시면서 시간을 때우다가 긴장을 자각하기에 이르렀을 정도다.

그 결과, 지금까지 말수도 적어서 장인장모의 인상이 나빠졌겠다고 마음을 졸였다. 과도한 긴장과 불안에 손발이 저린 것도 그게 원인일지도 모른다.

그런 생각을 품으며 빌헬름은 찻잔에 입을 대려고 했으나――.

"――잠깐, 빌헬름. 그 차, 마시는 것 잠시 멈춰 봐."

몸을 내민 테레시아가 제지했다. 그녀는 빌헬름의 손에 든 찻잔을 가로채서 파란 눈을 가늘게 뜨고 붉은 차를 바라보았다.

그 모습에 벨톨이 당황하는 기색을 보였다. 그는 "얘야." 하고 갈라진 목소리로 말했다.

"버릇없는 짓을 하지 말거라. 차를 더 마시고 싶으면 그리 말을 해야지. 아버지가 오랜만에 너를 위해 힘 좀 써서……."

"그러게, 참 별일이지. 아버지가 직접 차를 타다니 웬일이야?"

"뜨끔!"

"방금 뜨끔이라고 했나?"

생각지 못한 추궁을 받았다는 듯이 벨톨의 얼굴에서 핏기가 가셨다. 게다가 그의 얼굴에는 대량의 식은땀이 맺혀서 뭔가 궁지에 몰린 심경인 것은 확실했다.

"후훗……."

그런 벨톨의 모습을 곁눈질하던 티슈아가 고개 숙이고 입술을 달싹거렸다. 아름다운 그녀의 뺨에 발그레 물들고 촉촉한 눈이 쩔쩔매는 남편의 모습을 요염하게 응시했다. 그 속마음은 도통 짐작할 수 없지만, 티슈아는 이 상황을 기뻐하는 듯했다.

그리고 빌헬름도 왠지 모르게 사정을 파악할 수 있었다.

"즉, 벨톨 공은 우리가 마실 차에다 무슨 짓을 한 건가?"

"그보다 빌헬름의 차에만 뭘 탔을 거야. 아버지?"

"히익! 난 아무 잘못도 없다!"

딸의 눈총에 벨톨이 잘못한 사람의 상투적인 소리를 입에 담았다.

자백이나 다름없는 고백을 들은 빌헬름은 자신의 차를 보면서 납득했다.

확실히 부자연스럽기는 했다. 마시면 마실수록 갈증을 느끼고, 몸이 묘하게 저리고 긴장감이 충만했다. 틀림없이 연인의 친가에 방문해서 생긴 불안인 줄 알았는데.

"게다가 아무래도 나는 여러 가지로 약을 잘못 배분한 모양이야. 그만큼 넣었는데 저 친구는 아무렇지도 않은 눈치고……."

"약을 탄 사람이 당당히 그런 소릴 하면 어떡해! 대체 빌헬름에게 뭘 먹이려고 그랬어! 설마, 독을……."

"그런 무서운 짓은 안 한다! 그, 살짝 이뇨 작용을 혼란시키는 약을……."

가슴 앞에 손가락을 맞댄 벨톨이 삐진 어린애 같은 태도로 사실을 밝혔다.

벨톨이 준비한 것은 섭취하면 몸이 수분 요구량을 인식할 수 없어지는 종류의 약이었다고 한다. 즉, 차를 마셔도 마셔도 갈증이 가시지 않다가 이윽고 한계를 맞이한 방광에서는 듬뿍 쌓인 소변이 그치지 않고 흘러서——.

"진짜 아버지는 야비하네! 애초에 그래서 지린 정도로 내가 빌헬름을 버릴 리 없잖아! 오줌싸개라도 다 사랑합니다!"

"뭐라고?! 제정신이냐, 테레시아! 이런 오줌싸개 남자를!"

"안 쌌다고……."

떨떠름한 표정의 빌헬름이 중얼거린 말을 듣지도 않으며 부녀는 다시 설전에 돌입했다.

이미 당사자를 방치하고서 쌌니 마니 따지는 말다툼이지만, 빌헬름은 거기에 관여할 기력을 잃었다.

어쨌든 지금 빌헬름이 할 행동은——.

"화장실이라면 방을 나가 오른쪽 막다른 곳에 있어요."

빌헬름의 의도를 알아차린 티슈아가 다음 목적지를 간결하게 가르쳐 주었다. 도대체 이 여성은 어디까지 남편의 폭거를 알아차렸는지.

"——친절한 말씀 감사합니다."

그 점을 추궁하는 편이 훨씬 더 무섭다고, 일어선 빌헬름은 의문을 감사로 바꾸어 말했다. 그 대꾸에 티슈아는 만족스럽게 미소 지었다.

"저기, 빌헬름 씨. ——이런 집안인데, 잘해 나갈 수 있겠어요?"

그 물음에 빌헬름은 눈을 가늘게 떴다. 지금도 테레시아와 벨톨의 말다툼은 이어지는 중이고 저 안에 끼어들 기력은 솟지 않았지만——.

"——글쎄요, 어머님. 아버님은 까다로운 분 같군요."

"후훗, 만점이야."

빌헬름의 답변을 티슈아가 함박웃음과 함께 그리 평했다. 그 웃음을 보자 빌헬름은 과연 모녀지간이 맞는다고 수긍했다.

아내에게 휘둘린다는 의미라면 벨톨과도 친하게 지낼 수 있지 않을까.

그런 감상을 품으면서 빌헬름은 화장실로 가고자 부녀 싸움을 들으며 급히 문지방을 넘어섰다.

《끝》

『검귀연담——지룡의 도시, 플랜더스 편』

(Ex 제3권 · 토라노아나 특전)

1

"꺄…… 와아, 높다, 높아!"

몸을 굽히던 지룡이 일어서자 시야가 훌쩍 높아졌다.

당연히 보이는 경관도 평소와 달라지며, 그 변화에 떠드는 목소리도 역시 높아졌다.

"좋은 바람이 불어. ……어쩐지 완전히 공주님이 된 기분이야."

지룡의 굵은 목에 안겨서 수줍게 말한 것은 아름다운 붉은 머리 소녀였다.

말은 농담조지만 고운 소녀의 용모를 감안하면 '공주님' 이라는 말도 아예 농담이라 치부할 수 없다. 적어도 그녀를 받치고 있는 빌헬름은 그리 생각했다.

소녀와 둘이서 같은 지룡에 탄 빌헬름은 그녀의 가는 허리를 받치고 있다. 밝은 소녀의 천진한 태도에 『검귀』라고 불리는 남자의 입술이 살짝 호선을 그렸다.

평소에는 굳게 다잡은 표정도 이 사랑스러운 소녀 앞에서는 엉망이다.

"저기, 있지, 빌헬름, 내 말 듣고 있어?"

빌헬름이 그런 감상을 품고 있을 때, 고개만 뒤로 돌린 소녀가 입술을 삐죽였다. 감격의 말에 대꾸가 없다는 사실을 불만스럽게 느낀 눈치다.

"미안. 못 들었어. 잠시 넋이 나가 있던 바람에."

"넋이 나갔다니, 경치에?"

"아니, 너에게."

"――우, 또, 또 그런 소리 하지."

솔직한 감정을 전했을 뿐인데 그 말을 들은 소녀의 반응은 극적이었다.

얼굴을 피하듯 앞을 보고, 귀와 목덜미가 새빨갛게 물들었다. 아마 보여 주지 않는 얼굴도 삼과처럼 빨개졌으리라.

그렇게 된 이유는 모르겠지만 그렇게 된 얼굴은 보고 싶다. 그래서 빌헬름은 소녀의 허리를 받친 팔을 하나 풀고 빈 쪽의 손으로 뺨을 만지려 했다.

"아, 안 돼……. 지금, 얼굴 보여주기 싫어."

"나는 보고 싶어."

"그렇게 심술궂게 말하지 마, 정말. 으으……."

부끄러운 듯 고개를 숙이며 몸을 꿈지럭대는 모습에 더더욱 흥이 돋았다. 몸을 기울인 빌헬름은 소녀의 턱에 손가락을 얹고 고개를 돌리게 하려――.

"――그쯤 해라, 트리아스."

옆에서 마치 쏘아 죽이려는 듯한 날카로운 검기가 날아왔다.

"―――――."

힐끔 쳐다보니 두 사람이 탄 지룡 옆에 다른 지룡이 있었다. 그리고 검기는 그 옆의 용 위에 있는 인물이 날린 것이었다.

금발에 벽안을 가진 미모의 검사가 빌헬름에게 가차 없는 검기를――아니, 손에 든 장검의 칼끝을 들이대고 있었다.

그렇게까지 하기냐고 빌헬름은 생각했다. 생각하면서.

"……난 이제 트리아스가 아니다만."

애정 표현을 방해받은 짜증을 남긴 채로 힘없이 반론했다.

2

"캐럴, 너무 쉽게 검을 뽑으면 안 되잖아. 목장 사람도 엄청 놀랐어."

뾰로통해진 붉은 머리 소녀가 허리에 손을 짚고 질책했다.

그 말에 금발의 여검사, 캐럴이 반성한 증거로 고개를 숙였다. 이미 살벌한 검기는 사라지고 날 선 분위기도 자취를 감추긴 했지만――.

"죄송합니다, 테레시아 님. 트리아스의 발칙한 태도에 그만 이성을 잃는 바람에……."

"자꾸 말하게 하지 마라. 트리아스 가문은 사라졌어. 나는 이제 트리아스가 아니야. 그리고 너는 하나도 반성 안 했지?"

여전히 적대적인 발언에 빌헬름은 험악한 목소리와 시선을 캐럴에게 돌렸다. 그 발언에 캐럴의 눈꼬리가 확 치솟고 또다시 무

의미한 설전이 시작되려 했다.

그러나——.

"자, 그만! 둘 다 싸우지 말 것!"

붉은 머리 소녀가 거기에 끼어들어 싸움을 미연에 막았다. 빌헬름과 캐럴, 둘 사이에 휘몰아치는 검기는 상당한 수준이지만 소녀는 아랑곳하지도 않았다.

그러지 못해서야 『아인전쟁』을 막는 거창한 위업은 이루지 못했다. 본인이 바란 자질인지 여부는 차치하고.

붉은 머리 소녀, 그녀의 이름은 테레시아 반 아스트레아——모든 검사의 정점인 『검성』의 칭호를 받고 오랜 세월에 걸친 전쟁을 끝낸 영웅이다.

물론 현재는 그 칭호를 반납하고 한 새색시로서 일상을 보내기 시작한 직후.

"그런 판국인데 훼방꾼이 많아도 너무 많은 여행길이군. 알기는 하는 거냐, 훼방꾼."

"우쭐대지 마라, 트리…… 빌헬름. 나는 벨톨 공의 명령으로 네가 테레시아 님께 과도하게 발칙한 짓을 저지르지 않을지 감시하는 역할이다. 결단코 사적 원한으로 움직이는 것이 아니다."

"묻지도 않은 소리를 떠든 건 자각이 있어서 그럴 텐데……."

"또오— 싸움질하지—!"

곧장 다시 날 선 분위기로 돌입하려던 두 사람을 테레시아가 말렸다.

하지만 평소에는 캐럴에게 무른 테레시아도 신혼여행 중인 이번만큼은 심정적으로 빌헬름 편 같다. 그녀는 성난 캐럴의 어깨에 손을 얹고 말했다.

"캐럴도 걱정해 주는 건 기쁜데…… 이건 나랑 빌헬름의 신혼여행이니까, 응? 제발. 잠시만 자유롭게 해 줘."

"하지만 테레시아 님…… 이 캐럴은 걱정됩니다."

"네, 잘 알아요. 그렇지만 내겐 아주 믿음직한 서방님이 있답니다."

등을 곧게 편 테레시아가 뒤에 앉아 있는 빌헬름에게 추파를 보냈다. 심히 고혹적인 눈짓이지만 테레시아에겐 그게 악수라는 자각이 없었다.

그런 행동거지 때문에 캐럴이 더더욱 빌헬름을 적대시하는 줄 몰랐다.

그래도 캐럴은 피를 토하는 고통을 겪는 얼굴로 빌헬름을 쳐다보며 말했다.

"빌헬름, 테레시아 님을……."

"넌 나한테 맡기는 게 얼마나 싫어서 그러냐."

고뇌 속에 내린 결단일지도 모르겠지만 얼마나 싫어하며 맡기려는 건지.

애초에——.

"——그냥 지룡에 타는 경험을 한번 해 보잔 것뿐이잖아."

빌헬름의 탄식이 『지룡의 도시』 플랜더스의 고원에 허망하게 흘렀다.

멀리서 지룡의 고삐를 잡은 목장주가 세 사람의 다툼이 그치길

막막한 표정으로 기다리는 모습이 보였다.

3

——용차 말고, 지룡에 혼자 타 본 적이 없다.

뜻밖에도 플랜더스를 들른 테레시아는 그런 사실을 빌헬름에게 털어놓았다.

"친가에도 지룡은 있었고, 첫째 오라버니는 기룡의 명인이었지만……."

"너에겐 기룡의 재능이 없었다?"

"아니, 그게 아니야. ……그냥 생물을 건드리는 게 무서웠을 뿐."

쓸쓸한 미소를 머금은 테레시아가 자신의 손을 포개며 말했다.

생물을 건드리는 것이 무섭다. ——그것은 그녀가 가진 『사신(死神)의 가호』에 유래한 감정이다.

타인에게 아물지 않는 상처를 새기는 그 가호는, 남의 상처에 민감한 소녀였던 테레시아를 지독한 겁쟁이로 만들었다. 그것이 지룡과의 접촉을 주저하도록 만든 요인이리라.

검을 버리고 다소나마 가호를 제어할 수 있게 된 현재, 그녀는 어릴 때에 얻지 못한 지룡을 향한 도전장을 얻었다.

그것을 신혼여행 중에 들른 『지룡의 도시』에서 행사하겠다는 상황이었다.

"그런 와중에 분위기 파악도 못 하는 시종이 다 있군그래."

틈만 나면 구실을 달아 빌헬름과 테레시아의 공동 작업을 방해하려 드는 캐럴에게 악담을 퍼부었다. 그런 빌헬름의 말에 테레시아는 미소를 지었다.

"관대하게 용서해 줘. 캐럴은 나를 걱정할 뿐이야. 템즈 오라버니…… 첫째 오라버니 말인데, 템즈 오라버니도 그랬거든."

내전 중에 테레시아의 두 오빠와 막내 남동생은 전사했다고 들었다. 요컨대 그 남자 형제들의 과보호가 캐럴 한 명에게 깃들었다는 소리다.

그리 생각하니 그 참견질도 이해 못 할 것은 아니다.

"그걸 용서하느냐 마느냐는 또 다른 얘기지만."

"으음, 그건, 응, 그렇지……."

테레시아가 쓴웃음 짓고, 빌헬름도 그 웃음에 눈매가 가늘어졌다. 그때, 목장주가 "준비가 다 됐습니다." 하고 말을 붙였다.

대화가 잦아들기를 기다리고 있던 것일까.

아까부터 이 사람 좋은 인상의 목장주에게는 번번이 폐를 끼치고 있다.

미안한 마음에 빌헬름은 다시 테레시아의 허리를 받치며 쭈그려 있던 지룡에게 일어나라고 지시했다.

"——아."

순간, 시야가 단숨에 높아지고 테레시아의 가느다란 목이 희미한 감동에 떨렸다.

첫 번째는 이 감동을 다 만끽하기 전에 방해가 들어왔다. 하지만 이번에는 훼방꾼은 자중하고 있으며, 그녀의 마음을 통감하는 빌헬름도 괜한 짓은 하지 않는다.

자연히 테레시아는 바람이 흐르는 고원을 내려다보는 모양새로, 맑은 하늘을 가둔 것처럼 파란 눈을 가늘게 뜨고서 세계에 애정을 보냈다.

"저기, 빌헬름은 알고 있어? 지룡의 종류, 그 이름의 유래."

침묵을 선택한 빌헬름에게 문득 테레시아가 그런 화제를 꺼냈다. 잠시 생각하던 빌헬름은 그녀의 질문에 고개를 가로저었다.

지룡에는 그 지역마다 기후 및 환경에 적응해 변화한 개체가 여럿 존재한다. 가장 수가 많으며 범용성이 뛰어난 플래너종(種)을 비롯해서, 한랭지에 적응한 에이리크종, 사막 지대에 강한 아가레스종, 귀중하고 뛰어난 핏줄이라는 다이아나종 등이 그렇다.

하지만 그런 종류와는 별개로, 이름의 유래에는 주의를 기울인 적이 없었다.

"플래너, 에이리크, 아가레스, 다이아나……. 전부 옛날에 있던 꽃 이름이래. 지룡의 이름은 모두, 꽃 이름에서 따온 거야."

"꽃 이름……."

"응. 그거, 왠지 근사하지?"

근사한지 아닌지는 솔직히 판단이 가지 않지만, 꽃 이름이 붙은 지룡들에 대해 특별한 감상이 없지는 않다.

누가 지었는지는 모르겠지만, 그 인물에게는 어떤 의도가 있었을까.

이, 사람을 잘 따르고, 배신하지 않는, 인류의 벗인 존재에게 무슨 이유로 꽃 이름을.

"……정말, 이 아이들은 사람을 전혀 위험하게 만들려고 하질 않는구나."

빌헬름과 둘이서 지룡에 탄 테레시아가 목의 비늘을 어루만지며 중얼거렸다. 그 표정에서는 처음의 흥분도 가셔서 완전히 지룡의 등짝에서 안식을 향수하는 기색이다.

실제로 지룡의 등에 오른 사람들 대다수는 그 온화한 성질과 기승자를 배려하는 태도에 놀라서 마음을 터놓게 되기 마련이다.

빌헬름도 맨 처음 때를 떠올리면, 그것은 어릴 적――아직 검과 만나기보다 전에 형의 손을 빌려서 탔던 것이 처음이었을지도 모른다.

"――――."

빌헬름에게도 두 형이 있었다. 지금은 이미 양쪽 다 없다.

그 사실은 받아내고 수용하여 극복했다. 극복했다고 여긴다. 하지만 이렇게 테레시아와 함께 첫 경험의 향수가 가슴에 되살아나면――.

"빌헬름?"

"――큰형도 작은형도, 검의 실력은 젬병이었어. 책만 읽고 있었는데, 그런데도 믿음직하긴 해서 아버지도 어머니도 영지를 형들에게."

테레시아의 부름에 대꾸하는 빌헬름의 말은 생뚱맞은 내용이었다.

하지만 테레시아는 한 번 눈을 크게 뜨더니 곧 눈을 감고 고백에 귀를 기울였다.

"————."

빌헬름이 테레시아에게——아니, 다른 사람에게 가족 이야기를 하는 것은 이번이 처음이었다.

빌헬름의 가족이, 트리아스 가문이 『아인전쟁』 중에 멸문된 것은 관계자라면 누구나 알고 있다. 테레시아도 알고 있다. 그렇기에 그녀도, 다른 가까운 사람들도, 빌헬름의 상처를 헤집을 만한 질문을 입에 담지 않았다.

빌헬름은 거기에 응석 부리고 있었음을 갑자기 자각하고 말았다. 깨달은 순간에는 잠자코 있을 수가 없어져서 더듬더듬 가족과의 추억이 튀어나왔다.

큰형에게는 자주 혼났다. 작은형과는 싸움만 해 댔었다. 아버지는 귀족답지 않은 소행에 항상 한탄하고, 어머니는 빈번하게 검을 숨기곤 했다.

하지만 큰형은 알아들을 때까지 끈기 있게 설명해 주었고, 작은형은 동생의 적이 대인원이라도 반드시 가세해 주었다. 아버지는 언제 어느 때 어디서 기회가 있을지 모른다며 귀족의 교양을 단단히 가르쳤으며, 어머니는 몸을 함부로 굴리는 아들을 곧잘 껴안아 주었다.

그런 사람들이었다. 그런 사람들이 있었다. ——그런, 가족이었다.

"……그렇구나."

빌헬름이 더듬거리며 이야기를 마치자, 테레시아는 짧게 그렇게만 말했다.

그 이상은 바라지 않았고, 필요가 없었다.

——단지, 세상을 뜬 가족을 비로소 진정으로 애도할 수 있었다는 생각이 들었다.

4

“자, 캐럴! 여기야, 여기! 더 서둘러!”

“테, 테레시아 님! 그렇게 서두르시면…… 기다려 주십시오!”

신난 테레시아의 목소리를 쫓아 우왕좌왕하던 캐럴이 고삐를 확 잡아당겼다.

빌헬름은 멀리서 바람처럼 달리는 지룡 두 마리를 바라보며 고작 몇 시간 만에 완전히 숙달한 테레시아의 기량에 감탄했다.

역시 보통내기가 아니다. 요령만 잡으니 눈 깜짝할 새에 숙달되었다. 선택한 지룡이 좋은 덕도 있겠지만 현재 테레시아의 기량은 경험이 많은 캐럴조차도 추월했다.

두고 보기만 하다간 빌헬름의 입장도 위태로울 실력이다.

“부인께서 타는 솜씨가 훌륭하시군요.”

전력질주 같은 과격한 기술에 도전하는 테레시아. 빌헬름 옆에서 싱글벙글 웃던 목장주가 그 모습을 바라보며 중얼거렸다.

플랜더스에서 지룡 목장을 경영하는 남자에게는 처음으로 지룡을 탄답시고 많은 편의를 제공받았다. 어떻게든 그 호의에 보답하고 싶은데.

"저 지룡, 부인께 완전히 길이 들었는데…… 어떠십니까?"

"————."

말재주가 좋다고 생각하며, 빌헬름은 실눈을 뜨고 테레시아가 탄 노란 지룡을 관찰했다. 밝은 색조의 비늘이 그녀의 붉은 머리카락과 잘 어울렸다.

"이름은?"

"네, 저 지룡의 이름은 말이죠……."

미소 지은 목장주가 손바닥을 비비며 대답했다. 그 답변에 빌헬름은 깜짝 놀랐다.

그러더니 보기 드물게도 소리 내며 웃고 말았다.

——그 지룡의 이름 또한, 빌헬름과 테레시아에게는 추억 깊은, 소중한 꽃의 이름이었기에.

《끝》

『검귀연담――신혼여행의 숨겨진 사정 편』

(Ex 제3권 · 멜론북스 특전)

1

"자, 캐럴, 여기야, 여기."

"테레시아 님, 그렇게 서두르시면 위험해요."

눈썹이 처진 소녀가 그렇게 말하며 앞에 가는 소녀를 허둥지둥 쫓는 중이었다.

다소 방만한 모습이지만 그렇다고 이 둘을 상대로 꾸짖을 수 있는 사람은 주위에 없었다. 그러고 있는 두 소녀―― 그 양쪽 모두가 아리따운 미모를 가졌으면 눈길을 끄는 행위도 폐가 아니라 예능의 한 장면 같은 화려함으로 승화되기 마련이다.

그런 주의의 의도를 깨닫지 못한 채 상업도시 픽타트의 시가지를 거니는 것은 테레시아와 캐럴 두 사람――. 신혼여행 막간에 있던 일이었다.

화목한 관계지만, 당연히 이 두 사람이 신혼인 건 아니다. 테레시아에게는 가장 사랑하는 남편인 빌헬름이 있으며, 캐럴은 어디까지나 여행의 수행원이다.

단, 현재 빌헬름은 신혼여행을 평온히 즐길 수 없는 상황이었다.

왜냐하면――.

“그건 그렇고 그 정도 상처로 끝나다니 운이 좋은 남자군요.”

테레시아를 따라잡아 그 팔로 주군을 붙든 캐럴이 한숨을 섞으며 말했다. 그녀의 시선은 길거리 저 너머, 치료원이 있는 방향을 보고 있었다.

치료원에는 두 사람의 관계자가 2명 입원해 있고, 그중 한쪽이 빌헬름이었다.

여행 중임에도 불구하고 어느 사정 때문에 강적과 강제로 결투를 벌인 빌헬름은 목적을 달성하는 대신 중상을 입어서 현재는 절대안정 상태였다.

그 때문에 빌헬름이 없이 테레시아와 캐럴은 상업도시를 산책하고 있었지만――.

“그러네, 걱정 많이 끼쳤지만, 정말 악운이 강한 사람이지 뭐야. ……아버지도 참.”

“으……! 테레시아 님, 제가 말한 상대는 절대로 벨톨 공이 아니라…….”

“안다니깐. 농담이야, 농담.”

안색이 불편해진 캐럴 옆에서 그녀의 팔을 안은 테레시아가 장난스럽게 웃었다.

입원한 한 명은 빌헬름이지만 다른 한 명은 벨톨―― 테레시아의 친아버지다. 솔직히 말해 벨톨의 용태는 한때 정말로 위험한 지경까지 갔었다. 이렇게 지금 농담거리로 삼을 수 있는 것은 다양한 기적이 겹친 덕분이다.

그 기적 중 하나에는 빌헬름의 분전이 있으며, 그 외의 요인으로——.

"어머?"

문득 테레시아가 무언가를 알아채고 눈을 동그랗게 떴다. 캐럴은 그 하늘색 눈을 아무리 오래 바라봐도 질리지 않을 만큼 아름답게 느꼈다.

그런 테레시아의 시선이 향한 쪽을 따라가니 길거리 노점에서 얼음과자를 사는 남자가 눈에 들어왔다.

깡마른 장신에, 하얀 술법의(術法衣)를 걸친 인물이다. 신경질적이고 언짢게 실눈을 뜬 양반이지만 갓 구입한 얼음과자를 입이 미어져라 넣는 모습을 보면 인상의 낙차가 컸다.

아마 저것이 민낯일 것이다. 떠오르는 것은 저런 얼굴뿐이다.

"음, 너희냐."

그 낯익은 얼굴의 상대도 길 위에 선 캐럴과 테레시아의 모습을 알아챈 눈치였다. 얼음과자를 한 손에 들고 다가오는 남자에게 캐럴과 테레시아도 마주 인사했다.

"휴식 중인가요, 갈리치 선생님."

"그렇지, 그런 셈이야. 강에 떨어진 녀석들 진단도 이제야 한숨 돌린 참이라서."

숟가락을 입에 문 채로 술법의를 입은 남자——갈리치가 테레시아에게 대꾸했다. 솔직히 시원할 만큼 예의가 없는 태도지만 묘하게 잔소리를 할 기분이 들지 않았다.

그도 그럴 만하다. 한때는 위중한 상태에 빠진 벨톨이 회복한 기적의 배경에는 다름 아닌 갈리치의 진력이 있었다.

빌헬름의 분전과 갈리치의 진력, 어느 한쪽이 빠져도 벨톨의 생명은 없었다. 그 때문에 오히려 테레시아 쪽이 정중하게 고개를 숙였다.

"바쁘게 해드려 죄송합니다. 그 다리도 무너져서…… 그 바람에 많은 사람들이 말려든 모양이니."

"뭘, 결투나 구경하던 녀석들이다. 조금쯤은 덤터기를 쓸 각오를 했겠지. 다행히 요란하게 다친 사람은 안 나왔어. 감기 걸릴 녀석은 있을지도 모르겠다만."

테레시아의 사과는 빌헬름이 입원한 원인이 된 결투에 대한 것이다.

도시의 대교에서 벌어진 그 결투는, 마지막에는 적이 달아나는 모양새로 막을 내렸다. 그때 상대가 다리를 무너뜨리고 도주를 꾀한 결과, 관객 대다수가 다리 아래의 강에 빠졌다.

갈리치의 말을 믿으면 다친 사람은 나오지 않은 듯하지만 테레시아는 깊게 반성 중이다.

"테레시아 님, 너무 마음에 두지 마십시오. 책임은 다리를 무너뜨린 불한당들에게 있습니다. 테레시아 님의 잘못이 아닙니다."

"하지만……."

"무너진 다리의 수리비도, 덤터기를 쓴 구경꾼들의 치료비도 춘부장께서 내실 게야. 아무도 토 달 수 없을걸."

조금이라도 테레시아의 죄책감을 누그러뜨리려는 캐럴의 말에 갈리치의 지원이 들어갔다. 본인에게 그럴 의사는 별로 없는 듯했지만 테레시아에게는 도리어 효과적이었다.

요령이 없다고도 할 만한 그 배려의 말이 그녀의 남편하고 겹쳐 보였을지도 모르겠다.

"감사합니다, 갈리치 선생님. 살짝 마음이 편해졌어요."

"그건 천만다행이고……. 그러면 그 답례 겸 해서 묻고 싶은 게 있다만."

"——? 저라도 괜찮으면 말씀을 듣겠는데요."

얼음과자를 입에 물고 감미를 탐닉하던 갈리치의 말에 테레시아가 갸웃거렸다. 그 반응에 갈리치는 "그게 말이다." 하고 눈썹을 찌푸렸다.

"네 아버지께서, 나를 왕도에 추천하겠다며 요지부동이지 뭔가. 어떻게 생각을 뜯어고치게 할 수 없겠나."

"아버지께서요? 그건…… 저기, 그러면 안 되나요?"

떫은 표정을 지은 갈리치의 부탁에 테레시아는 눈을 동그랗게 떴다. 그녀는 눈치를 살피듯 옆에 선 캐럴을 힐끔 쳐다보았다. 캐럴은 잠시 생각하다가 고개를 가로저었다.

"아뇨, 명예로운 일로 압니다. 벨톨 공의 용태가 회복한 데에는 반지형 주구(呪具)에서 해방된 덕도 있습니다만, 갈리치 선생님의 진력이 클 테지요. 벨톨 공은 그 점을 높이 평가하셨을 겁니다. 그래서 왕도에 추천하셨겠지요."

"그게 내키지 않는다고 하는 말이다만……."

출세욕이 없는지, 왕도 추천 제안에 갈리치는 난색을 표했다.

실제로 성격이 그 모양이기는 하지만 아스트레아 가문의 당주인 벨톨의 발언력은 그만큼 높다. 그의 추천이 있으면 왕도에서 영달하는 것은 약속받은 거나 다름없을 텐데.

"그렇게 이 도시에 애착이 있단 말씀인가요?"

"아니, 왕도에 가기가 싫어서 그래. 왕도에는 거시기…… 아들의 모친이 있거든."

"——?"

씁쓸한 표정으로 중얼거린 갈리치의 말에 테레시아와 캐럴이 동시에 물음표를 머리에 띄웠다.

아들의 모친이라니 이상한 표현이다. 그 말은 즉——.

"——부인이라는 뜻 아닙니까? 갈리치 선생님 자제분의 모친이라면."

"아니, 아들의 모친이 맞아. 피가 이어진 아들이지만 그 모친과 나하곤 혼인 관계가 아니야. 계약 관계라는 쪽이 정확할 테지."

"저기, 그 계약이라면……."

"짧게 말하면, 씨만 달란 말을 들은 관계지."

"——!"

생각지 못한 과격한 고백에 테레시아와 캐럴은 동시에 얼굴이 벌게졌다. 그 모습에 갈리치는 말실수를 했다는 듯이 이마에 손을 짚고 말을 이었다.

"미안하이, 놀라게 할 생각은 없었어. 그냥 그런 사정이 있다는 게야."

"저, 저희 쪽이야말로 깊은 속사정을 파고들어서…… 그, 상대분과 만나고 싶지 않다는 말씀이실까요."

"만나지 않는 편이 서로와 자식을 위한 거라 생각하고 있지. 좋은 아비라고는 못하고, 그치가 좋은 어미 노릇을 할 것 같지도 않아. 그러니까……."

"——그건, 아이 쪽이 택할 일이라고 생각합니다."

논리를 전개하려는 갈리치를 갑자기 굳센 말이 가로막았다. 직전까지 부끄러움에 얼굴을 붉히고 있던 테레시아의 말이었다.

그녀는 뺨에서 붉은 기색을 지우고 진지한 눈초리로 갈리치를 꿰뚫어 보고 있었다.

"행복한지 아닌지는 본인이 결정할 일이에요. 얼굴을 맞대기 싫은 것은 선생님 자유입니다만…… 멋대로 그 아이의 마음을 단정 짓지는 말아 주세요."

"————."

"저도 이런저런 일이 있었지만, 지금은 행복하다고 가슴을 펼 수 있습니다. 여태까지 선생님이 그 아이에게 못난 분이었다 해도, 앞으로는 다를지도 모르잖아요."

테레시아가 열심히, 좋은 말을 늘어놓으려 머리를 쥐어짰다. 그 옆에 선 캐럴은 테레시아가 자랑스럽고 사랑스럽기 그지없었다.

어떠냐, 이분을 보아라. 이 멋진 여성을 보라고, 마냥 가슴을 펴고 싶다.

"——거 이상할세. 당사자보다 옆의 아가씨 쪽이 더 당당하게 굴어."

그런 테레시아와 캐럴을 본 갈리치가 김이 샌 표정으로 웃었다.

깡마른 치유술사는 웃는 채로 얼음과자 그릇을 기울여 다 녹은 내용물을 목구멍에 부었다. 삼킨 뒤에 차가운 숨을 내뱉었다.

"행복은 본인이 결정할 일이라. 하긴 맞는 말이지. 나는 자기 변명에 아들 이름을 빌리려 들었어. 그건 부끄러워할 일이지."

"선생님, 그러면……."

"음, 결정했네. ——나는, 내가 만나기 싫으니까 왕도에 안 가련다."

"어라?"

설득이 결실을 맺어야 할 분위기가 배신당하자 테레시아가 눈을 크게 뜬 채 굳었다. 그 반응에 갈리치는 고소하다며 이를 보이고 웃었다.

"행복은 본인이 결정할 일. 그렇다면 내 행복을 위해서 나는 왕도에 안 간다. 아들이 나랑 만나고 싶다고 하면 꼭 그렇지만도 않지만…… 지금은 아직 그때가 아니지."

"으, 으——. 반론 못하겠어……. 캐럴……."

"안타깝습니다만, 테레시아 님의 말씀을 교묘하게 이용하고 계셔서……."

이렇게 말하면 뭐하지만, 캐럴은 남을 속이기 위해서 머리를 굴려 본 적이 없다. 그건 테레시아도 마찬가지로, 요컨대 갈리치를 구워삶기란 불가능하다는 뜻이다.

두 사람이 백기를 들자 갈리치는 흡족하게 콧방울을 벌름거렸다.

"어쨌든 내 의견은 굳어졌어. 너희한테 고맙단 인사를 하지. 이젠 네 아버님을 설득해서 포기시키면 되겠군."

"아, 그건……."
"응?"
갈리치가 목울대를 울리자 테레시아는 자기 입을 손으로 막았다. 그리고 그녀는 옆의 캐럴에게 눈짓하고, 그 뜻을 알아차린 캐럴도 끄덕였다.
이 자리는 캐럴과 테레시아의 패배. 그러나 둘에게는 그 벨톨이 있다. 어린애 같고, 포기할 줄 모르는 그 벨톨이.
"설마 벨톨 공의 구질구질한 면에 기대하게 되는 날이 올 줄이야……."
"후후, 아버지와 갈리치 선생님, 누구 궤변이 먹힐지 구경할 만하겠네."
"……뭐라고 할까, 불길하게 웃는 친구들이구먼."
벨톨과의 오랜 관계 덕에 캐럴과 테레시아는 승리를 확신하고 있었다. 떼를 쓰는 것에 관해서 벨톨을 능가하는 사람은 없었다.
그건 그렇고.
"어떤 분이신가요? 갈리치 선생님이 그렇게 말씀하시는 부인……이 아닌 분은."
"딱히 남 말할 입장은 아니지만, 괴짜지. 능력은 뛰어나지만 대하기 까다로운 여자야. 나와 맺어진 것도 술사의 재능을 욕심낸 거고…… 결실을 맺었는지는 모르겠다만."
"아예 없지는 않은 사고방식이죠. 요즘 시대에는 거의 찾아볼 수 없지만."
피를 진하게 남기기 위한 혼인이나 뛰어난 혈통을 받아들이기 위한 혼인은 간간이 있는 이야기다. 요즘 시대에는 드물어졌지만 수백 년 전에는 상식적인 발상이었다고 할 수 있다.

개중에는 아스트레아 가문처럼 어떤 피를 받아들인다 해도 덮어쓸 수 없는 강고한 피도 있기에, 그런 혈통주의는 사라져 가는 추세지만.

"낡은 사람들 사고방식이라고 하면 그뿐이지만, 나는 그리 느껴지지 않았지. 끝내 수긍한 건 그 열의에 졌기 때문이고…… 상대가 미인이란 이유도 있지만."

"남자들이란……."

갈리치의 불순한 발언에 테레시아가 경멸의 시선을 보냈다. 옆의 캐럴도 비슷비슷한 표정이라 갈리치는 호들갑스럽게 "흐헐헐." 하고 웃었다.

왠지 모르게 남의 신경을 긁는 웃음소리다.

"그런 사정이야. 춘부장한테는 불결한 남자에게 미련 가지지 말라고 진언해 둠세. 그리고 네 서방은 바람피울 걱정할 것 없어. 그 친구는 결벽증이야. 보면 알지."

"분합니다만 그 점에 관해서는 저도 같은 의견이군요."

"캐럴도 참……."

갈리치가 사랑에 보증을 찍자 캐럴은 마지못해서 동의했다. 두 사람의 긍정에 뺨이 붉어진 테레시아는 사랑스러워서, 캐럴은 본의 아님에도 인정할 수밖에 없었다.

빌헬름의 우직한 마음은 전부 다 테레시아에게 쏠려 있다. 그렇기 때문에 그는 자신의 목숨을 돌아보지 않고 결투에 도전하고 멋지게 목적을 달성했다.

그것은 부끄럽게도 캐럴은 해내지 못한 일이다.

"하지만 그게 곧 내 마음이 그 남자보다 못하다는 증거가 되지 않지."

"저기, 캐럴? 왜 그렇게 벼르는 기색으로……."

"제가 얼마나 테레시아 님을 마음에 두었는지. 그 정은 그 남자에게도 결코 뒤지지 않습니다……! 그 점은 알아주실 터……!"

감정이 북받친 캐럴이 옆에 선 테레시아의 손을 단단히 잡았다. 그 기세에 눌린 테레시아의 눈이 휘둥그레졌다.

하얀 뺨이 살며시 붉어지고, 테레시아가 입술을 달싹이며 눈길을 피했다.

"저, 저기 말이야, 캐럴……. 그게, 마음은 아주 기쁜데……."

"예!"

"여기는, 사람이 많이 있는 길거리니까, 너무, 정열적인 건……알지?"

헤실헤실 풀린 웃음과 함께 테레시아가 캐럴에게 타일렀다. 그 지적에 제정신을 차린 캐럴은 퍼뜩 주위를 보았다.

길 한복판에서 당당히 마음을 전하는 캐럴의 모습에 군중의 뜨뜻미지근한 눈총이 쏠렸다. 서서히 캐럴의 뺨이 벌게지고, 그 모습에 갈리치가 히죽 웃었다.

"치유술사로서 조언하겠지만, 뜨거워진 뺨에는 찬 것이 좋다. 저기 가게의 얼음과자라면 특히 추천하마."

"으, 으, 으……."

신나게 놀림 받은 캐럴이 분하게 입술을 깨물었다. 테레시아가 그런 캐럴의 소매를 "괜찮으니까." 하고 잡아당겼다.

"그렇다면 추천을 믿어 보자. 앙~ 해 줄게."

"테, 테레시아 니임……."

그래서는 갈리치의 의도대로 놀아나는 게 아닌가. 캐럴은 처량한 소리를 냈다.

그러나 결국 테레시아의 유혹에 굴복한 캐럴은 터덜터덜 그녀 뒤를 따라갔다.

"흐헐헐, 행복하시길."

그 모습을 뒤에서 갈리치가 웃음과 함께 배웅했다.

그 목소리가 유발한 짜증을 캐럴은 애써 참아냈다.

하다못해 이 뒤에 있을 테레시아와의 한때가, 이 굴욕 및 빌헬름에게 품은 질투를 덧칠해 주기를.

"저기, 캐럴, 어느 맛이 좋아?"

그런 음침한 소원 따위는 옆에 있는 소녀의 미소 앞에선 버티지도 못한다는, 당연한 사실에 접하면서 캐럴은 잔달음질로 주인의 등을 쫓았다.

《끝》

『Re:제로부터 시작하는 연중 여름 생활』

(Re:제로부터 시작하는 연중 여름 생활 in 시부야 마루이 특전)

1

"──여름이다! 바다다! 선샤인!"

눈앞에 펼쳐진 절경에 나츠키 스바루는 무심코 소리쳤다.

정면에서 스바루를 짠하고 맞이한 것은 파랗고 맑은 광대한 물웅덩이였다. 대자연이 기른 미관 앞에서 인간이란 이리도 작은 존재인가, 하고 무심코 시인 같은 소리가 나온다.

"저기, 스바루."

그렇게 시인 같아진 스바루를 같은 광경을 바라보는 은발 소녀가 불렀다. 아름다운 남보랏빛 눈이 동그래진 소녀는 스바루에게 갸웃하며 물었다.

"여름이, 뭐야?"

"그리고 바다라는 것도 무슨 말인지……."

"오오, 그건 말이지……."

은발 소녀의 의문에 다른 소녀의 의문이 겹쳤다. 그 질문에 스바루는 유난히 뜸 들이는 시늉으로 돌아보며 의기양양하게 대답하려다가, 별안간 멈추었다.

——원인은 지극히 단순, 이해는 지극히 간단.

돌아본 스바루의 시야에, 평소와 복장이 너무나 다른 소녀들이 비치고 있었다.

어깨와 허리, 등과 복부, 평소에는 예쁜 의상 속에 가려진 하얀 맨살이 지금은 아낌없이 드러나 있다. ——야릇한 표현을 치우고 말한다면, 그것은 이른바 수영복.

두 미소녀—— 에밀리아와 렘은 수영복을 입고 스바루의 등 뒤에 서 있었던 것이다.

"지구에서 태어나 다행이다——!"

스바루는 승리의 포즈를 잡고 그 행운에 감사했다. 엄밀히 말하면 여기는 이세계이지 지구가 아니지만, 그런 문제는 사소한 일이다.

어쨌든 스바루는 그 광경을 눈에 새기려 굳게 결심하고——.

"우리 딸을 못된 눈으로 보지 마."

"람의 귀여운 동생에게서 엉큼한 시선을 치워. 음흉해."

"버닝서머억?!"

얼굴에 부드러운 볼록살의 충격을 받고 몸을 젖힌 순간 폭풍에 휩쓸린다. 몸을 가누지 못한 스바루가 뒤로 훌쩍 날아갔다.

"아, 스바루!"

"스바루 군?!"

두 소녀의 목소리를 마지막으로 스바루의 모습은 물소리와 함께 수면에 처박혔다.

2

——로즈월 저택 기획, '영내에 있는 호수에서 보내는 피서 투어' 개최!

이것이 바로 이번 수영복 이벤트의 내용을 짧게 설명한 타이틀이다.

또한 기획명으로 알 수 있는 대로 이 투어는 스바루가 발안해 실현한 것이다.

요즘 따라 루그니카 왕국에는 연일 기록적인 무더위가 이어지고 있었다.

이대로는 왕선에서 싸울 사기도 급락해서 진영 내 결속도 붕괴할 위기——는 과장이지만, 그렇게 열변한 결과 영내에 있는 호수에서 보내는 피서 투어가 실현된 것이다.

프라이빗 비치가 아닌 프라이빗 호수지만 실로 의미 있는 휴가였다.

"무슨 생각이든 일단은 말하고 볼 일이군……."

호수 기슭에서 무릎을 세우고 앉은 스바루는 이번 일을 회상하고 있었다.

과연 축제 좋아하는 로즈월이라고 해야 할지, 저택 주인은 스바루의 호소를 흔쾌히 들어주고 도리어 황당한 방식으로 실현했다.

여름이 아닌 화계(火季). 바다는 없어서 호수이기는 하지만,

이것은 어엿하게 '여름철 해수욕' 이다.

"그리고 중요한 것은 오늘이 해수욕하기 딱 좋은 날씨라, 물가에서 노는 수영복 소녀들이란 부분이 확실하게 실현되었다는 점이지."

"여어— 스바루. 어때, 호수욕을 만끽하고 있나아—?"

"오오, 로즈찌. 마침 지금 로즈찌에 대한 감사 마음을 재확인하는……."

말하던 도중 스바루는 옆에 선 장신의 그림자를 쳐다보고 말을 잃었다.

허리에 손을 짚고 뜻밖에 다부진 육체에 꽉 끼는 검정 래시가드만을 입은 로즈월이 거기 당당히 서 있었기 때문이다.

"맨 처음 나오는 자세한 수영복 묘사가 로즈월이라니 누구 좋으라고?!"

"자자, 그런 말 하지 말고. 게에—다가 나는 얌전히 물과 함께 노는 너희를 흐뭇하게 지켜보는 역할에 전념할 테에—니 말이야. 안심하고 즐겁게 놀다가 와아—."

"그건 뭐, 고마운 제의지만……."

해맑은 웃음이 되레 수상쩍지만, 스바루는 로즈월의 호의를 받아들여 호수 쪽으로 몸을 돌렸다.

그런 로즈월 옆에 양산 파라솔을 들고 있는 람이 있었다. 그녀는 큼직한 파라솔을 펼치더니 자신과 로즈월을 위한 그늘을 만들어 냈다.

당연히 그런 람도 현재는 수영복 상태—— 분홍색 수영복의 시선 방어력은 낮아서 훤칠하게 쭉 뻗은 팔다리가 좋은 구경을 시켜 주듯 노출되어 있다. 가녀리기는 하지만 느껴지는 인상은 약하지 않고 오히려 굳세다. 가슴은 도톰하지만 여성스러운 면은 몸매만으로 잴 것이 아니라――.

"바루스!"

"끄아아아! 눈이! 눈이이이이!!"

"짐승 같은 눈으로 람을 보지 마. 못 뜨게 만들라."

"으어어어……. 호칭의 원 출전과 같은 대미지를……."

노골적으로 떡밥을 문 게 해가 되어 람이 차올린 모래가 눈에 정통으로 들어갔다. 고통에 땅을 구르던 스바루에게 람은 "핫." 하고 조롱하듯 콧방귀를 뀌었다.

"하지만 로즈월 님도 기뻐하시고 렘도 귀엽게 즐기고 있으니 칭찬해 줄게."

"이 흐름에서?! 눈 못 뜨게 하기 전에 말할 타이밍 얼마든지 있었잖아?!"

"눈을 보며 순순히 감사의 말을 못하는 관계야. 짐작해야지."

"보이진 않지만 절대 진지한 표정 아니지! 절대!"

"너무 문지르면 모래에 눈이 상할걸. 자, 물로 씻고 와. 손이 많이 가네."

"응, 고마워…… 아니 네가 한 짓이잖아! 그만둬! 내 마음에 들어오지 마!"

스바루는 말 그대로 눈에 보이지 않는 친절을 거절하고 굴러서 호수 쪽으로 이동했다.

그렇게 맹렬하게 도망치는 스바루를 지켜보고, 람은 한숨을 쉬었다.

"너도 좀 더 솔직하게 스바루를 자상히 대해 주면 될 텐데에—."

"……로즈월 님, 햇살에 피부가 상하시겠습니다. 양산을 세울 만한 곳을 찾아보지요."

"그래그래."

람은 주인의 말에는 대답하지 않으며 파라솔을 든 채로 바로 움직였다. 그런 람의 모습에 웃음을 띤 로즈월은 얌전히 그녀 뒤를 따라갔다.

3

"아—. 지독한 꼴을 봤네. 설마 에밀리아땅의 수영복도 제대로 못 봤는데 대뜸 시야를 빼앗기는 핸디캡을 지게 될 줄이야……."

첨벙첨벙 물로 눈을 씻고 한숨 돌린 스바루가 장탄식을 흘렸다.

다행히 바닷물과 다르게 호수의 물에는 소금기가 없다. 눈을 씻다가 추가 대미지를 받을 우려도 없이 무사히 시력을 되찾았다. 이제 우환 없이——.

"수영복 감상…… 아니, 예술 감상을 할 수 있어……."

"——어디에 가든 너는 소란스러운 녀석인 것이야. 이럴 줄 알았으면 역시 베티는 금서고에서 조용히 지내던 편이 나았어."

"음…… 그 목소리와 얄미운 소리는, 베아코냐."

스바루는 젖은 머리를 쓸어 넘기고 목소리 주인을 찾아 주위를 둘러보았다. 그러자 동그란 튜브에 쏙 들어가서 수면에 둥둥 떠 있는 어린 소녀의 모습을 발견했다.

물방울무늬 수영복을 입은, 어린 소녀다.

"베아코, 너, 겁나게 만끽하고 있네……. 방금 발언에 설득력이 조금도 없어."

"이 더운 날에 억지로 땡볕 아래 끌려 나온 신세인 것이야. 최소한 얻어야 했던 평안을 아주 조금이라도 되찾아야 수지에 맞지."

"그 생각은 물가에서 튜브 타고 노는 여아에겐 어울리지 않는다만."

어이없어하는 스바루의 답변에 수면에 떠 있는 베아트리스는 시치미 뗀 표정이다. 그렇지만 그 표정은 완전히 긴장이 풀려 있어서 그녀의 발언을 진담으로 들을 필요는 없을 것이다.

그것은 어린 소녀 배 위에서 물장난치는 새끼 고양이의 존재를 보아도 명백하다.

"너는 너대로 만끽하고 있네. 그 사이즈의 수영복이 어디에 있었어?"

스바루의 손가락질에 베아트리스의 평평한 배 위에서 물에 떠 있던 팩이 "응—?" 하는 소리를 냈다. 평소와 달리 빨간색과 하얀색 줄무늬 수영복을 입은 모습이었다.

"이건 말이야, 몸의 실체화랑 똑같아. 옷을 마나로 만든 거야. 큐트하지?"

"즉, 평소에는 의도적으로 알몸인가. 가끔 마스코트 캐릭터 중에도 보이던데, 평소에는 옷을 안 입은 캐릭터가 수영복만 입는

데에 위화감 느끼는 건 나만 그런가…….”

스바루가 질린 내색으로 말하자 팩은 “후후후.” 하고 웃으며 재주 좋게 윙크했다.

“좀처럼 보여 주지 않는 레어한 컷이야. 왠지 이득 본 기분 들지 않아?”

“드는 것이야! 물장난치는 수영복 빠냐, 보면서 참을 수가 없어.”

“그렇게 코어한 수요를 충족하셔도 말이죠.”

“코어하지 않아―. 리아도 내 수영복을 보고 만족했거든.”

“젠장! 왕이 잡히면 애초에 싸움이 안 되잖아!”

허리에 손을 짚은 팩이 이기면 장땡이라는 듯이 베아트리스 위에서 가슴을 폈다. 그에 맞추어 베아트리스도 튜브에 몸무게를 실은 채로 우쭐한 표정을 지었다.

이기고 지는 문제가 아니지만, 어째선지 패배의 비참한 기분에 젖는 스바루. 그러나 그런 스바루를 구원하듯이――.

“우냐―!!” “끄악―인 것이야!!” “오우와?!”

어마어마한 기세로 날아든 둥근 덩어리가 수면에 떠 있는 베아트리스에게 멋지게 클린 히트――. 충격에 튜브가 전복되고 베아트리스와 팩이 물에 던져졌다.

“이건…… 설마, 천벌?!”

“뭐, 뭐, 뭐가 천벌이야! 베티랑 빠냐가 대체 무슨 짓을 했다고…….”

폭삭 젖어서 튜브에 매달린 베아트리스가 거품을 물고 항의했다. 그런 그녀 바로 앞을 전복의 원인—— 동그란, 공기를 채운 공이 둥둥 가로질렀다.

소위 말하는 비치볼이다. 생긴 건 좀 허름하지만 스바루가 아는 모양과 흡사한 여름 바다의 동반자—— 그것은 조금 떨어진 곳에서 날아온 것이었다.

"아, 미안해. 괜찮아? 누구 맞지 않았어?"

"이것 봐, 조심 좀 해……. 아, 에밀리아땅."

에밀리아가 은발을 휘날리며 당황한 기색으로 달려와 사과했다. 그 모습에 스바루는 눈을 깜빡이다가, 차분하게 머리부터 발끝까지 그녀의 복장을 쳐다보았다.

"——? 왜 그래?"

자기 매력에 완전히 둔감한 에밀리아가 스바루의 시선에 이상하다는 표정을 지었다.

그런 그녀의 수영복은 아름답고 비율 좋은 육체미를 예민하게 연출한 데다가, 살짝 위로 맨살에 셔츠를 걸친 스타일——. 사람에 따라서는 빼는 것처럼 느낄지도 모르는 배치지만, 청초한 인상의 에밀리아가 가진 매력을 폭발적으로 증가시키고 있다.

"팩P……!"

"알아보겠나, 스바루. 딱히 나는 생각 없이 무작정 리아의 맨살 노출을 줄인 것이 아니라네. 이것을 노렸던 거지."

"미안, 둘이 무슨 말을 하는지 좀 모르겠어."

서로 이해한 스바루와 팩의 뜨거운 악수에 에밀리아 본인은 방치되고 있었다.

“——에밀리아 님, 죄송합니다! 힘이 조금 과하게 들어갔어요.”

거기에 파란 머리를 찰랑이는 미소녀 렘이 뒤늦게 달려왔다. 가볍게 숨이 찬 렘은 한 덩이로 뭉친 일행의 모습에 눈이 동그래지더니 외쳤다.

“아, 스바루 군! 언니나 베아트리스 님과는 충분히 노셨나요?”

“잠깐 기다려, 자매 중 동생! 그, 놀았다는 인식에 이의를 제기할 것이야! 베티가 언제 이 남자랑 놀고 있었다고 그래!”

“그래, 화기애애하게 즐겼었지. 렘도 수영복 귀엽네. 어울려.”

“그럴 수가, 언제까지고 보고 있고 싶다니 쑥스러워요…….”

“무시하지 마!!”

얼굴을 붉히고 수줍어하는 렘의 수영복은 심플하게 매혹적인 파란 비키니였다. 언니와 비교해서 여성적인 기복이 풍부한 몸매가 화계의 햇살에 하얀 살결을 드러내고 있다. 매력적인 건강미다.

그런 둘의 대화에 무시당한 베아트리스는 분개하며 뭍에 올라왔다. 소녀의 손에는 전복의 원인이 된 비치볼이 잡혀 있었다.

그것을 본 에밀리아의 얼굴이 활짝 밝아졌다.

“아, 베아트리스, 주워 준 거구나. 고마워. 렘이랑 같이 ‘비치발리볼’이란 걸 하고 있었는데, 엄—청 집중하는 바람에.”

“오, 비치발리볼 말이구나! 실제로는 여기 비치가 아니지만, 좋은데, 좋아! 여름의 정석이지! 나도 에밀리아땅이랑 같이 레츠 허슬하고 싶어!”

“정말이요? 그렇다면 스바루 군도 같이 비치발리볼을 하죠.

괜찮으면 베아트리스 님과 대정령님도 함께."

에밀리아의 발언에 스바루가 편승하자 렘이 기쁜 눈치로 베아트리스와 팩에게 제안했다. 그 말에 베아트리스가 입술을 뒤틀며 조건반사적으로 거절하려고 했지만——.

"헹! 누가 그런 놀이에 어울릴까 봐. 베티는 빠냐랑……."

"흐음, 재미있어 보이는걸. 나도 가끔은 운동을 해 볼까."

"빠냐랑 베티가 힘을 합치면, 어떤 승부든 거뜬한 것이야!"

"넌 진짜로 그런 점이 귀엽구만……."

베아트리스가 후딱 의견을 바꾸어 비치발리볼 개최가 이루어졌다.

4

——개최가 이루어진 비치발리볼이지만, 그것은 수라도의 시작이기도 했다.

"자! 팍팍 갈게—! 야압."

"잠깐, 기다…… 히익?!"

깜찍한 기합성과 함께 에밀리아가 머리 위로 던진 공에 손바닥을 갈겼다.

다음 순간, 공은 스바루의 뺨을 스치며 급조 코트 구석에 꽂혔다. 말 그대로 꽂혔다. 튕기지 않았다. 박혔다. 회전 중이다. 연기가 난다.

모든 스포츠에서 존재하는, 신체 능력의 차이——. 그것을 증명당했다.

“과거, 이렇게까지 정확하게 일방적으로 깨지는 게임이라는 말을 쓴 적이 있었을까.”

“져, 졌다고 생각하면 안 되는 것이야. 아직 이쪽 서브가…….”

“거기 비었어요!!”

베아트리스가 외모답게 느린 서브를 날렸으나 그것은 산이 막아섰다는 착각을 일으킬 만큼 굳건한 렘의 블로킹에 막혔다. 도약한 렘은 두 손을 깍지 끼고 파리가 앉을 만큼 느린 공에다 어마어마한 일격을 꽂았다.

“냐—오!!” “빠, 빠냐——?!”

되받아친 공에 직격당해 새된 비명을 터트린 팩이 모래에 푹 빠졌다. 베아트리스는 당황하며 쪼그려 앉아 파묻힌 팩을 회수하느라 필사적이다. 그 비정한 결과를 본체만체하며 에밀리아와 렘 두 사람은 살짝 손뼉을 마주치고 득점을 기뻐했다.

——바위를 낸 사람과 보를 낸 사람끼리 팀을 나눈 시점에서 이미 승패는 나 있었다.

바위 팀이 스바루 · 베아트리스 · 팩이고, 보 팀이 에밀리아 · 렘이다. 신체 능력 차이는 말할 필요도 없거니와 추가로 상성까지 딱이었다. 에밀리아와 렘 양쪽 모두 승부에 관해서는 살살하며 봐준다는 발상이 없었던 것이다.

쉽게 말하면 두 사람은 아주 성실하게 시합에 임해서 스바루 팀에게 승산이 없었다.

"왠지 별로 반격이 없네. 렘이랑 했을 때는 굉장했는데."

"네. 에밀리아 님과 렘끼리는 좀처럼 득점으로 연결되지 않았죠. 공을 주고받는 게 그치지 않아서 긴장감이 대단했어요. 그래도 재미있었죠."

"응, 나도 엄—청 재미있었어. 지금도 엄—청 재미있어."

여름의 햇살을 받으며 수영복을 입은 소녀들의 발랄한 웃음과 비치발리볼——. 그건 틀림없이 스바루가 진심으로 바라던 광경이긴 하지만.

"아니, 이렇게 필사적으로 공에서 도망치는 게임을 하고 싶던 게 아니거든!"

"좋—아, 또 간다— 팩과 베아트리스도 더 반격해 봐!"

"스바루 군, 렘은 믿고 있어요. 어떤 공이든 막아낼 것이라고!"

"그건 좀 과도한 기대…… 데게베로훗?!"

끝끝내 기대를 회피하지 못하고 총알 같은 서브가 안면에 꽂혔다. 그 즉시 스바루의 몸은 수면에 날아가 거센 물보라가 튀겼다.

"즐기고 있구운—."

"그러네요."

그런 스바루 일행을 멀리서 보는 로즈월과 람이 희미하게 웃음을 띠고 중얼거렸다.

——그것 또한 스바루가 바란『이세계 연중 여름 생활』이었다.

《끝》

『리제로 Ex ~축제 음악이 들리다~』

(MF 문고 J가 15주년이라고 시부야 히로인을 모은다는데요? 수록)

1

"――축제에 가 보지 않으실래요?"

렘이 그런 말을 꺼낸 것은 낮의 더위가 누그러지기 시작해 저녁놀의 기척이 살며시 다가오는 시간대였다.

"축제라면, 사람들이 모여서 축하하며 노는 그거? 축제가 있어?"

"네. 그렇게 큰 것은 아니지만 마침 화계도 한복판에 해당하는 하루라서. 조촐하게 가게도 나온다나 봐요."

"더운 날이 이어지지만 앞으로 절반을 기합으로 넘어서잔 취지의 축제인가. 가게도 낸다니 그거 괜찮네."

스바루는 웃으며 렘의 권유에 긍정적인 답변을 주었다.

말할 것도 없이 알겠지만 스바루는 축제를 좋아했다.

약간 바가지 씌우는 노점이나, 더운데도 인파가 몰리는 이벤트에 발길을 옮기는 사람들의 모습에 어쩐지 늠름한 정신력 같은 것이 느껴지는 듯했다.

기운이 없어도 억지로 기운을 차리게 하는 분위기. 마무리로 불꽃놀이가 터지면 최고다.

아무리 그래도 여름의 전통인 불꽃놀이까지 이쪽 세계에서 기대할 생각은 없지만——.

"축제, 가 볼까."

"——! 정말인가요?"

"권유한 렘이 놀라면 이상하지. 오늘은 우연히 다들 자리를 비웠으니……. 아, 베아코가 있나."

피서를 핑계로 금서고에 틀어박히기 일쑤인 소녀의 존재를 스바루가 언급하자 렘이 대답했다.

"아뇨, 베아트리스 님은 오늘 계시지 않아요. 계신다 해도 렘은 없다고 주장하겠습니다."

"엥, 걔도 외출하고 그래?"

"——. ————. ————. 네, 맞아요."

"그렇구나. 알았어."

왠지 어마어마한 갈등이 보였지만 스바루는 고뇌 어린 결단이라는 표정의 렘에게 아무 말도 하지 않았다.

일단 베아트리스에게는 대충 축제 선물을 주기로 하고——.

"——그럼 둘이서 갈까, 축제에."

"네! 그러죠!"

——그렇게 하기로 했다.

"어, 어떤가요? 이상하지 않나요?"

그렇게 말한 렘이 부끄러운 듯 눈을 내리깔자 스바루는 놀라서 눈썹을 세웠다.

축제를 보러 나가기로 한 둘이지만 준비할 게 있다고 방으로 돌아간 렘과는 저택의 현관에서 만나기로 약속했다. 그리고 막상 현관에 나타난 렘은――.

"――그거, 유카타야?"

"어, 아, 네, 유카타 맞아요. 루그니카에선 별로 일반적이지 않은데, 스바루 군은 용케 아시네요."

"아― 내 고향에선, 축제라면 빠트릴 수가 없는 드레스 코드 같은 거라……. 그건 그렇고 세상에."

놀라는 스바루 앞에 선 것은 하얀 천에 나팔꽃처럼 생긴 꽃무늬가 그려진 유카타를 입은 렘이었다.

머리에는 커다란 꽃장식, 발에도 시원할 것 같은 샌들을 신어서 평소의 메이드복과는 딴판인 복장이다. 스바루는 "역시 그렇군." 하고 수긍한 표정으로 끄덕였다.

"저, 역시……라면."

"아니, 아니, 전부터 하던 생각이거든. 람도 렘도, 메이드복밖에 안 입고 가진 옷도 없다고 들었는데, 그건 아무리 그래도 아깝다~ 했지."

스바루는 거기서 말을 끊었다가 "왜냐면." 하고 덧붙였다.

"이만큼 예쁜데, 꾸며 입지 않으면 세상의 손실이지. 눈이 아주 호강하네, 잘 어울려."

"그럴 수가……. 예뻐서 독점하고 싶다니, 쑥스러워요……."

"독점이 죄라고 느껴지는 절경인 건 사실이지."

쓴웃음 지은 스바루의 대답에 렘은 얼굴이 붉어졌다. 그리고 살짝 입술을 삐죽이더니 투덜거렸다.

"……스바루 군은 너무한 사람이에요."

"엥?"

"아니요, 아무것도 아닙니다. 유카타, 칭찬해 주셔서 고맙습니다."

"칭찬한 건 유카타를 입은 렘이지, 유카타 단독인 건 아닌데……."

고개를 모로 꼬며 투덜대듯 말한 스바루는 "하긴 상관없나." 하고 마음을 다잡았다. 그런 뒤에 다시 스바루는 유카타를 입은 렘의 모습을 차분히 즐겼다.

"그나저나 유카타를 완벽하게 소화했는걸. 과연 만능 메이드가 제 몫을 다하네."

"아뇨, 실은 유카타…… 와후는 입는 데 익숙하거든요. 렘과 언니의 고향에선 기모노라는 옷을 입고 지내는 게 평범하던 곳이라서요."

"설마 여기에 와서 동서양 어느 쪽 복장이라도 가능하다고 밝혀질 줄이야……. 미소녀란 가능성의 화신이구나, 렘."

"칭찬해 주셔서 영광입니다."

평소 그렇듯이 커티시를 하려다가 스커트가 아니라서 렘이 "아." 하고 부끄러워했다. 그 모습에 스바루도 왠지 모르게 멋쩍은 기분이라 어깨를 움츠렸다가, "아—." 하고 얼버무리듯 입을 열었다.

"그러고 있으니, 이번에는 내 쪽이 평소 입던 옷이라 균형이 안 맞네."

"실은, 스바루 군의 유카타도 렘 쪽에서 준비하려고 했었는데요, 딱 한 발짝, 가장 중요한 부분에서 결정을 못 내려서……."

"결정이라니, 색 같은 거?"

"아뇨, 무늬요. 하트 무늬와 꽃무늬 중에서 헤맸어요. 평생의 불찰이에요."

"양쪽 다 난이도 높구만?! 내 유카타 맞지?!"

자랑은 아니지만 파리 콜렉션급으로 하트 및 꽃무늬 유카타의 옷맵시를 살릴 수 있다 여길 만큼 스바루는 본인을 믿고 있지 않았다. 옷맵시를 살리기 위한 난이도에 겁먹은 스바루에게 렘은 "어떤 스바루 군이든 멋져요."라는 말만 할 뿐이었다.

"이게 로즈찌라도 되면 하트 무늬 유카타라도 위화감 없겠지만……."

"스바루 군도 분명히 귀여울 텐데……."

"그 부분은 저기, 난 큐트가 아니라 패션 계열 스테이터스라서."

"큐트가 아니라 패션……."

여전한 스바루의 답변에 원 출전을 모르는 렘이 갸우뚱했다.

어쨌든 이번에는 스바루의 유카타는 그냥 넘어가기로 한다.

"뭐, 그 논쟁은 다음 기회로 넘기자."

"다음이요?"

"다음 주인지 다음 해인지는 모르겠지만 축제가 이번으로 끝나진 않을 거잖아? 이걸로 끝도 아니니 오늘은 오늘대로 즐기자고."

엄지를 척 세운 스바루가 렘에게 끄덕였다.

그리고 하트 무늬 유카타를 입을지 말지 렘을 설득하는 건 내년의 자신에게 맡기기로 했다.

그런 스바루의 말에 렘은 몇 번 눈을 끔뻑이다가 "다음에 또……." 하고 중얼거렸다.

그 뒤에 렘은 유카타에 그려진 나팔꽃에 지지 않을 만큼 활짝 핀 웃음을 보였다.

"네, 그러네요! 내년에도 또 같이 축제에 가죠!"

"말 잘했어! 그렇게 됐으면 올해는 올해대로 축제를 즐기겠어! 가자, 렘!"

"네, 함께하겠습니다!"

스바루의 기운찬 출발 호령에 렘도 그 팔을 쳐들고 동행했다.

——둘이 나란히 걸어가는 길 너머에서는 축제 음악이 들린다.

이세계여도 축제를 즐기려는 사람들의 마음에 차이는 없다. 그러니까 가능한 한, 최대한 이 더운 계절을 열심히 즐기겠다.

내년에 또 이날의 추억을 이야기할 수 있도록.

"일단 가게들을 전부 제패하는 게 목표야. 렘은 어디를 둘러보고 싶어?"

"렘은 축제를 잘 모르니 스바루 군에게 맡겨도 될까요?"

"헷, 좋지. 단, 후회하진 말고. 그것 말고는 베아코에게 줄 선물인데…… 뭐, 아마 가면이나 사다 주면 좋아하겠지. 응, 그냥 그러자."

꽤 무책임한 결론이었지만 스바루의 견해에 렘은 아무 말도 하지 않았다. 렘은 그저 이 시간과 분위기만으로도 충분하다는 듯이 미소를 머금었다.

이윽고 축제 음악이 가까워지자 멀찍이 저녁놀이 지는 풍경을 밝게 물들이는 가게들의 등불이 보였다.

조명이 밝히는 축제 분위기 속에서 스바루와 렘을 알아챈 참가자들이 손을 흔들어 주었다.

"오— 오—. 너나 할 것 없이 의욕이 충만한걸. 의욕에 관해선 유카타를 입은 렘에게 이길 녀석은 거의 없을지도 모르겠지만."

"참, 스바루 군은 심술궂어요."

"미안, 미안. 그나저나 생각하던 것보다 성황인데."

"놓치지 않게 조심해야겠네요. 만약 놓치더라도 렘이라면 스바루 군을 금세 찾을 수 있을 테지만요."

"오, 믿음직해라. 무슨 표식이라도 있어서?"

"아뇨, 스바루 군은 아주 냄새가 나서요."

"악의 없는 표정으로 또 그 소리야!"

구체적인 체취 이야기가 아니라 해도 몇 번이고 들으면 상처받기 마련이다.

그러므로——.

"——아, 손을."

"타협안. 놓치지만 않으면 되니까."

렘의 손을 슥 잡아 놓치지 않도록 이어 놓았다.

이걸로 준비는 만반이다.

"……역시, 스바루 군은 너무한 사람이에요."

"나이스 아이디어라고 생각했는데. 역시 그만둘까?"

"아뇨, 그냥 이대로. 자, 축제예요! 스바루 군, 가게를 전부 제패한다 그랬죠?"

"오, 오오, 맞아! 왠지 좀 석연치 않지만, 가자, 렘!"

"네!"

——그렇게 벼르는 스바루와 렘 두 사람은 이 뒤에 축제의 노점을 잇달아 제패하는 '노점 파괴자' 로서 이름을 날리게 되지만.

——그것은 또 다른 날 밤의 이야기였다.

《끝》

『Memory Snow 전일담/Liar Days』

(Re:제로부터 시작하는 에밀리아의 생일 생활 2018 in 시부야 마루이 특전)

1

"으음, 으음, 이거 큰일이네."

"——? 갑자기 왜 그래? 팩."

별안간 자신의 은발 속에서 들린 목소리에 에밀리아는 남보랏빛 눈을 동그랗게 뜨며 놀랐다.

반짝이는 긴 은발을 가르고 어깨 위로 모습을 드러낸 것은 손바닥 크기의 새끼 고양이 정령—— 팩이었다. 조그만 팩은 짧은 팔로 팔짱을 끼고는 "저기 말이야." 하고 에밀리아에게 귀띔했다.

"너무 큰 소리로는 말 못하지만…… 나, 발마기가 왔나 봐."

"발마기……가 뭐더라."

"어이쿠야, 리아는 건망증 심하구나. 발마기란, 나처럼 엄청나게 강한 오드의 소유자가 쌓인 마나를 쓸 곳이 없어서 힘들어하는 상태를 말해."

"쌓인 마나가…… 그거, 변비 같은 거야?"

"으음, 그런 표현은 내키지 않지만 부정 못 하겠어……."

볼에 손가락을 짚은 에밀리아 딴의 설명에 팩이 쓴웃음 지었다.

다만 팩이 괴로워하고 있다면 에밀리아에게도 남의 일이 아니다.

늘 의뭉스러운 태도에다 장난칠 때도 많지만, 팩은 에밀리아에게 소중한 가족이다. 눈 덮인 고향에서 그야말로 둘이서 쭉 함께 보내왔다.

"그러고 보니 숲에 있었을 적, 가끔 팩이 엄—청 마법을 쓰고 싶어 할 때가 있던데, 그게 혹시 그거 때문이었어?"

"뭐, 그런 셈이야. 숲에선 리아의 사냥을 돕기도 하고 이래저래 정기적으로 김을 빼 줄 수 있었는데, 이 저택에선 영 소식이 없었으니까."

팩이 긴 꼬리 끝으로 에밀리아의 방── 아니, 더 넓은 의미로 저택 전체를 가리키며 인간미 풍기는 웃음을 지었다.

현재 둘이 대화를 나누는 곳은 로즈월 저택에 있는 에밀리아의 방이다. 왕선 후보자인 에밀리아에게 주어진 방으로, 에밀리아는 넓고 으리으리해서 주체를 못 하고 있다.

원래 에밀리아가 살던 고향의 숲은 목조 가옥뿐이라 이렇게 돌로 지은 집과도 커다란 저택과도 연이 없었다. 그 생활이 갑자기 급변하면 우선 그런 환경 변화에 적응하느라 벅차기 마련이다.

"하지만 그 때문에 팩이 불편한 것을 깨닫지 못하다니…… 난 내 생각만 했나 봐. 반성해야겠어."

"에고, 우리 딸은 성실해라. 그건 그거대로 내 양육이 잘 되고 있단 실감이 솟지만 그 일은 뒤로 미루고……."

"팩?"

자신의 인식 부족을 후회하는 에밀리아의 어깨에서 떠난 팩이 둥실둥실 침대 위에 내려섰다. 그리고 회색 새끼 고양이는 거기에 몸을 둥글게 말았다.

"왠지 이번에는 꽤 본격적으로 힘든 쪽 같아. 나이를 먹어서 그러나."

"그럴 수가…… 팩, 괜찮은 거야? 뭔가 내가 해 줄 건 없어?"

"에헤헤, 리아는 착하네. 하지만 이 정도쯤 되면 돕기도 어려울걸. 그러니까…… 응. 일단 이 일은 나랑 리아만의 비밀로 해 줄래?"

"비밀이라니, 발마기를?"

팩이 부탁한 말의 의미를 알 수 없어 에밀리아가 갸우뚱했다.

그런 에밀리아에게 침대 위의 팩은 쑥스럽게 웃으며 손으로 얼굴을 씻었다.

"그 왜, 변비란 표현은 좀 그랬지만, 발마기란 역시 남에게 알려지면 부끄러운 거거든. 리아도 그건 부끄럽지?"

"그런 거야? 난 딱히 변비라고 여겨도……."

"――부끄러운 일이야. 리아, 변비는 알려지면 부끄러운 일이라고."

"으, 응……. 알았어……."

침대에서 몸을 말고 있던 어느새 팩이 코끝에다 강조하자 에밀리아는 몸을 젖히고 끄덕였다.

방금 그것은 가끔 팩이 보이는 에밀리아에게 지도하는 순간이다.

팩은 곧잘 이렇게 숲에서 생활하느라 세상과 어긋난 에밀리아의 인식을 시정하려 분투하고 있다. 특히 잦은 것이 이런 일상의 별것 아닌 언동의 수정이었다.

——팩이 말하길, 여자아이는 귀여워야 한다나 보다. 에밀리아는 잘 모르겠지만.

"후우, 알아줘서 고마워. 리아, 다음부터는 절대로 남 앞에서 변비란 말을 쓰면 안 돼. 나하고 약속이야."

"네에—. 하지만 난 배가 안 좋아진 적이 없다 보니……."

"그렇더라도! 하— 일 하나 끝냈네."

만족스럽게 끄덕인 팩이 다시 침대 위로. 또다시 둥글게 몸을 마는 팩. 그 옆에 살며시 앉은 에밀리아는 조그만 등을 다정하게 어루만졌다.

아버지인 척하는 태도로 때우고 있지만 지금의 팩은 정말로 지친 기색이다. 그 사실을 당차게 숨기려는 모습도 귀엽지만, 에밀리아로서는 내버려 둘 수 없다.

아무것도 할 수 없다는 말을 들은 거나 마찬가지지만, 그렇다면 하다못해——.

"응, 알겠습니다. 난 팩의 변비에 대해 꼭 비밀로 할게. 약속했으니까."

"후후, 고마워, 리아. 그런데 변비가 아니라 발마기거든."

미소 지은 팩의 목을 손가락으로 간지럽히자 "가르르릉." 하고 귀엽게 울었다.

2

그런 사정으로 에밀리아는 팩과의 약속을 지키겠다고 단단히 벼르고 있었다.

아무래도 발마기에 힘들어하는 팩은 조금씩 마나를 소비해 평소 상태를 되찾으려 애쓰는 중인 모양이다. 그 바람에 로즈월 저택 주위는 은근히 기온이 떨어져 평소보다 살짝 쌀쌀한 바람이 불었다.

"아, 스바루! 오늘, 살짝 춥겠지만 그런 건 다 기분 탓이니까 너무 깊이 생각하면 안 돼. 그리고 관계는 없지만 팩은 오늘 방에서 쉴 거야. 그리고 이것도 관계는 없는데…… 미안해."

이렇게 에밀리아는 적극적으로 팩의 사정을 은폐하는 데 협력하며 약속 준수에 매진하고 있었다.

솔직히 이 때문에 거짓말을 하는 것은 도무지 참기 힘들지만, 팩의 계약자로서 에밀리아가 할 수 있는 일은 하다못해 팩의 부탁을 들어주는 정도뿐이었다.

로즈월 저택 사람들에게는 미안하지만 잠깐만 추위를 참아 주었으면 한다.

그리고 이것은 에밀리아가 미안해하는 포인트 중 하나지만, 팩의 마나가 주는 영향으로 저하하는 기온이 부르는 찬바람은 에밀리아를 피해 간다. 정령이 계약자를 지키는 일종의 방위 기구로서, 결과적으로 에밀리아만 춥지도 힘들지도 않은 상황이었다.

"으으, 괴로워……. 어쩐지 처음으로 배 아파진 것 같아……."

익숙지 않은 거짓말로 남을 속이던 대가인지 지끈지끈 아픈 배를 에밀리아가 손으로 어루만졌다.

거짓말을 할 때마다 이렇다면 거짓말을 하지 말라는 이유도 이해가 간다. 앞으로 에밀리아는 어지간한 일이 아니라면 거짓말을 하지 않겠다고 굳게 다짐했다.

에밀리아가 그런 맹세를 세우고 있을 때——.

"잠깐 기다려, 거기 계집애."

저택 복도를 걷는 에밀리아는 뒤에서 들린 목소리에 발길을 멈추고 뒤돌아보았다.

얼굴은 보이지 않지만 목소리 주인은 짚이는 구석밖에 없었다. 그리고 목소리 주인이 에밀리아를 얌전히 이름으로 불러 주지 않는 것도 알고 있었다.

"베아트리스, 왜 그래? 나한테 용무가 있다니 별일…… 아, 오늘은 좀 쌀쌀하겠지만 나랑 팩은 무관하거든. 으으……."

"갑자기 베티의 용건이 끝난 분위기였던 것이야. ……그 얼굴, 대체 뭔데."

"아냐, 신경 쓰지 마. 배가 좀 아파졌을 뿐이니까……."

에밀리아가 꿋꿋하게 미소를 지으니 드레스를 입은 소녀——베아트리스는 왠지 불만스럽게 한숨을 쉬었다. 그녀는 의젓하게 팔짱을 끼고는 예쁘장한 눈초리로 에밀리아를 노려보았다.

"왜, 왜 그래? 저기, 진짜로 나랑 팩하고 이 추위는……."

"관계없다고 말하고 싶으면 알겠어. 그래서, 빠냐의 상태는 어떤데? 방에서 힘들어하고 있는 것이야?"

"응, 실은 그래. 완전히 진짜 고양이처럼 몸을 말고 있어."

움직이기도 힘든지 에밀리아의 방에서 쉬는 팩은 기르는 고양이처럼 얌전했다.

극히 드물게 팩에게는 전혀 운신을 못 하는 정령 특유의 휴면기가 있지만, 에밀리아의 눈에는 그에 필적하거나 그보다 더 심한 수준으로 보였다.

"엄—청 걱정이야. 저기, 베아트리스는 발마……."

"발마?"

"아, 음, 엄—청 이상한 변비 해소법에 대해 아는 거 있어?"

"너, 틀림없이 그 남자에게 나쁜 영향을 지나치게 많이 받은 것이야!"

하마터면 발마기라고 말할 뻔했는데 아슬아슬한 순간에 둘러대는 데 성공했다. 덤으로 표현을 바꾸어 질문은 지속. 자신에게는 거짓말의 재능이 있을지도 모르겠다.

에밀리아가 생각지도 못한 가능성에 놀라고 있으려니, 베아트리스는 콧김을 뿜으며 발을 굴렀다. 그러던 베아트리스가 "하아." 하고 이마에 손을 짚었다.

"그, '문제' 자체는 베티도 어떻게 해 줄 수 없어. 다만 그걸 해결하려다 주위에 영향을 나오는 건 얼렁뚱땅 얼버무릴 수는 있지."

"미안, 무슨 말을 하는지 좀 모르겠어……."

"네가 번거롭게 표현한 말에 맞춰 준 결과인 것이야! 울컥—인 것이야!"

도통 베아트리스의 의도가 전해지지 않아 에밀리아는 난처해졌다.

그러나 에밀리아의 그 반응에 베아트리스가 콧방귀를 뀌었나 싶더니.

"에잇, 그냥 됐어. 네가 그럴 작정이라면 베티는 베티대로 알아서 해 볼 것이야. 빠냐가 너에게만 털어놓았다고 해서 우쭐대지 마. 흥인 것이야."

붉은 볼을 부풀린 베아트리스는 그 말을 끝으로 등을 돌렸다.

왠지 모르겠지만 베아트리스를 화나게 한 모양이다. 에밀리아는 그녀를 화나게 할 때가 자주 있었다. 친하게 지내고 싶은데.

다만 지금은 그 마음보다 팩과의 약속을 우선해서——.

"베아트리스, 내일도 오늘만큼 추울지 모르겠지만, 나랑 팩은 관계없거든!"

"너, 그거 모두에게 떠들고 다니는 거 진짜 그만두는 것이야!"

——어째선지 더더욱 베아트리스를 화나게 해 버렸다.

3

"팩, 큰일 났어. ……나, 거짓말하는 재능이 있나 봐."

"호오, 그건 그거구나. 임금님다운 재능이라 조짐이 좋은걸."

"그래? 그거, 왠지 엄—청 괴상망측한 소리네."

밤, 낮의 은폐 공작 성과를 보고한 에밀리아는 무릎 위에 태운 팩의 등을 어루만지고 있었다. 다만 팩이 내린 평가의 의미를 알 수 없어 에밀리아는 눈썹을 찡그렸다.

에밀리아가 왕선에 참가하여 루그니카 왕국의 차기 왕위에 앉으려고 생각하는 건 사실이지만, 그 임금님과 거짓말이 무슨 관계가 있는 것일까.

"일단 리아는 그 귀여운 기분대로 있으면 돼. 그런데 아까부터 내 등과 비슷하게 배를 어루만지고 있는걸. 왜 그래?"

"별거 아냐. 그냥 거짓말을 하면 배가 지끈지끈 아파서……."

"그럼 아마 리아한테 거짓말하는 재능은 없을 거라고 봐……."

낮의 에밀리아가 구사한 교묘한 거짓말을 모르는 팩은 아무래도 믿을 생각이 없나 보다. 그렇지만 에밀리아도 과도한 거짓말은 봉인한 몸, 피차 모르는 편이 나은 일도 있다.

"그런데, 내가 쉬는 중에 뭔가 이상한 일은 없었어?"

"괜찮아, 아무도 팩이 없는 걸 눈치채지 못했나 봐."

"그건 그거대로 쓸쓸해서 죽겠네. 뭐, 누구도 아무 말 없다는 건, 뜻밖에 다들 둔해서 그러나. ――좀 더 무리해도 되겠네."

"――팩?"

말 후반부를 알아듣지 못한 에밀리아가 부르자 팩은 "냐오―." 하고 고양이 흉내. 뭔가 얼버무릴 때의 팩이 하는 버릇이다.

"아유, 팩도 참, 나한테는 다 빠짐없이 말해 줬으면 하는데."

"뭐, 천천히 할게. 하지만 리아는 용케 말도 하지 않고 참아냈구나. 장하다, 장해."

"후훗, 약속했는걸. 당연하잖아."

단, 그 의혹도 칭찬받자마자 확 흩어졌다.

실제로 이렇게 나가면 팩의 발마기는 누구에게도 들키지 않은 채 숨길 수 있을 것 같다.

불안 요소가 있다면, 오늘은 어째선지 유독 의미심장한 눈빛의 람과 묘하게 자주 눈이 마주친 것일까.

그 눈매와 말을 아끼는 태도. 뭔가 에밀리아에게 하고 싶은 말이 있었을지도 모른다.

"람은 추위를 잘 타는 것 같으니, 혹시…… 내 긴 머리카락이 부러웠을 수도 있겠어. 머리가 길면 목 주변이 남들보다 조금 더 따뜻하니까."

람과 렘, 그 자매는 둘 다 머리카락이 짧기에 그런 쪽의 추위 대책에서 차이가 나왔을지도 모른다. 둘 다 그 머리 모양이 아주 잘 어울리지만, 에밀리아는 왠지 미안해졌다.

"무사히 끝나면 람에겐 꼭 은혜를 갚아 줘야지. 하지만 람은 뭐든 할 줄 아는 애라서 그런 기회가 오려나……."

"리아의 사람을 보는 그 안목은 내 딸 자랑감 108개 중 하나야."

에밀리아의 중얼거림을 들은 팩의 그 말에 미소를 띠었다.

108개는 아무리 그래도 말이 지나치다. 확실히 팩은 에밀리아의 좋은 점을 찾아 주는 게 특기지만, 그렇다 쳐도.

"그래서, 팩의 발마기는? 제대로 편해지고 있어?"

"응, 덕분에 말이야. 다만 원래 상태로 돌아오려면 좀 더 시간이 걸릴 것 같으니까…… 리아랑, 그리고 베티에겐 폐를 끼치겠네."

"아, 팩도 참. 폐라면 저택 모두에게 끼치잖아? 베아트리스도 전혀 눈치채지 못했어. ——나중에 둘이서 다른 사람들에게 잘 대해 줘야겠다."

발마기 이야기는 할 수 없으니 참 일방적인 사과가 되겠지만, 폐를 끼쳤으면 분명히 사과를 해야 한다.

이제는 열심히 중대 국면에서 교묘한 거짓말을 할 수 있게 자신의 재능에 기대할 수밖에 없다.

"아…… 어쩐지 거짓말할 생각만 해도 배가 지끈거려……."

"으음, 이거 절대 거짓말하는 재능이 없겠어. 왜 이렇게 귀엽담, 우리 딸……."

참으로 태평한 팩의 말에 에밀리아는 "아이참." 하고 뾰로통해졌다. 그 뒤에 작은 몸을 슬쩍 안아 올려 침대의, 에밀리아의 베개 옆에 눕혔다.

"정말 결정석에 돌아가지 않아도 돼?"

"지금의 나라면 그 돌이라도 자칫 깨지지 않을지 걱정되거든. 집 없는 아이가 되어서 리아에게 걱정 끼치고 싫고, 옆에서 재워주면 환영이지."

"그래? 응. 하지만 나도 팩이랑 같이 눕는 건 엄—청 환영이야."

미소를 보낸 에밀리아는 몸을 만 팩 옆으로 들어가 침대에 누웠다.

부드럽고 묘하게 매끄러운 이불보. 이 침구만은 고향에 전혀 없던 낙이다.

"그리고 렘이 차린 식사도. 처음에 저택에서 먹었을 때 혼비백산했지 뭐야."

"그러게. 하지만 아마 앞으로도 리아가 놀랄 일은 많을 거야."

"그럴까? ——응, 그러면 좋겠네."

에밀리아는 팩의 말에 따스함을 느끼며 손가락으로 새끼 고양이의 목을 어루만졌다. 가르르릉 우는 소리를 내는 모습에 미소를 머금으니, 천천히 졸음이 몰려온다.

내일도 역시 에밀리아에게는 팩을 위해서 분투해야 하는 하루가 기다린다. 그 때문에라도 지금은 잠을 푹 자서 기운을 모아야 한다.

"나도 리아한테 폐만 끼칠 순 없으니까. 가능한 한 빨리 평소의 나로 돌아오도록 노력할게."

"……응, 힘내, 팩. 후암."

"잘 자, 리아."

머리맡에 꼬리를 뻗은 팩이 폭신폭신한 털로 에밀리아의 이마를 쓸었다.

고향 숲에서 팩이 자주 이렇게 해 준 기억이 떠올랐다. 그것도 꽤 옛날 이야기가 되지만, 오랜만에 느낀 감촉이 주는 평안함은, 생각 외로 컸다.

천천히, 천천히—— 에밀리아는 거짓말하느라 지친 마음을 쉬러 꿈의 세계로 잠겨 들었다.

——여담이지만, 팩의 발마기 문제는, 모레가 되자 저택 전원에게 다 퍼졌다.

은폐 공작 실패와 에밀리아의 행동이 얼마나 관련이 있었는지 그 자세한 설명은 일단 피하겠지만, 딱 하나만 덧붙이겠다.

더는 거짓말 할 필요가 없다는 사실을 깨달은 에밀리아의 웃는 얼굴은 저택에서 같이 지내는 소년의 마음을 아주 단단히 움켜쥐었다. ——그런 사소한 사실이 있었음을.

《Memory Snow에서 계속》

『빙결의 인연 후일담 ~빙결의 나날~』

(Re:제로부터 시작하는 에밀리아의 생일 생활 2019 in 시부야 마루이 특전)

1

“요즘 에밀리아 님은, 이전보다 더 공부에 집중하시네요.”

“어, 그래? 후후, 그렇게 보여?”

“네. 렘은 아주 좋은 일이라고 생각합니다.”

차를 내온 렘이 그렇게 말하고 미소 짓자 에밀리아도 미소로 답했다.

장소는 로즈월 저택, 에밀리아의 방이다. 점심 휴식 뒤에 저녁 식사까지 남은 시간을 방에서 공부하는 데 충당한 에밀리아에게 렘이 차를 가져온 참이었다.

갓 끓인 따뜻한 차를 입에 댄 에밀리아는 “맛있어.” 하고 중얼거렸다. 이어서 나긋나긋한 자세로 서 있는 렘에게 갸웃하며 물었다.

“그렇게 있지 말고 렘도 같이 차를 마시지 않을래?”

“으음, 일단 렘은 메이드라서…….”

“하지만 람은 자주 내 방에서 같이 차를 마시고 가는데…….”

“언니가 하고 계신다면 거절하진 못하겠네요.”

람 이야기를 듣자 내키는 기색인 렘의 모습에 에밀리아는 살짝 웃었다.

사이좋은 자매인 람과 렘이지만 유독 렘은 곧잘 람 흉내를 내고 싶어 한다. 그런 자매애가 흐뭇해서 에밀리아는 눈매가 부드러워졌다.

"정말 렘은 람을 엄—청 좋아하는구나. 부러워."

"네, 언니는 세상에 둘도 없는, 렘의 태양이라고 해도 과언이 아니에요. 방금 같은 식으로 말하면 스바루 군은 렘에게 세상이 될까요……."

"미안, 무슨 말을 하는지 좀 모르겠어."

진지하게 고민하는 렘의 말을 듣고, 에밀리아는 복잡한 표정을 지었다.

최근 저택에 온 흑발 소년, 나츠키 스바루. ——렘이 람만이 아니라 스바루도 잘 따르는 것은 주지의 사실이다.

에밀리아와 렘의 관계도 반년쯤 되지만 요 1개월 사이에 렘은 자주 웃게 되고 더 예뻐진 느낌이었다.

렘의 태도 변화와 웃는 빈도에 스바루가 크게 영향을 주었다는 느낌 또한 있었고.

"살짝, 스바루에게 샘이 나네."

에밀리아는 반년 동안 렘과의 거리감을 잘 파악하지 못했다. 나중에 온 스바루가 그것을 쉽게 추월해 렘의 웃음을 잘 끌어내고 있다.

사람 사귀는 재주가 서투르다는 자각이 있는 에밀리아지만 이건 제법 분했다.

"에밀리아 님? 왜 그러시나요?"

"아니야, 아무것도. 그냥 나도 렘을 웃게 해 주고 싶었구나 해서."

"레, 렘을 말인가요? 그건, 저기, 송구합니다……."

힘없이 내뱉은 말 한마디에 렘이 더더욱 움츠러들었다. 바란 것과 정반대 반응이다. 역시 에밀리아의 대인 소통력은 심각한 문제다.

여러 가지로 한창 공부 중이지만, 에밀리아는 루그니카 왕국의 임금님 지위를 목표로 둔 몸――. 그 임금님이 여자아이 하나 웃게 해 주지 못해서야 되겠는가.

"그러고 보니 렘과 언니가 부럽다고 하셨는데…… 에밀리아 님은 형제가 계시지 않나요?"

"나? 응, 나는 외동이야. 그래도 퍅이 있어 줬으니까."

자기 몫 차를 타고 멍하니 서 있는 렘에게 에밀리아가 침대를 권했다. 렘은 잠시 망설였다가 "실례하겠습니다." 하고 침대에 앉았다.

"에밀리아 님은 대정령님과 정말 사이가 좋으시죠."

"후훗, 그러네. 렘에게 람과 똑같이, 퍅은 나에게 가족이니까. 아마 렘이 말하던 것처럼 내 태양일 거야."

"대정령님이 태양인가요. ……스바루 군은, 어떠신가요?"

"응? 스바루? 갑자기 무슨 소리야? 으음, 스바루는 나에게, 뭘까. 스바루, 스바루…… 아! 구름! 구름 같아! 매일 모양이 달라서 보고 있으면 가슴이 설레."

무슨 짓을 할지, 말을 꺼낼지, 엉뚱한 면이 있는 소년은 보면서 질리지 않는다.

구름이라니 꽤 절묘한 말을 했다고 에밀리아는 자화자찬했다. 하지만 렘은 그 답변에 "구름인가요……." 하고 중얼거렸다.

"과연, 알겠습니다. 스바루 군에게도 그리 전해 둘게요."

"——? 응, 부탁해. 그래서, 무슨 얘기했더라?"

"에밀리아 님과 대정령님은 아주 사이가 좋다는 얘기 중이었습니다."

"아, 맞아맞아. 응, 팩하고는 항상 같이 있었으니까."

미소 지으며 에밀리아는 책상 위의 하얀 종이에 깃털 펜을 놀려 팩의 모습을 그렸다. 눈을 감으면 늘 함께 지내 온 소중한 가족이 선명하게 되살아난다.

"그건, 어떤 저주인가요?"

"저주라니, 후훗, 이상한 농담이네. 보다시피 팩 그림이야."

"……보다, 시피."

자신작이라고 그림을 들자 렘의 표정에 서린 음영이 진해졌다. 신기한 반응이라고 에밀리아는 눈썹을 모았지만, 렘은 "으음." 하고 그림에서 눈을 떼더니 말을 돌렸다.

"아마 에밀리아 님은 고향 숲에서 대정령님과 함께 보내셨죠? 그 고향이……."

"엘리오르 대삼림이지. ……로즈월한테 얘기는 들었어?"

"——네. 그치지 않는 눈과 얼음으로 뒤덮인 숲이라 들었습니다. 에밀리아 님이 고향을 떠나 왕선에 참가하신 건."

"맞아. 숲에 있는 사람들을, 그 얼음에서 풀어 주고 싶어서."

에밀리아는 따뜻한 차에 입을 대고 이 따스함과 무관한 입장에 있는 동포를 생각했다.

때때로 머릿속을 스치고 지나갈 때가 있다. 그 사람들이 차가운 얼음 속에서 잠자고 있는데 어떻게 에밀리아는 웃을 수 있느냐고.

——즐거울 때일수록 그런 생각이 든다. 그렇기에 요 1개월은 특히 더 그런 생각이 들었다.

"때때로 생각이 들어. 이런 식으로 있어도 되느냐고. 팩과 둘이서, 숲에서 살던 시절에는 별로 생각한 적 없었지만……."

"이런 식이요?"

"웃고 기뻐하고, 숲의 다른 사람들은 할 수 없는데 싶어서."

매정한 것은 아닌지 자기 자신을 의심도 해 본다. 저택에서 스바루와 렘하고 웃으며 지낼 때, 숲에 대해 잊고서 몸과 마음을 다해 즐거워하는 자기 자신을.

"——에밀리아 님은 장하시다고 렘은 생각합니다."

그러나 그렇게 가책을 느끼는 에밀리아에게 렘이 곧은 눈빛으로 단언했다.

"————."

생각지도 못한 말을 들은 에밀리아의 눈이 동그래졌다. 그렇게 어리둥절하는 모습을 보고, 렘은 자신의 찻잔으로 슬쩍 시선을 내렸다.

"렘과 언니도 고향에선 여러 일이 있었어요. 지금 이렇게 로즈월 님 밑에서 언니와 함께 보낼 수 있고, 스바루 군도 있어서 행복하다고 생각합니다. 하지만……."

"하지만?"

"렘도 때때로 생각해요. 고향에 대해, 가족에 대해. ――돌이킬 수 없는, 나날을."

"――――."

"그러니까 에밀리아 님은 장하세요. 아직 포기하지 않을 요량이시니까요."

그렇게 말한 렘은 찻잔 속을 쭉 마셔서 비웠다. 그리고 그녀는 침대에서 일어나더니 빈 찻잔을 든 채로 고개를 숙였다.

"죄송합니다, 에밀리아 님. 메이드의 몸으로 주제넘은 말을."

"아냐, 괜찮아. 그리고, 그리고 말이지……. 응, 엄―청 용기를 얻었거든."

렘의 사과에 에밀리아는 고개를 젓고 짧게 숨을 뱉었다. 그리고 생각하던 것 이상으로 방금 렘의 한마디에 위안을 받은 자신을 깨닫고 미소를 머금었다.

방금 막 반성한 직후인데. 이렇게 다정히 대해 주고.

"어쩌면, 난 엄―청 사치 부리는 애가 됐을 수도 있겠어……."

"그럴까요. 렘은 에밀리아 님이 좀 더 사치를 배워도 되리라 생각합니다."

"이것보다 더? 나, 천성이 게으름뱅이라서 분명히 큰일이 날걸?"

"그렇다면 보필하는 몸으로서 그보다 더 모실 보람은 없겠네요."

장난스럽게 웃은 에밀리아에게 렘도 왠지 장난스럽게 미소 지었다. 그리고 한 박자 뒤에, 두 사람이 빵 터지듯 웃더니 한동안 소녀들 사이에 웃음이 끊이지 않았다.

2

"에밀리아 님, 렘이 폐를 끼치지 않았던가요?"

"어라, 람? 아니, 그런 일 전혀 없었는데."

방을 나간 동생과 교체하며 들어온 람의 말에 에밀리아는 갸웃거렸다.

람이 에밀리아 쪽을 방문하는 일은 드물지 않지만, 그것도 용무가 있을 때 한정이다. 렘이 지금 저녁 식사까지 남는 시간에 차를 타러 와 준 이상, 람이 에밀리아의 방을 찾아올 이유는 딱히 짚이지 않았는데.

"람, 무슨 일 있어?"

"……잊으셨나요? 참고서에 모르는 부분이 있으니까 가르쳐 달라고 람에게 말씀하신 건 에밀리아 님 쪽일 텐데요."

"아, 맞아, 그랬지. 미안해, 까맣게 잊고 있었어."

렘과의 대화가 생각 외로 활기를 띠기도 해서, 머리에서 공부 생각을 까맣게 잊고 있었다.

애초에 렘이 차를 타러 와 준 것도 람이 에밀리아를 위한 시간을 낼 수 있게 대신 그녀의 담당 업무를 마칠 필요가 있었기 때문이었는데.

"나도 참, 그만 깜빡했네."

"어이가 없습니다. ……라고 말하고 싶지만, 렘이 꽤 기분 좋아 보였으니 그 웃음을 봐서 용서하죠."

"네에—. 고마워. 미안해. 다음에는 조심할게."

에밀리아는 불손한 람의 말투를 위화감 없이 받아들이고 사과했다. 누가 주인인지 모를 태도의 에밀리아 앞에서 람이 자신의 팔꿈치를 안고 물었다.

"그건 그렇고, 렘하고는 무슨 대화를? 렘에게 물어도 언니가 직접 물어보라고만 그래서요."

"그랬어? 그럼 아마 나랑 람이 대화하기 편하도록 렘이 마음을 써 준 거구나. 그 애, 배려의 전문가니까."

눈치가 빠른 아이라고 에밀리아가 평가하자 람이 "당연하죠." 하고 가슴을 폈다. 자매의 공적을 자랑하는 그 모습이 둘 다 판박이라 에밀리아의 입술에 미소가 서렸다.

"나, 렘만이 아니라 람도 웃게 해 주고 싶네."

"또 뜬금없네요. 그런 연애담의 한 구절 같은 대사, 갑자기 왜 그러세요?"

"으음, 내 결의 표명일까? 어떤 임금님이 되고 싶은지 똑바로 말할 수 있게 해 달라고 로즈월도 말을 했거든."

"그래서, 람과 렘을 웃게 하겠단 말씀인가요. 에밀리아 님답다면 에밀리아 님답습니다만, 굳이 따지자면 바루스 같은 사고방식이네요."

"스바루?"

에밀리아가 눈썹을 세우자 람의 얼굴이 순간 굳었다. 마치 '실수했다' 는 듯한 반응. 곧 이어 람은 한숨을 쉬고 입으로 말했다.

"실수했습니다. 또 깜빡 바루스 이름을."

"아, 진짜로 말했네. ……그런데 왜? 그거 안 되는 일이야?"

"안 되는 일은 아닙니다만…… 만약 방금 얘기를 들었다간 자신이 당연히 있어도 될 존재라고 착각한 바루스가 기어오르기만 할 뿐이다 싶어서요."

"와, 엄청난 표현. 하지만…… 그렇구나. 그렇게 생각하니 신기하네."

에밀리아가 입술에 손가락을 대고 람의 말에 눈이 동그래졌다.

"스바루가 오고 아직 1개월 정도밖에 지나지 않았어. 그런데 벌써 있는 게 당연하단 인상이라 엄—청 이상해."

"1개월이나 용케 버텼다고도 할 수 있겠습니다만."

"그런 식으로 말하지 마. 그런데, 그렇긴 하네. ……계속 스바루가 있어 줄 거라곤 장담할 수 없으니 너무 어리광 피우면 안 되겠지."

왠지 모르게 있는 것이 당연하게 느껴진 흑발 소년이지만, 그는 원래 이 저택에는 잠깐 들렀을 뿐인 여행자다. 지금은 우연히 사용인으로 일하고 있지만, 언젠가는 저택을 떠나 이 나날로부터도 없어질 날이 온다.

"그건 쓸쓸하지만, 그래도 기쁜 일이기도 할 테지."

"바루스가 없어지면 기쁘단 말이군요. 과연, 그게 에밀리아 님의 본심……."

"응? 아냐, 아냐. 그게 아니고. ──지금과 다른 곳에 간다는 건, 뭔가를 바꾸려고 한다는 뜻인걸. 내가 숲을 나온 것과 같은 마음이야."

스바루의 자세한 사정은 듣지 못했지만, 홀로 여행을 하던 이상, 분명히 여러 가지 사정이 있을 거라고 생각한다. 언젠가 이야기해 주면 들어 보고 싶다.

에밀리아 쪽 사정은, 아쉽게도 함부로 떠들 무게가 아니라서 서로 쌤쌤인 식으로는 아마 못하겠지만.

"에밀리아 님이 생각하시는 만큼 바루스가 진지하게 생각하고 있을지 의심스럽지만요."

"그렇지 않아. 렘도 스바루는 엄─청 노력가라고 칭찬했는걸."

"렘의 말이라면 바로 수긍하기 마련인 람이라도 바루스의 문제가 되면 좀처럼 순순히 받아들이기 어렵네요."

"자꾸 그런 식으로 말하고…… 아, 그렇구나."

람의 매몰찬 대답에 눈썹이 처졌던 에밀리아가 손뼉을 쳤다.

"보아하니 람, 쓸쓸한 거로구나? 스바루가 렘하고만 친해져서……."

"그럴 리가…… 잠깐만요, 에밀리아 님. 반대예요."

"응?"

"렘이 바루스를 따르는 것을 분하게 여겨도, 바루스가 렘을 따르는 것을 분하게 여길 일은 없습니다. 그건 심각한 오해예요."

"그, 그래……?"

"네. 사과하세요."

"미안해……."

시무룩하게 고개를 숙인 에밀리아는 몸이 앞으로 쏠린 람에게 사과했다. 그런 뒤에 "으으―." 하고 후회하듯 신음했다.

"그렇게 화낼 것 없는데. 나도 팩을 베아트리스에게 자주 빼앗기지만 전혀 걱정하지 않고……."

"그건 결국 대정령님께서 에밀리아 님을 선택할 것이라 아시기 때문이지 않은가요?"

"――? 그러면, 람은 렘이 자기를 선택해 주지 않을 거라 생각하는 거야?"

"――에밀리아 님 주제에 약아빠진 소릴."

시선을 피한 람이 작은 소리로 중얼거린 말에 에밀리아는 쓴웃음 지었다.

람은 아마 절대로 인정하기 싫겠지만.

"역시 람도 스바루가 있는 게 당연해진 느낌이 들어."

"오늘의 람은 지도하는 역할일 텐데, 배우는 입장의 학생이 꽤 건방지군요. 왕이 되려는 사람이 손윗사람을 공경할 줄도 모르는 건가요?"

"어, 아, 그거 엄―청 치사한 말 같아."

애초에 왕이 공경하는 손윗사람이라면 누구 말일까. 그렇게 꼬투리를 잡으면 더더욱 람의 기분이 상하기도 하고 자기도 혼란스러워져서 말하지 않았다.

그렇게 신속하게 대화를 끊어낸 람이 문제의 참고서를 책상 위에 올리자 수다 떠는 시간은 끝. ――저녁 식사 전까지 참고서에 집중해야 한다.

"많은 것이 바뀌어 가겠지만 지금은 그게 내가 할 일이니까. ……하지만 숲에 있었을 적에 좀 더 이것저것 공부할 걸 그랬네."

"교사가 대정령님이라면 아마 오냐오냐 하는 수업이었겠네요."

"후후, 그렇게 보여? 저래 봬도 퍅은 뜻밖에 엄격했다고."

그런 추억 이야기를 주고받으며 에밀리아는 람의 말에 귀를 기울이고 면학에 몰두했다.

――그리운, 숲에서의 나날. 퍅과 둘이 하얀 경치 속에서 보내던 시간.

그곳을 떠나 찾아온 장소에서, 어마어마하게 높은 곳을 목표로 힘내고 있다.

그것을 신기하게, 하지만 즐겁게 생각하며 자고 있는 동포들을 머리 한구석에 잊지 않고 놔둔 채로 천천히 전진한다.

"――그게, 내가 할 수 있는 일."

또한 여담이지만, 이날 저녁 식사 때 에밀리아는 스바루에게 "에밀리아땅은 구름을 어떻게 생각해?"라고 하는 이상한 질문을 받게 된다.

그 질문에 에밀리아는 갸웃하면서 말한다.

"구름이라면, 왠지 하얗고 둥실거리고, 맛있을 것 같지?"

그 대답에 고민하는 소년을 큰 곤혹에 빠트리지만, 그것은 또 다른 이야기다.

《끝》

『별일 없는 하루』

(화집 오리지널 신작 단편)

1

"어라, 둘이서 뭐 하고 있어?"

"아, 스바루."

"이제야 돌아온 것이야? 기다리다 지쳤어."

열린 문 너머, 생각지도 못한 광경에 스바루는 눈을 동그랗게 떴다.

장소는 로즈월 저택, 스바루의 방이다. 사소한 볼일을 마치고 돌아온 스바루를 기다리던 것은 에밀리아와 베아트리스 두 명이었다.

둘이 같이 있는 것은 딱히 놀랍지 않다.

『성역』의 문제가 해결된 이후로 에밀리아 진영의 구성원들은 결속이 강해졌다. 새로운 인원은 물론, 베아트리스를 포함한 고참의 인간관계도 극적으로 변화한 바다.

"물론 좋은 방향으로 말이지만. 그건 그렇고 나를 행복하게 만드는 투 샷인걸."

"후후, 베아트리스에게 얘기 들었어. 스바루에게 볼일이 있으면 여기서 기다리라고."

"뭐, 그 정도야 당연한 것이야. 그리고 베티도 혼자라 심심했거든."

미소 짓는 에밀리아와 어깨를 나란히 하며 베아트리스가 새침하게 대답했다.

솔직함과 청개구리 중간 정도의 대응이지만 많이도 부드러워졌다. 그것을 흐뭇하게 여기는 마음을 에밀리아와 시선으로 주고받던 스바루는 "그래서?" 하고 갸웃거렸다.

"나를 기다리던 거야 좋은데, 둘이서 나란히 의자에 앉아서 뭐 하고 있었어? 사이좋단 어필 중이라면 나도 끼워 줘."

"'어필'은 잘 모르겠지만 둘이서 그림을 그리고 있었지."

"그림? 그건 또……."

의외에 의외를 거듭하는 대꾸에 스바루는 놀란 눈빛으로 베아트리스를 보았다. 그러자 스바루의 귀여운 계약 정령은 책상 위의 노트를 들고 말했다.

"작은 심심풀이 정도는 되었을까. 상당한 역작이야."

"응, 역작이야."

베아트리스의 자기평가에 에밀리아도 자신만만하게 말 한마디를 덧붙였다.

뇌리에 떠오른 것은 꽤 이전에 있었던 팩의 발마기── 로즈월 저택과 아람 마을에 눈이 내렸을 때, 눈 축제를 한다고 에밀리아와 베아트리스가 만든 눈 조각이다.

열정적이고 노력가인 면은 높이 사지만, 둘의 예술적 센스는 사망 상태다. 그러니 그림에도 그것이 반영되었을 가능성이 높았다.

"아니, 하지만 에밀리아땅이든 베아트리스든 가능성의 화신이니까. 애초에 나는 에밀리아땅의 기사고, 베아코의 계약자잖아. 그런 내가 둘을 믿지 않고서……."

"봐, 제일 처음에는 둘 다 팩을 그렸어. 잘 그렸지?"

"그러네. 색을 대담하게 쓴 게 멋지네."

자신을 다독이는 중에 페이지가 넘어가니 스바루의 희망은 조속히 끊겼다.

그렇지만 눈 조각 때처럼 보고만 있어도 정신력이 소모되는 수준은 아니고, 순수하게 이상에 기술이 따라잡지 못한 어린이의 습작이다. 안심했다.

"응, 둘 다 색을 쓰는 요령이 대담해서 좋은걸. 나머지는 실물을 더 확실하게 보고…… 아, 그 실물이 마침 없었지."

"……쓸쓸한 얘기인 것이야. 덕분에 빠냐 그림을 그릴 때 헷갈렸어."

"으음, 과연. 그 위로가 될지 자신은 없다만 말이지."

시무룩하게 눈썹을 처진 베아트리스를 본 스바루는 입술을 삐죽이면서 자기 머리에 떠오른 팩을 페이지의 공백에 술술 그리기 시작했다.

돌이켜 보니 아람 마을에서 라디오 체조를 할 때의 감자 도장에도 팩을 조각했었다. 이 이세계에서 가장 자주 데포르메한 상대가 팩, 그 경험을 살려서——.

“그렇게 됐으니, 이런 느낌이면 어때.”

“——! 와, 굉장해, 스바루! 엄—청 그림 잘 그리네! 그치, 베아트리스!”

즉흥적으로 그린 팩의 일러스트를 본 에밀리아가 눈을 빛내며 크게 기뻐했다. 그 옆에서는 베아트리스도 눈을 크게 뜨며 두 손으로 잡은 노트를 뚫어져라 쳐다보았다.

“……베티는 지금, 스바루와 계약한 것을 자랑스럽게 느끼는 것이야.”

“이 타이밍에?! 분명히 앞으로도 그리 느낄 순간이 있을 테니까 그때까지 온존해 뒀으면 좋겠는데, 그거!”

“아무리 그래도 농담이지. 하지만 감탄한 것은 사실인 것이야.”

살짝 혀를 내밀었던 베아트리스가 농담으로 놀라게 한 것을 사과했다. 그 말에 스바루는 안도하지만, 에밀리아는 흥분이 식지 않은 기색으로 “맞아, 맞아.” 하고 찬동했다.

“감자 그림도 그랬지만, 스바루는 특기가 많더라. 후후, 훌륭한 기사님이 계셔서 나도 왠지 엄—청 기뻐.”

“————.”

“——? 어라? 스바루, 왜 그래?”

“아니, 에밀리아땅이 하도 귀여운 소리를 해서 뿅 가 죽을 뻔했어. 들어 봐, 베아코. 저 애가 내 주인님이야.”

“미안, 무슨 말을 하는지 좀 모르겠어.”

“애초에 스바루에겐 베티의 파파파, 파파, 파트너라는 직함도 있거든!”

실실대며 스바루가 한 말에 에밀리아가 갸우뚱하고, 베아트리스가 새빨개진 얼굴로 외쳤다.

그런 양극단적인 반응을 확인하던 중, 그림 실력을 칭찬받은 스바루도 나쁜 기분은 아니었다. 물론 그 말에 기뻐하기만 할 수 있는 입장도 아니지만.

"그럭저럭 그림 연습도 했었으니까. 내 경우에는 예술 지향이라기보다 오타쿠적인 측면이 드러난 격이지만. 결국 좌절한 거나 마찬가지고."

"좌절…… 이렇게 잘 그리는데?"

"좋아하는 것이 곧 잘하는 길이다. 나는 그럭저럭인 수준에서 만족해 버렸어. 하지만 내가 그림으로 대성했더라면 에밀리아땅과 만날 수 없었지……. 아니! 만약 나는 그림으로 성공했어도 에밀리아땅의 그림을 그리기 위해서 너를 만나러 갈게!"

"그래? 나도 어떤 식으로든 스바루와 만날 수 있으면 기쁘겠다 싶어."

꽤 엉뚱한 발언에도 에밀리아는 정면으로 웃으며 대답해 주었다. 그 배려가 기뻐서 스바루는 무심코 이게 꿈이 아닌지 베아트리스의 볼을 잡아당겼다.

"아니 왜 베티 볼인 것이야! 자기 것으로 시험해!"

"농담을 핑계로 네 말랑말랑한 볼을 만지고 싶었거든. 말로 하게 하지 마."

"으, 음…… 참 내, 스바루는 어쩔 수 없는 어리광쟁이인 것이야."

들은 말을 홀랑 믿은 베아트리스가 스바루에게 볼을 꼬집힌 채로 놔두었다.

스바루도 기왕 얻은 허가이니 사랑스러운 볼을 즐겨 둘 심산이었다.

"——맞아. 저기, 스바루. 괜찮으면 나랑 베아트리스를 그려 주지 않을래?"

그런 스바루와 베아트리스를 부드럽게 지켜보던 에밀리아가 갑자기 손뼉을 치고 말했다. 그녀는 슬며시 손을 뻗어 베아트리스의 몸을 안고 스바루의 침대에 앉았다.

에밀리아가 베아트리스를 뒤에서 안은 자세. 귀여움과 귀여움의 상승효과다.

"나야 무지무지 눈이 호강하고 기쁜데…… 에밀리아땅, 용무 있지 않았어?"

"어? 응, 이게 용무야. 시간이 비어서 스바루랑 대화하고 싶었거든."

"베아코! 방금 한 말 녹음했어?!"

"'녹음'이라니, 또 잘 모를 말을 꺼낸 것이야……."

베아트리스는 마뜩잖은 표정을 지으면서도 에밀리아의 무릎 위에서 벗어나지 않았다. 그것이 어리광에 서투른 소녀의, 솔직하게 드러내지 못한 본심임을 스바루도 알 수 있었다.

그렇기에 스바루는 요망에 부응해 침대 위의 두 사람 정면에 자리를 잡았다.

"시간이 좀 걸리는데, 괜찮겠어?"

"응, 괜찮아. ——그냥 있어도 엄—청 멋진 시간인걸."

"그런 것이야."

미소와 함께 나온 대답에, 스바루는 "좋아." 하고 기합을 넣고 소매를 걷었다.

종이에 붓을 열심히 놀리는 소리와, 때때로 웃음소리가 울리고——.

——별것 아닌, 다정하고 행복한 시간이 천천히 지나가고 있었다.

《끝》

Re:제로부터 시작하는 미니 단편집 3

2022년 12월 01일 제1판 발행

지음 나가츠키 탓페이
일러스트 오츠카 신이치로

옮김 정홍식

발행 영상출판미디어(주)
등록번호 제 2002-000003호
주소 21315 인천광역시 부평구 부평대로 283 A동 702호
전화 032-505-2973(代) | **FAX** 032-505-2982

Re:ZERO KARA HAJIMERU SHOHENSHU 3

노블엔진(NOVEL ENGINE)은 영상출판미디어(주)의 라이트노벨 및 관련서적 브랜드입니다.

나가츠키 탓페이 관련작 리스트

Re : 제로부터 시작하는 이세계 생활 1~30

Re : 제로부터 시작하는 이세계 생활 단편집 1~6

Re : 제로부터 시작하는 이세계 생활 Ex 1~5

Re : 제로부터 시작하는 이세계 생활 Re:zeropedia

[코믹스] (원작 :나가츠키 탓페이/캐릭터 원안 : 오츠카 신이치로)

Re : 제로부터 시작하는 이세계 생활 제1장 왕도의 하루 1~2 (완) (만화 : 마츠세 다이치)

Re : 제로부터 시작하는 이세계 생활 제2장 저택의 일주일 1~5(완) (만화 : 후게츠 마코토)

Re : 제로부터 시작하는 이세계 생활 제3장 Truth of Zero 1~11(완) (만화 : 마츠세 다이치)

Re : 제로부터 시작하는 이세계 생활 제4장 성역과 탐욕의 마녀 1 (만화 : 아토리 하루노)

Re : 제로부터 시작하는 이세계 생활 공식 앤솔로지 코믹 1~3

Re : 제로부터 시작하는 이세계 생활 빙결의 인연 1 (만화 : 츠카하라 미노리)

검귀연가 Re : 제로부터 시작하는 이세계 생활 진명담 1 (만화 : 노자키 츠바타)

[단행본] (원작 :나가츠키 탓페이/KADOKAWA)

Re : 제로부터 시작하는 이세계 생활 오츠카 신이치로 Art Works Re:BOX

Re : 제로부터 시작하는 이세계 생활 오츠카 신이치로 Art Works Re:BOX 2nd

청춘의 상상, 시동을 걸어라!